# 太后临朝

通往巅峰之路
第 1 册

周强 编著

中国地图出版社
·北京·

图书在版编目（CIP）数据

太后临朝：通往巅峰之路．第1册／周强编著．
北京：中国地图出版社，2025．1． -- ISBN 978-7-5204-4845-1

Ⅰ．I247.81

中国国家版本馆 CIP 数据核字第 2025WF1659 号

策　　划　　王　毅
责任编辑　　王　毅
复　　审　　周秀芳
出版审订　　陈　宇
地图编辑　　姚维娜

## 太后临朝：通往巅峰之路（第1册）

TAIHOU LINCHAO: TONGWANG DIANFENG ZHI LU ( DI-YI CE )

| 出版发行 | 中国地图出版社 | | |
|---|---|---|---|
| 社　　址 | 北京市西城区白纸坊西街3号 | 经　销 | 新华书店 |
| 邮政编码 | 100054 | 印　张 | 15 |
| 电　　话 | 010-83543929 | 字　数 | 150千字 |
| 网　　址 | www.sinomaps.com | 版　次 | 2025年1月第1版 |
| 印刷装订 | 河北环京美印刷有限公司 | 印　次 | 2025年1月第1次印刷 |
| 成品规格 | 170mm×240mm | 定　价 | 42.00元 |

书　　号　　ISBN 978-7-5204-4845-1
审图号　　GS（2024）4635号

如有印装质量问题，请与我社发行部联系；如有图书内容问题，请与本书责任编辑联系，联系方式：dzfs@sinomaps.com。

# 序

  石器时代，母系氏族社会时，中国女性曾经占据主导地位，但那时还没有帝王的概念。随着中华文明的发展，中国进入父系氏族社会，男性逐渐成为社会的主导者，女性的社会地位也随之降低。封建帝制时代，女性完全丧失了本应在社会中拥有的平等地位，成为男性的附属品。

  皇帝的妻子、母亲、祖母都拥有很高的社会地位，但她们仍然是皇帝的附属品。因为皇权的存在，她们都属于"国母"级人物；皇权一旦失去，她们就什么都不是。然而，历史上经常出现这样的现象：当老皇帝驾崩，小皇帝又暂时不具备行为能力时，他的监护人就要发挥作用了。监护人可以是女性，如嫂子皇后、母亲皇太后、祖母太皇太后等；也可以是男性，如摄政叔王、国舅国丈、宰辅丞相等。更多的情况则是两者的结合。

  如果遇到第一种或第三种情况，女性就可以直接坐上只有皇帝才有资格坐的龙椅——小皇帝或者坐在她旁边，或者被抱在怀里，或者朝堂上干脆没有小皇帝——直接行使皇帝的职权，这就叫"临朝称制"。当时代发展到皇室女性也要带头遵守妇德，深居内宫，不能和外臣面对面交流时，"临朝称制"也"进化"成"垂帘听政"。

  坐上龙椅的女性虽然行使着皇帝的职权，但根据中国国情，比如汉魏晋时期，她们可以称"朕"，却不可以称"帝"。武则天觉得临朝称制不过瘾，试着称一回帝，结果不知遭到多少人唾骂。同样也有人对她进行客观评价，将她列入世界十大女性统治者中，与曾经创造"日不落帝国"奇迹的英国维多利亚女王、使俄罗斯成为欧洲第一强国的女皇叶卡捷琳娜二世等人并列。

在中国历史上，像武则天这样曾经有过"临朝称制"或者"垂帘听政"经历的女性还有很多。因为小皇帝一天天长大了，历史将他推向台前；监护他的女性却一天天变老了，历史将她们挤到幕后，因此，史书对她们往往懒得记载。但是，她们的贡献是不可忽视的。事实上，她们确实曾是中国的最高执政者，推动历史的车轮滚滚向前。

《太后临朝：通往巅峰之路》就是从浩瀚的典籍中搜寻她们的故事，还原她们的历史，褒贬她们的政绩，告诉读者：历史原来是这样的，她们与皇帝一样，也曾站到过权力的顶峰，也曾推动历史向前发展。这对历史爱好者来说，不仅可以是美味佳肴，更可以是饕餮大餐。

# 目 录

## 第 1 册

### 1 母后临政自秦宣太后始
——秦昭襄王母后芈八子

身世之谜　002
季君之乱　004
柔灭义渠　008
秦国"四贵"　011
关于黄歇　013

临朝瞬间　"赵太后新用事"　017

### 2 吕后真而主矣
——汉高帝皇后吕雉

"剩女"出嫁　020
囚徒王后　022
诛戮功臣　025
易储风波　027
人彘事件　031
都城建设　034
吕氏封王　037
临朝善政　040
诸吕之乱　042

临朝瞬间　上官太后两曰"可"　046

### 3 亡西汉者，元后之罪通于天矣
——汉元帝皇后王政君

"克夫"女子　050
意外立后　052
母仪天下　056
"一日五侯"　060
提携王莽　064
王氏失势　067
临朝称制　071
"新室文母"　075

### 4 政归母后，幸窦氏之贤
——汉章帝皇后窦氏

出身显贵　080
废储逼母　083
纸圣蔡伦　086
构陷梁氏　090
临朝伊始　092
勒石燕然　094
窦氏覆灭　098

### 5 勤勤苦心，不敢以万乘为乐
——汉和帝皇后邓绥

诗书熏陶　104
众望所归　106
百日皇帝　109
心中有民　112
贬抑亲族　115
倡导教化　118
恋政遗祸　122

1

## 6 骄痴妒悍总招尤
——汉安帝皇后阎姬

江京集团　128
阎显集团　130
阎姬临朝　132
十九宦侯　135

## 7 不能裁抑兄弟，终酿成梁冀之祸
——汉顺帝皇后梁妠

梁氏家族　142
重用李固　146
重用滕抚　150
"跋扈将军"　151
恶贯满盈　154
"厕所政变"　157

## 8 以盛德良家，母临天下
——汉桓帝皇后窦妙

窦妙立后　162
解禁党锢　165
窦妙临朝　168
平定羌乱　170
陈窦死节　172

## 9 何后之立，天正以危汉室也
——汉灵帝皇后何氏

屠家皇后　178
常侍乱政　180
何窦交锋　184
何董交锋　185

临朝瞬间　郭太后由"令"改"制"　189

## 10 辞让数四，不得已而临朝摄万机
——晋明帝皇后庾文君

郎才女貌　194
王敦之乱　196
四让临朝　199

## 11 不距群情，固为国计
——晋康帝皇后褚蒜子

王妃立后　204
初次临朝　208
桓温灭蜀　209
再次临朝　212
诏废皇帝　216
三度临朝　218

临朝瞬间　匈奴族皇太后也临朝　223
临朝瞬间　唯氏临朝使代国成为"女国"　225

# 第 2 册

## 12 多智略，猜忍，能行大事
——北魏文成帝皇后冯氏

从奴到后　228
诛杀乙浑　230
李弈之死　232
献文帝驾崩　235
平城改革　238
宠幸男色　241

## 13 母仪海内，岂宜轻脱如此
——北魏宣武帝皇后胡氏

三女争宠　246
勇生皇子　248
多才太后　250
太后崇佛　252
宣光政变　255
轻脱如此　258
河阴之变　260

临朝瞬间　南朝宋皇太后与皇位更迭　264
临朝瞬间　宣德太后六下令　266
临朝瞬间　章太后两回立侄　268
临朝瞬间　北齐娄太后与皇位更迭　269

## 14 女中英主
——唐高宗皇后武则天

感业重逢　272
残忍夺嫡　275
废立皇储　278
二圣执政　280
废黜中宗　284
武周革命　287
武周政治　291
武周经济　293
武周军事　295
武周文化　298
都城建设　300
广纳面首　302
神龙革命　304

## 15 权去手不自知
——唐中宗皇后韦氏

流放岁月　310
铲除五王　312
景龙政变　315
女皇梦想　319
女皇梦断　322

临朝瞬间　郭太后坚拒临朝　326
临朝瞬间　何皇后"令"辉王升帝位　328
临朝瞬间　曹太后诏令立养子　329
临朝瞬间　闽康宗"称皇太后令监国"　330
临朝瞬间　五代"临朝"第一后　331

3

## 16 简重果断，有雄略
　　——辽太祖皇后述律平

契丹"女神"　334
"断腕太后"　337
母子情深　339
横渡之约　342

## 17 圣宗称辽盛主，后教训为多
　　——辽景宗皇后萧绰

生父争议　348
皇后称"朕"　350
幽州之战　352
执政班子　357
姐姐姐夫　359
发展经济　361
岐沟之战　364
发展文化　366
澶渊之盟　368
培养圣宗　371

## 18 老物宠亦有既耶
　　——辽圣宗嫔妃萧耨斤

梦兆高升　376
自立太后　379
倒行逆施　382

临朝瞬间　北辽萧德妃南京听政　386
临朝瞬间　西辽感天皇后及承天太后"权国称制"　387

## 19 有吕武之才，无吕武之恶
　　——宋真宗皇后刘娥

黯淡青春　392
贵人相助　394
艰难立后　397
参政风波　400
终结权奸　402
"实有大功"　406
拒当女皇　408
狸猫背锅　411

## 20 王室功劳属两朝
　　——宋仁宗皇后曹氏

将门虎女　416
治理后宫　418
意外听政　421
神宗时代　424
国舅"成仙"　427

## 21 女中尧舜
　　——宋英宗皇后高滔滔

佳偶天成　432
储君风波　434
元祐更化　438

## 22 戬变叱龙升
　　——宋神宗皇后向氏

戬变龙升　444
听政半年　447

# 第 3 册

## 23 没藏氏亦君母也
——西夏景宗皇后没藏氏

妻妾之间 454
与虎谋皮 456
风流太后 458

## 24 梁氏诲淫灭家,其罪大矣
——西夏毅宗皇后梁落瑶

母党帝党 464
战争狂魔 467
囚禁皇帝 470
惠宗复位 474

## 25 梁氏专政穷兵,罪诚大矣
——西夏惠宗皇后梁氏

小梁太后 478
兄妹分道 481
临朝瞬间 罗太后拥立西夏襄宗 485

## 26 国有事变,必此人当之
——宋哲宗皇后孟氏

奉旨成婚 488
内外夹攻 490
瑶华秘狱 493
再起再落 495
因祸得福 498
乱世垂帘 503
明受政变 505
颠簸江西 508
劫后余生 511

## 27 既有御笔,相公便可奉行
——宋高宗皇后吴氏

梦见"伴康" 516
机遇垂青 518
垂帘两日 522

## 28 汝今为吾子矣
——宋宁宗皇后杨桂枝

迷离身世 528
权术取胜 530
杀韩侂胄 532
立宋理宗 534
文艺才女 539

## 29 苟存社稷，称臣，非所较也
——宋理宗皇后谢道清

涅槃之路 544
抗元之路 545
屈辱之路 550

临朝瞬间 逃亡路上"同听政" 554
临朝瞬间 以皇太后命为令旨 555
临朝瞬间 《史集》中的蒙古摄政太后 557

## 30 归政于定宗，而国事犹决于后
——元太宗皇后乃马真氏

自行执政 560
储位之争 564

## 31 抱阔出幼子失烈门称制
——元定宗皇后海迷失

一国三主 570
皇权转移 573

## 32 大德之政，人称平允，皆后处决
——元成宗皇后伯岳吾氏

大德之政 578
梦断临朝 581

## 33 舍其爱子而立兄之子
——元文宗皇后卜答失里

初次立后 588
再次立后 590
初次称制 593
再次称制 596

临朝瞬间 彭太后重庆"同听政" 599
临朝瞬间 满都海中兴北元 600
临朝瞬间 三娘子在草原上"垂帘听政" 601

## 34 垂帘非所乐为，惟以时事多艰
——清文宗皇后钮祜禄氏

统领后宫　604
北京政变　607
诛安德海　612
穆宗立后　615
选立德宗　617
收复新疆　620

## 35 综一代之兴亡，系于宫闱
——清文宗嫔妃叶赫那拉氏

身世异说　626
甲申易枢　628
"不败而败"　631
洋务运动　633
称"老佛爷"　636
三海工程　638
光绪"亲政"　641
六十寿庆　643
甲午战争　645
三次垂帘　649
己亥建储　652
庚子西狩　654
迁都动议　657
清末新政　659
身后故事　661

## 36 让出政权，以免生民糜烂，实为女中尧舜
——清德宗皇后叶赫那拉静芬

无爱婚姻　666
末世"垂帘"　668
逊让共和　671

参考文献　676

## 秦

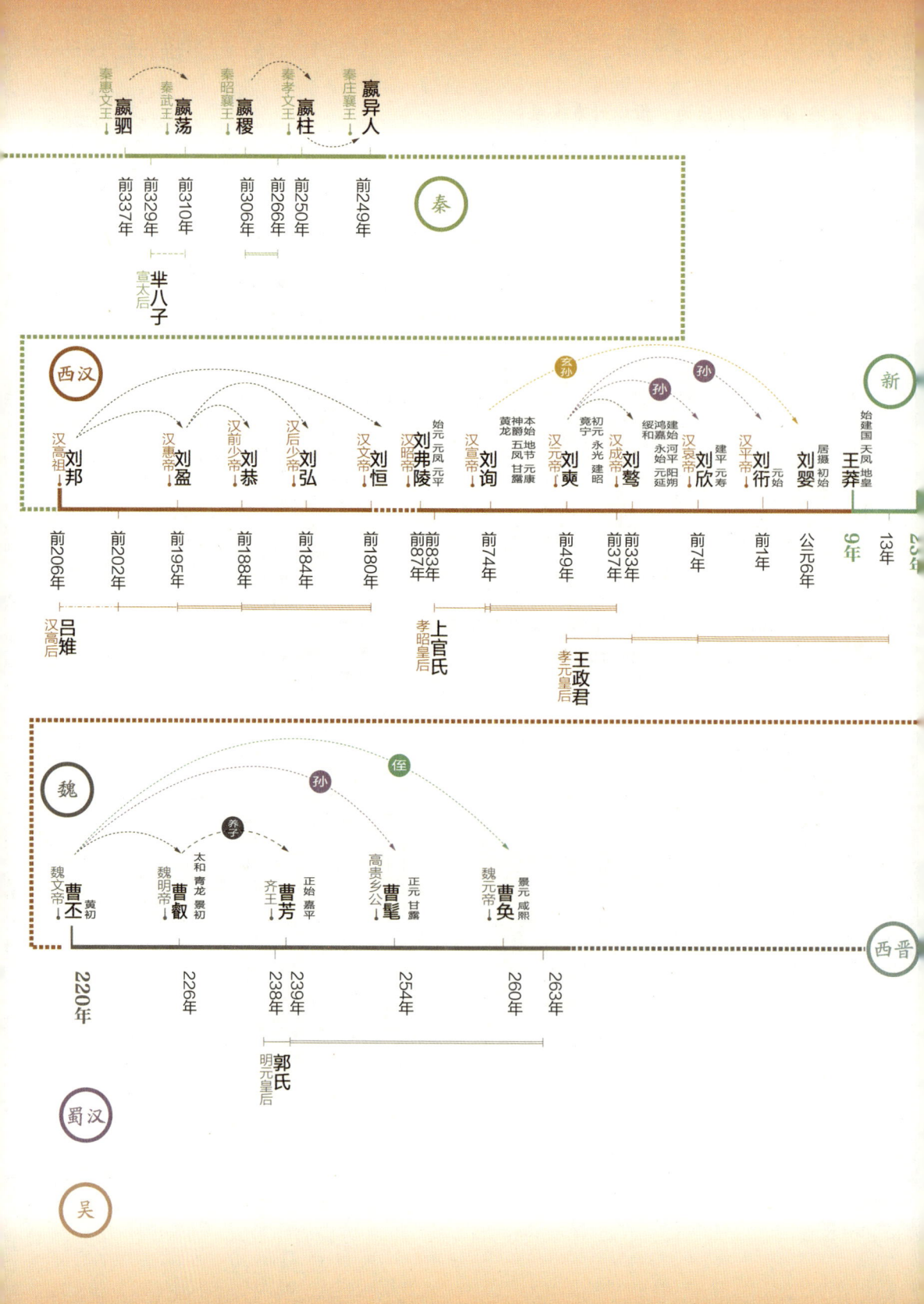

- 嬴驷（秦惠文王）— 前337年
- 嬴荡（秦武王）— 前329年
- 嬴稷（秦昭王）— 前310年
- 嬴柱（秦孝文王）— 前306年 / 前250年
- 嬴异人（秦庄襄王）— 前266年 / 前249年

芈八子 宣太后

## 西汉

- 汉高祖 刘邦 — 前206年
- 汉惠帝 刘盈 — 前202年
- 汉前少帝 刘恭 — 前195年
- 汉后少帝 刘弘 — 前188年
- 汉文帝 刘恒 — 前184年 / 前180年
- 汉昭帝 刘弗陵（始元、元凤、元平）— 前87年
- 汉宣帝 刘询（本始、地节、元康、神爵、五凤、甘露、黄龙）— 前74年
- 汉元帝 刘奭（初元、永光、建昭、竟宁）— 前49年（玄孙）
- 汉成帝 刘骜（建始、河平、阳朔、鸿嘉、永始、元延、绥和）— 前37年（孙）
- 汉哀帝 刘欣（建平、元寿）— 前7年
- 汉平帝 刘衎（元始）— 前1年
- 刘婴（居摄、初始）— 公元6年（孙）

吕雉 汉高后
上官氏 孝昭皇后
王政君 孝元皇后

## 新

- 王莽（始建国、天凤、地皇）— 9年 / 13年 / 23年

## 魏

- 魏文帝 曹丕（黄初）— 220年
- 魏明帝 曹叡（太和、青龙、景初）— 226年（养子）
- 齐王 曹芳（正始、嘉平）— 239年 / 238年（孙）
- 高贵乡公 曹髦（正元、甘露）— 254年（侄）
- 魏元帝 曹奂（景元、咸熙）— 260年 / 263年

郭氏 明元皇后

## 西晋

## 蜀汉

## 吴

# 图例

父 ⟶ 子 父子关系
├─┤ 在王后位时间
├═┤ 在嫔妃、贵妃位时间
╠═╣ 在皇后位时间
╠═╣ 在皇太后位时间
╠═╣ 在太皇太后位时间
※ 两次在位

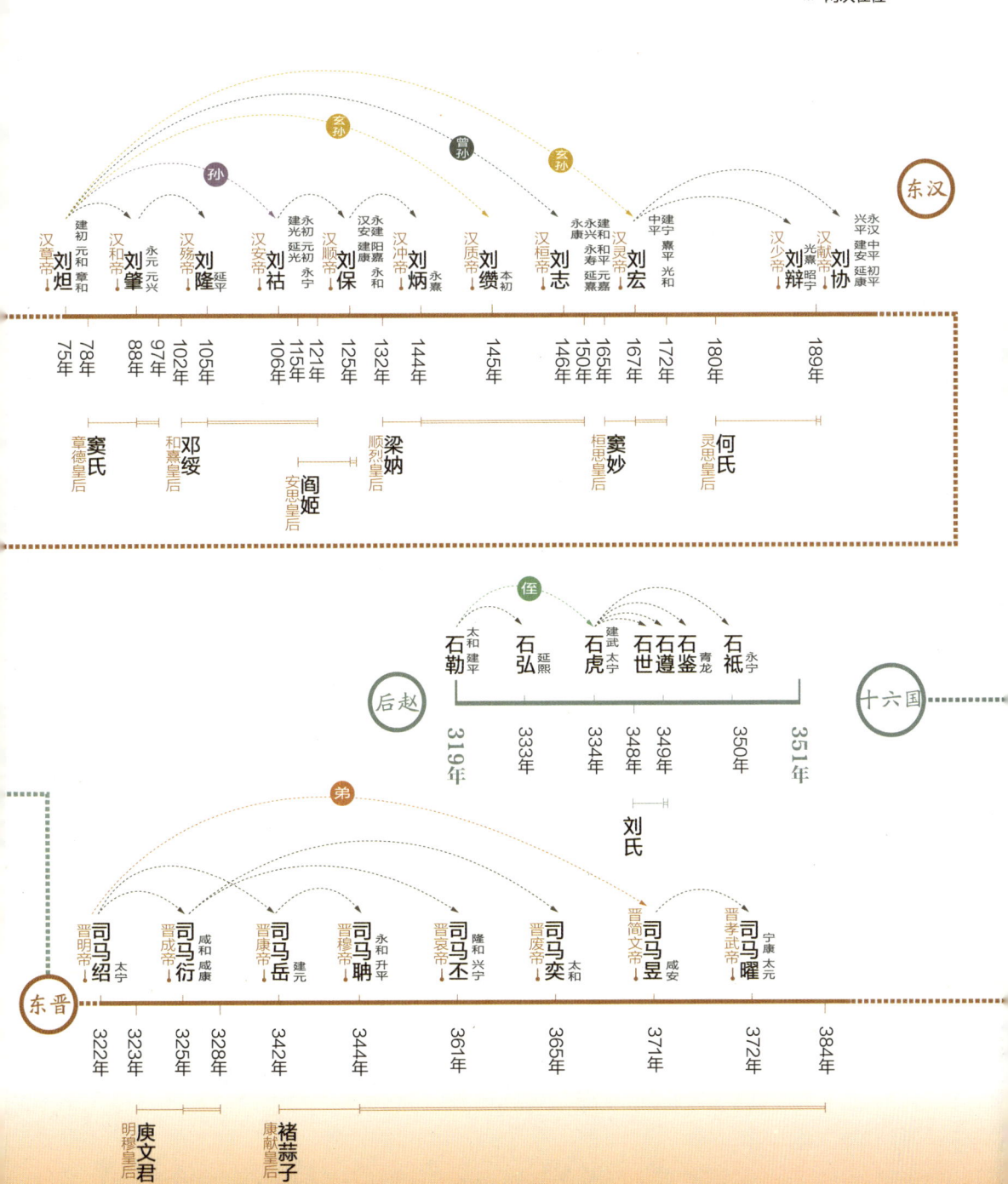

## 东汉

- 汉章帝 刘炟 建初/元和/章和 75年—88年 — 窦氏（章德皇后）
- 汉和帝 刘肇 永元/元兴 88年—105年 — 邓绥（和熹皇后）
- 汉殇帝 刘隆 延平 105年—106年
- 汉安帝 刘祜 永初/元初/永宁/建光/延光 106年—125年 — 阎姬（安思皇后）
- 汉顺帝 刘保 永建/阳嘉/永和/汉安/建康 125年—144年 — 梁妠（顺烈皇后）
- 汉冲帝 刘炳 永嘉 144年—145年
- 汉质帝 刘缵 本初 145年—146年
- 汉桓帝 刘志 建和/和平/元嘉/永兴/永寿/延熹/永康 146年—167年 — 窦妙（桓思皇后）
- 汉灵帝 刘宏 建宁/熹平/光和/中平 167年—189年 — 何氏（灵思皇后）
- 汉少帝 刘辩 光熹/昭宁 189年
- 汉献帝 刘协 永汉/中平/初平/兴平/建安/延康 189年—

关系标注：孙、玄孙、曾孙、玄孙

## 十六国 · 后赵

- 石勒 太和/建平 319年—333年
- 石弘 延熙 333年—334年
- 石虎 建武/太宁 334年—348年（侄）
- 石世 太宁 349年
- 石遵 青龙 349年
- 石鉴 青龙 350年
- 石祗 永宁 350年—351年

刘氏

## 东晋

- 晋明帝 司马绍 太宁 322年—323年 — 庾文君（明穆皇后）
- 晋成帝 司马衍 咸和/咸康 325年—342年
- 晋康帝 司马岳 建元 342年—344年 — 褚蒜子（康献皇后）
- 晋穆帝 司马聃 永和/升平 344年—361年
- 晋哀帝 司马丕 隆和/兴宁 361年—365年
- 晋废帝 司马奕 太和 365年—371年
- 晋简文帝 司马昱 咸安 371年—372年
- 晋孝武帝 司马曜 宁康/太元 372年—384年

关系：弟

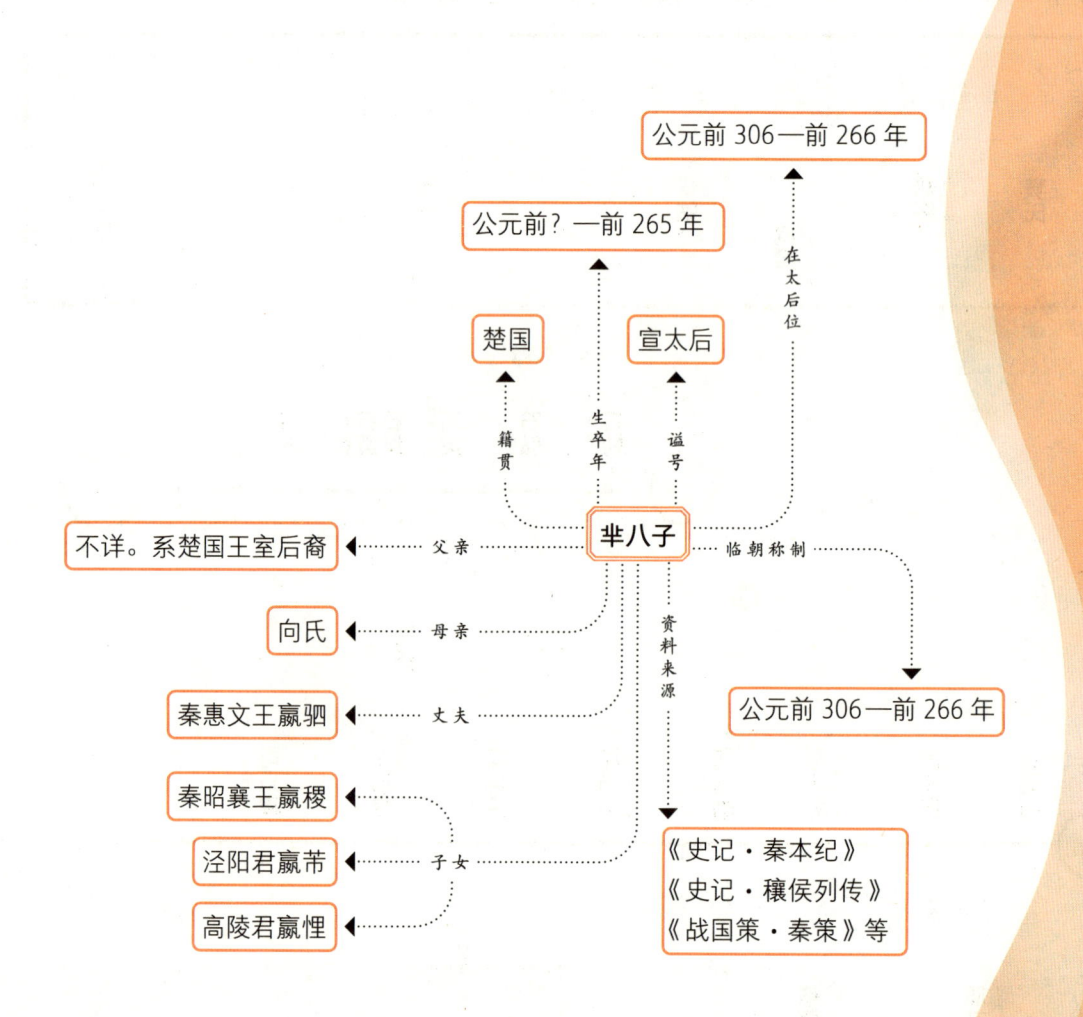

```
                                            公元前 306—前 266 年
                                                    ↑
                                                    ┆
                         公元前？—前 265 年           ┆
                                ↑                   ┆ 在
                                ┆                   ┆ 太
                                ┆                   ┆ 后
                                ┆                   ┆ 位
              ┌──────┐      ┌──────┐                ┆
              │ 楚国 │      │宣太后│                ┆
              └──────┘      └──────┘                ┆
                 ↑              ↑                   ┆
                 ┆籍            ┆                   ┆
                 ┆贯       生   ┆谥                 ┆
                 ┆         卒   ┆号                 ┆
                 ┆         年   ┆                   ┆
                 ┆              ┆                   ┆
┌──────────────────┐            ┌──────┐            ┆
│不详。系楚国王室后裔│◄── 父亲 ──│ 芈八子│── 临朝称制 ──┘
└──────────────────┘            └──────┘            
         ┌──────┐                  ┆                ↓
         │ 向氏 │◄──── 母亲 ───────┆         公元前 306—前 266 年
         └──────┘                  ┆
      ┌────────────┐               ┆资
      │秦惠文王嬴驷│◄── 丈夫 ──────┆料
      └────────────┘               ┆来
                                   ┆源
      ┌────────────┐               ┆
      │秦昭襄王嬴稷│◄┐             ┆
      └────────────┘ │             ┆
      ┌────────────┐ │             ↓
      │ 泾阳君嬴芾 │◄┼── 子女 ── 《史记·秦本纪》
      └────────────┘ │             《史记·穰侯列传》
      ┌────────────┐ │             《战国策·秦策》等
      │ 高陵君嬴悝 │◄┘
      └────────────┘
```

# 母后临政自秦宣太后始
## ——秦昭襄王母后芈八子

北宋文学家陈师道《后山集》说:"母后临政,自秦宣太后始也。"史书上说,宣太后临朝称制是"自治事"。宣太后即战国秦惠文王之妃芈氏,她也是中国历史上第一位太后。这倒不是说秦昭襄王以前的王即位后母亲都已不在人世,而是此前"太后"这一名词还未诞生。如夏朝夏启即位后,其母(禹的夫人)仍称涂山氏;商朝外丙、中壬即位后,其母(汤的夫人有㜪)仍称有妊氏;周朝武王即位后,其母(文王夫人)仍称太姒。

秦宣太后像

## 身世之谜

宣太后是前些年热播的电视连续剧《芈月传》中主人公芈月的原型。根据剧情,芈月是战国中期楚国楚威王的小女儿,备受宠爱。楚威王死后,芈月地位一落千丈,母亲向氏被楚威王王后逐出王宫,芈月和弟弟芈戎躲过一次次灾难,化解了一个个危机。后来芈月随同嫡公主芈姝陪嫁秦惠文王,芈姝成为王后,生秦武王嬴荡;芈月成为宠妃,生秦昭襄王嬴稷……故事由此展开。

芈姝与芈月这姊妹俩都是虚构的人物。首先历史上真实的秦惠文王后是否为楚国人很值得怀疑。《史记·六国年表》秦惠文王四年(前334年):"魏夫人来。"按照秦王宫内等级,夫人属于第二等,地位仅次于后。王宫中嫔妃很多,司马迁之所以特别提出"魏夫人",很可能是因为这位"魏夫人"来秦国时的身份是夫人,后来在宫斗中胜出,升格为惠文后。而唐司马贞为《秦本纪》"惠文后"作"集解"时引晋人徐广说"迎妇于楚者",此又明言惠文后为楚国人。徐广所言可能是《芈月传》的作者将秦惠文后虚构为楚国公主芈姝的主要依据。一般认为,司马迁的生活年代要比晋人徐广早400年,司马迁所言应该更具可信度。假定惠文后是魏国人而非楚国人,皮之不存,毛将焉附?芈姝都不存在,芈姝的妹妹芈月则更无从谈起。

秦昭襄王嬴稷的母亲宣太后虽然是芈姓,但历史上没有留下名字。史书上只是说,秦昭襄王的母亲原来号"芈八子",等到秦昭襄王即位后,才改号为"宣太后"。可见"芈八子"不是宣太后的名字,而是宣太后于秦惠文王在世时期的封号,也表示了其在王宫中的地位。

根据《周礼》的后妃制度,周朝后宫分王后、夫人、嫔、世妇、御妻五个等级。史书没有记载秦朝的后妃制度,但汉承秦制,西汉初期,皇帝正妻称皇后,姬妾皆称夫人,后宫后妃共分八个等级:皇后、夫人、美人、良人、八子、七子、长使、少使。"八子"排在第五位,等级属于中等偏下,可见这位姓芈的"八子"并不具有高贵的血统,如果是楚国公主的话,

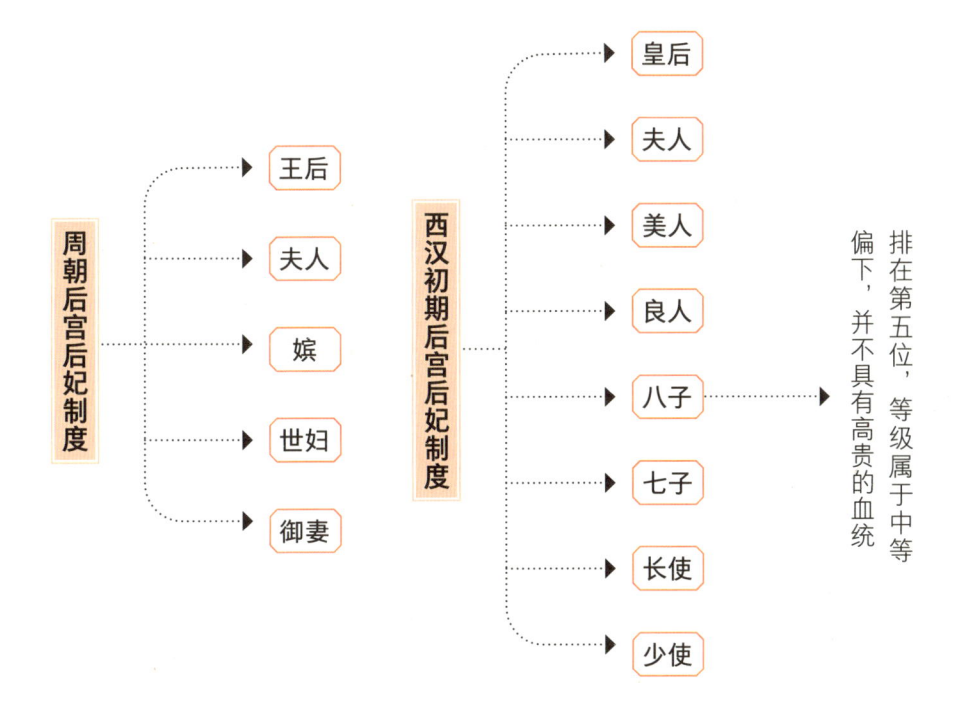

```
周朝后宫后妃制度 ──▶ 王后
                ──▶ 夫人
                ──▶ 嫔
                ──▶ 世妇
                ──▶ 御妻

西汉初期后宫后妃制度 ──▶ 皇后
                  ──▶ 夫人
                  ──▶ 美人
                  ──▶ 良人
                  ──▶ 八子 ──▶ 排在第五位，等级属于中等偏下，并不具有高贵的血统
                  ──▶ 七子
                  ──▶ 长使
                  ──▶ 少使
```

司马迁会参照"魏夫人来"的体例记上"楚夫人来"这句话的。

《史记》没有宣太后完整的"纪"或"传"，她的事迹散见于《秦本纪》《穰侯列传》《樗里子甘茂列传》《匈奴列传》等篇章中。此外，《战国策》中的秦、魏、韩、燕等国策中也有零星记载。关于宣太后的身世，只有《秦本纪》提了一句，说她是秦昭襄王的母亲，楚国人，姓芈，号"宣太后"。她的亲族在史书上出现过的有两个弟弟，即穰侯魏冉和华阳君芈戎；有一个娘家人向寿，向寿与秦昭襄王从小就是玩伴。

根据这些片段，我们基本可以还原出宣太后的身世经历。作为同母异父的姐弟，宣太后比魏冉年长多少，史书没有明确提及。由于宣太后是"楚女""楚人"，所以她必定出生在楚国。因为魏冉"其先楚人"，所以魏冉的前辈已经脱离楚国，至少其父辈已经是生活在关中的秦人。宣太后的母亲向氏先嫁给芈姓男子，生宣太后和芈戎。宣太后自幼随父亲从楚国流落到秦国。不久其父去世，其母生活无着，只得改嫁魏姓男子，生同母异父弟魏冉。芈戎应该长于魏冉，是宣太后的同父长弟，而魏冉仅是异父长弟。

公元前337年，是为秦惠文王元年，秦惠文王时年19岁，正当青春年华。新王即位，循例要"选妃"，于是正当豆蔻年华的芈氏入选进宫，因为出身低微，在宫中名号仅为"八子"，后来生了秦昭襄王嬴稷。至于"宣太后外族"向氏，可能是宣太后的娘家亲戚，或者是宣太后的母亲的娘家亲戚，这样向氏就与秦昭襄王具有表亲关系，向寿才有可能成为秦昭襄王的玩伴。

## 季君之乱

公元前311年，秦惠文王去世，惠文王后所生秦武王嬴荡继位。秦武王重武好战，有问鼎中原之志。他曾说想带着为其送葬的容车，在三川地

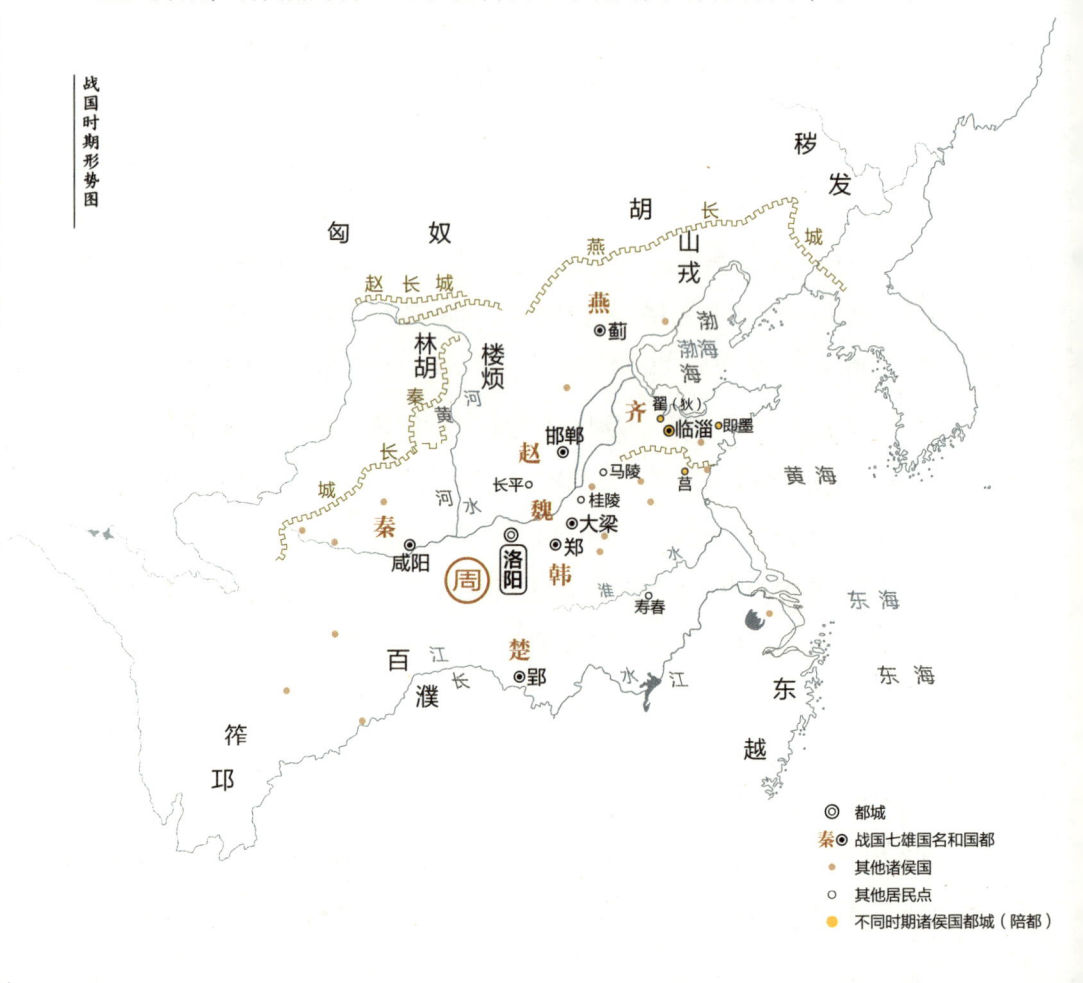

战国时期形势图

区打通一条路，到周王室（都城洛邑）去看一看，这样就算死了也不会有什么遗憾了。秦以"共享伐韩之利"为诱饵，说动魏国解除了与韩国的盟友关系，并兵出函谷关，于秦武王四年（前307年）攻占韩国军事重镇宜阳（今河南宜阳县西韩城镇）。

宜阳原为韩国都城，战国中期人口已达相当规模，当时宜阳城仅称为"材士"的勇武之士就有10万。宜阳是韩国西边门户，紧临东周都城洛阳，战略地位十分重要。秦国占领宜阳后，不仅使韩国疆土直接向秦国洞开，还为秦国征伐关东六国输送兵源和战略物资提供了中转站。宜阳入秦的意义重大，不仅使秦武王"通三川，窥周室"的梦想渐成现实，同时也为秦国统一六国打开了东进大门。

秦军占领宜阳后，秦武王非常兴奋，亲自巡视洛阳，观赏王室珍藏的九鼎。秦武王喜好举重，经常与大力士们比赛举鼎，大力士任鄙、乌获、孟说等人都因此被任命为大官。在洛阳时，秦武王又与孟说比赛举鼎，他所举之鼎正是象征秦国所在的雍州之鼎。结果秦武王因为兴奋过度，失手被大鼎砸中膝盖骨，伤重不治身亡。

秦武王是秦国历史上首位进入中原地区的国君，因为秦国长期受到中原人歧视，现在很快将成为中原的主人，秦武王非常满足，因为他即位之初就说："得游巩、洛，生死无恨。"

秦武王死得突然，又没有子嗣，于是"诸弟争立"。芈八子在后宫地位很低，当时又由于与儿子嬴稷在燕国作为人质（据说是秦武王的有意安排），因此嬴稷在"诸弟争立"中没有任何优势可言。因为惠文后可能是魏国人，而秦武王后明确是魏国人，于是惠文后与武王后婆媳俩达成一致意见，意图拥立公子壮。

这时候芈八子的异父弟魏冉发挥了关键作用。芈八子的亲属中，"魏冉最贤"，惠文王和秦武王在位时就一直"任职用事"。在"诸弟争立"中，魏冉行使自己的权力，取得赵武灵王和燕昭王的支持，使嬴稷顺利地从燕国归国成为新的国君，即秦昭王，或称秦昭襄王。秦昭襄王即位后，任命魏冉为将军，负责保卫都城咸阳。从这样的安排可以窥见，秦国内部这次

# 九鼎图

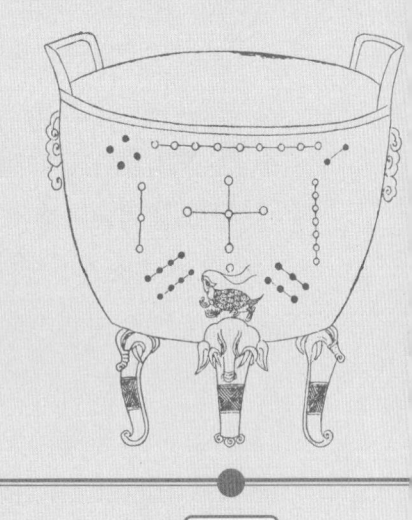

出自明·王希旦《大禹九鼎图述》

乾象鼎

洛书鼎

五岳四渎鼎

飞走肇瑞鼎

太后临朝：通往巅峰之路（第1册）

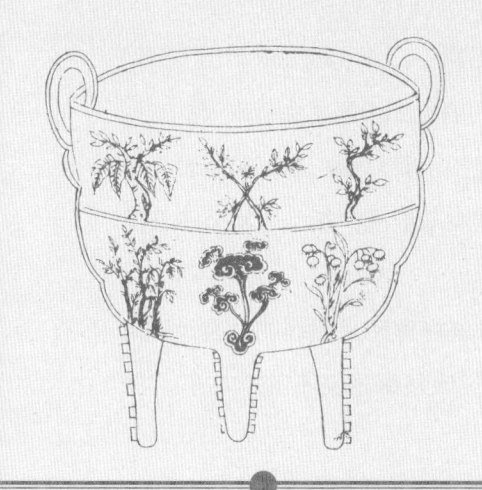

母后临政自秦宣太后始——秦昭襄王母后芈八子

| 天乔彙祥鼎 | 九州鼎 |

| 九谷鼎 | 异物灵彙鼎 | 九河鼎 |

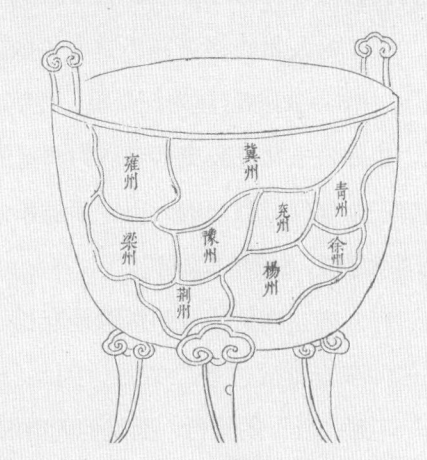

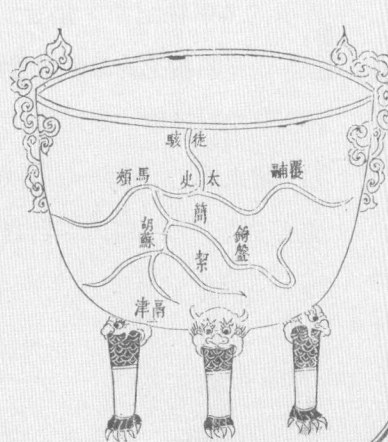

007

权力交替惊心动魄的过程和腥风血雨的场面。

公子壮及其支持者并不甘心失败。秦昭襄王二年（前305年），"彗星见"。中国民间称彗星为扫帚星，迷信者认为遇见扫帚星将会带来灾祸或厄运。也许公子壮及其支持者认为彗星的出现预示着对秦昭襄王的不利，于是公子壮与拥护自己的大臣、诸侯和公子们发动叛乱，叛乱者将公子壮推上国君之位，号称"季君"。

有人说"庶长壮"的意思是庶长子壮，这样理解是错误的。古代兄弟按伯仲叔季排行，"季"靠后，因此公子壮应该是秦惠文王的小儿子，"庶长"不是"壮"的排行，而是他的爵级。

作为将军的魏冉兵权在握，轻易就镇压了这场政变，参与者全部被诛，以前支持过公子壮的惠文后等"皆不得良死"，武王后被驱逐回魏国，与秦昭襄王关系不好的诸兄弟全部被杀，秦国这场政变史称"季君之乱"。

季君之乱平定后，魏冉"威震秦国"，芈八子因为是秦昭襄王的生母而被尊为太后。其实秦昭襄王即位时年已18岁，但史书仍称秦昭襄王年少，宣太后治事，任用魏冉执政。于是宣太后在历史上开创了两个第一。宋代高承的《事物纪原》是专记事物原始之属的类书，书中说，《史记·秦本纪》说秦昭襄王的母亲是楚国人，姓芈氏，号"宣太后"，王的母亲从秦昭襄王开始就被称"太后"。汉朝继承秦朝的相关制度，因此皇帝就将母亲尊为"皇太后"。此其一。而太后专权也是宣太后开创的，正如本篇开始陈师道所说的，"母后临政，自秦宣太后始也"。此其二。

## 柔灭义渠

战国中期，强盛的义渠戎一度成为秦国的心腹之患。宣太后临朝期间以柔克刚，凭着自己的"柔情"瓦解了对方的雄心，从而一举攻灭了与秦国为敌数百年的义渠戎。

义渠戎是先秦时期西方羌戎民族的分支，原居今宁夏固原草原和六盘山、陇山两侧，商朝后期进入陇东大原（今甘肃庆城县、宁县、镇原县一带）地区，原居此地的先周部族生存空间被挤压后大部向关中迁移。在当地先周部族遗民的指导下，义渠戎开始由游牧部落向农耕民族转变，逐渐发展成为"另类"戎族部落：在羌戎看来，义渠戎已被华夏民族同化，而华夏族仍然将义渠戎归于羌戎。

西周建立后，义渠戎归附西周王室。周王室东迁后，义渠戎独立建国。义渠国在发展过程中与崛起于渭水流域的秦国发生冲突。秦躁公十三年（前430年），义渠戎曾举国攻秦，从泾北一直攻到渭南，使义渠国的疆域一下扩大到20万平方千米，控制地域东达陕北，北到河套，西至陇西，南达渭水。这时是义渠国最强盛的时期，义渠国对秦国构成了严重威胁。

数十年后，秦国通过商鞅变法，国力持续发展，义渠国却止步不前。在秦惠文王的连续打击下，义渠国向秦称臣，成为秦的附庸，秦国在义渠设县进行管理。秦惠文王更元七年（前318年），楚、赵、魏、韩、燕联军伐秦，攻函谷关。为免却后顾之忧，惠文王接受大臣"赂之以扰其心"的建议，将1000匹锦绣和100名漂亮女子赠送给义渠君。

义渠君不但没有买账，反而趁秦国主力在外，国内空虚，起兵袭击秦国，在李帛（今甘肃天水东）这个地方将秦军击败。这次失败减缓了秦国的东进步伐，迫使秦国不得不将战略重心重新转向义渠。四年后，秦以重兵攻击义渠，夺取其25座城池。义渠国再次遭受重创，重新向秦国称臣。

秦昭襄王即位、宣太后临朝之时，义渠国的实力仍然不可小觑。作为附庸国的国君，义渠君按例要去秦国都城咸

商鞅像

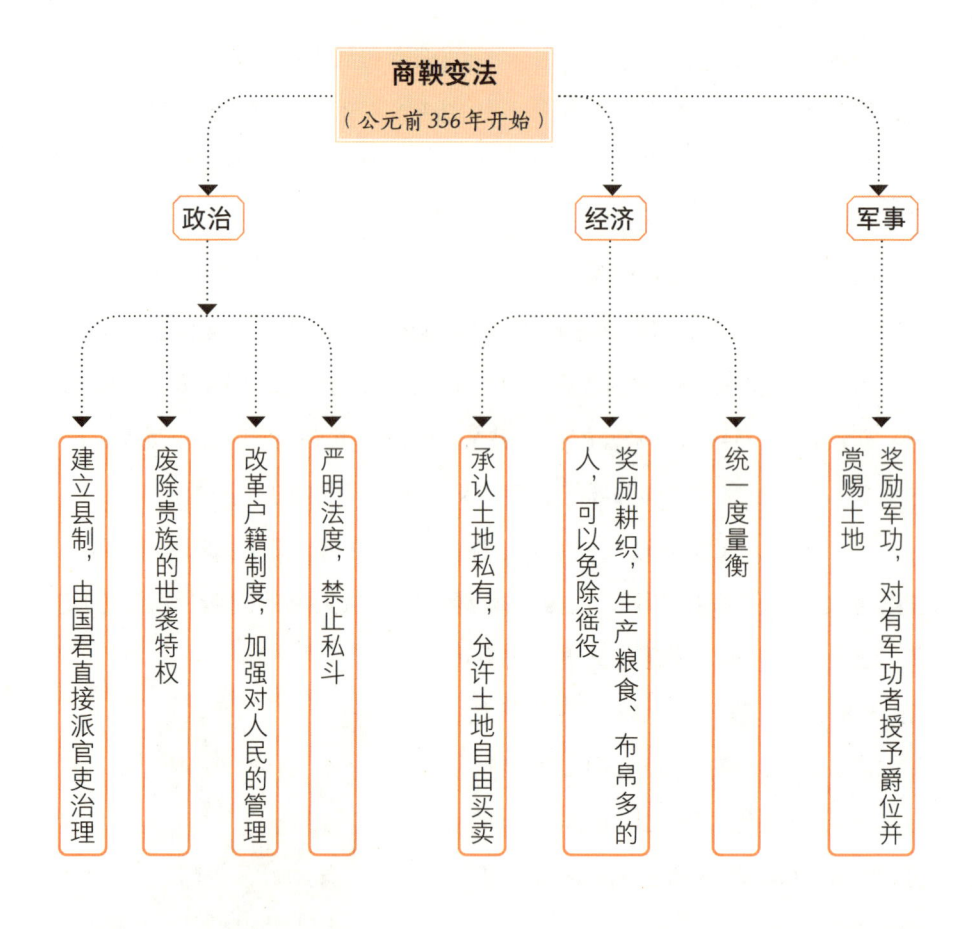

```
                    商鞅变法
                 (公元前356年开始)
        ┌───────────┼───────────┐
       政治         经济          军事
    ┌──┬──┬──┐    ┌──┬──┬──┐    ┌──┐
```

- 建立县制，由国君直接派官吏治理
- 废除贵族的世袭特权
- 改革户籍制度，加强对人民的管理
- 严明法度，禁止私斗
- 承认土地私有，允许土地自由买卖
- 奖励耕织，生产粮食、布帛多的人，可以免除徭役
- 统一度量衡
- 奖励军功，对有军功者授予爵位并赏赐土地

阳朝贺。这时因秦国季君之乱，列强又纷纷兵临函谷关，对秦国虎视眈眈。为防止腹背受敌，宣太后实行怀柔政策，恩威并施，将义渠君请到甘泉宫与自己同居。义渠君的英武锐气渐渐被宣太后的"柔情"消磨，情不自禁地经常来到咸阳与宣太后幽会，后来两人还生了两个儿子。

宣太后是一位思想开放的女性。《战国策》讲过一个故事，说韩国使节尚靳因为楚国攻打韩国而向秦国请求救兵，尚靳向宣太后说之以唇亡齿寒的道理，但楚国是宣太后的故乡，因此宣太后拒绝救韩。她对尚靳说："我服侍秦惠文王时，惠王把大腿压在我身上，我感到疲倦无法支撑。然而，当他把整个身子都压在我身上时，我却不觉得重，这是为什么呢？因为这样对我来说更加舒服。"接着，宣太后顺着话锋向韩国使者提出："你让我出兵救韩，军费开支巨大，难道不能让我得到一点好处吗？"

与使者的会谈仅是宣太后思想开放、个性张扬在言语上的表达，而与义渠君的私通则是在行动上的真实表现。秦昭襄王三十五年（前272年），已与宣太后私通长达35年的义渠君被诱杀于甘泉宫，两个私生子也同时被杀。之后秦国突然起兵"伐残义渠"，义渠国灭亡。这也意味着威胁秦国数百年的心腹之患终于被剜除。秦国在义渠戎故地设置了陇西（郡治今甘肃临洮县南）、北地（郡治今甘肃庆阳西南）和上郡（郡治今陕西榆林绥德县）三郡。此后秦国能够全力东向，统一全国的步伐也越走越快，宣太后柔灭义渠功不可没。

## 秦国"四贵"

宣太后临朝期间，秦国由"四贵"掌权。"四贵"是指宣太后的异父弟穰侯魏冉和同父弟华阳君芈戎，宣太后之子泾阳君嬴芾和高陵君嬴悝。这四人既是宣太后的血亲，又是她临朝执政的主要依靠力量。

魏冉从秦惠文王开始就任职用事。秦武王死后，魏冉拥立秦昭襄王并帮助其清除了所有对手，宣太后得以临朝。魏冉凭着秦昭襄王母舅的特殊身份在秦国独揽大权，一生四任秦相，党羽众多，深受宣太后宠信。魏冉举荐的白起为战神级统帅，与廉颇、李牧、王翦并列为战国四大名将。

白起东向攻城略地，击败"三晋"和强楚，战绩卓著，威震诸侯。尤其是楚国郢都（今湖北荆州区西北纪南城）被白起攻占后，楚顷襄王向东北方向流徙，由此战国后期局势发生根本变化，由秦楚两强并峙转变为秦国一家独大。

魏冉还亲自领兵作战，屡立战功。他曾迫使魏国献河东四百里地给秦国，又攻拔魏国河内郡，取大小城池六十余座；他曾击败魏将芒卯，攻入北宅（亦称宅阳，今河南郑州北），围困魏都大梁（今河南开封）；他曾击走魏将暴鸢，斩首四万，攻取魏国三县；他曾大破芒卯于华阳（今河南新郑市北）下，斩首十万，不仅夺取了魏国的卷（今河南原阳县西南）、蔡阳

白起像

（今河南上蔡县西南）、长社（今河南长葛市东）等城邑，还顺带夺取了赵国的观津（今河北武邑县东）。

秦昭襄王十九年（前288年），在魏冉的主张下，齐秦连横互尊，秦昭襄王自称西帝，尊齐湣王为东帝，准备联合五国攻赵。不久两国连横被苏秦的合纵破坏，秦昭襄王和齐湣王各自取消帝号，重新称王。

魏冉初封于穰（今河南邓州市），后改封于陶（今山东菏泽市定陶区）。司马迁对魏冉的评价很高："秦国之所以能够向东扩张领土，削弱诸侯，称帝于天下，各国诸侯无不西向俯首称臣，这都是穰侯的功劳啊。"

芈戎初封华阳君，封地在今陕西华阴市华山南，后来率军伐楚，拔新城（今河南新密市东南），遂改封为新城君。嬴芾初封泾阳君，封地在今陕西泾阳县，后改封于宛（今河南南阳市）。嬴悝初封高陵君，封地在今陕西西安高陵区，后改封于邓（今河南孟州市西）。

宣太后任用"四贵"主政，"四贵"专权限制了秦昭襄王的权力，导致秦国国内只知道有太后和"四贵"、不知道有秦王的局面。魏国人范雎逃亡到秦国后，逐渐受到秦昭襄王重用。

秦昭襄王四十一年（前266年），范雎悄悄地对秦昭襄王说："我住在山东时，只听说齐国有田文，从没听说齐国有齐王；只听说秦国有太后、穰侯、华阳君以及高陵君、泾阳君，从没听说秦国有秦王……如今太后独断专行、毫无顾忌，穰侯出使国外从不报告，华阳君、泾阳君等惩处断罚随心所欲，高陵君任免官吏也从不请示。这四种行径凑在一起国家却没有危险，那是从来没有过的。人们处在'四贵'统治下，就是我所说的没有秦王。既然如此，那么大权怎么能不旁落，政令又怎能由大王发出呢？……穰侯的使臣持握大王的重权，对诸侯国发号施令，他又向天下遍派持符使臣订盟立约，征讨敌方，攻伐别国，没有谁敢不听命。如果打了胜仗，夺取了城邑，就把好处归入陶邑；如果打了败仗，就会让百姓怨恨国君，而把祸患推给国家……我真的为大王害怕，在您之后，拥有秦国的恐怕就不是您的子孙了！"

范雎一番危言耸听，引起了秦昭襄王的警觉，结果导致宣太后被废黜，穰侯魏冉、华阳君芈戎、高陵君嬴悝、泾阳君嬴芾均被逐出国都，远离政治中心，年已60岁的秦昭襄王这才得以亲政。

宣太后临朝40年，始终是秦国事实上的最高统治者，以致出现范雎所说的秦国上下只知有太后和"四贵"而不知有秦王的局面。这期间秦国"东益地，弱诸侯"，开始为秦统一中国谋篇布局，这不能不说是宣太后的历史功绩。20余年后，嬴政即位，统一进程空前提速。

## 关于黄歇

秦昭襄王亲政之后，又过了一年，芈八子于公元前265年十月去世，安葬在芷阳骊山（今陕西西安市临潼区骊山）。其间，芈八子的宣太后名号虽被废黜，但她在王宫内的私生活并未受到干预，临终前还上演了一场生离死别的情感剧。

宣太后晚年私通大臣魏丑夫，后来生病将死，留下遗命："如果我死了，一定要魏丑夫为我殉葬。"魏丑夫听说此事，忧虑不堪，于是请好友

人物关系图谱

太后临朝：通往巅峰之路（第1册）

- 向寿
- 向氏（母）
- 芈姓（父）
- 魏丑夫（情夫）
- 义渠王
  - "柔灭义渠"（政敌）
- 商鞅
  - "杀灭商鞅"
- 春申君黄歇（无关系）
- 秦宣太后 —夫→ 秦惠文王嬴驷
- 秦惠文王后
- 秦武王嬴荡（子）
- 秦相魏冉（异父同母弟）
- 华阳君芈戎（同父同母弟）
- 泾阳君嬴芾（子）
- 高陵君嬴悝（子）
- 秦昭襄王嬴稷（子）
  - 秦相应侯范雎（臣）
- 公子嬴壮
  - "季君之乱"
- 秦国"四贵"

庸芮出面为他游说宣太后。庸芮问宣太后："太后您认为人死之后，冥冥之中还能知道人间的事情吗？"宣太后说："人死了当然什么都不会知道了。"庸芮于是说："像太后这样明智的人，明明知道人死了不会有什么知觉，为什么还要平白无故地把自己所爱的人置于死地呢？假如死人还知道什么的话，那么先王（指秦惠文王）早就对太后恨之入骨了。太后赎罪还来不及呢，哪里还敢和魏丑夫有私情呢？"宣太后觉得庸芮说的话很有道理，于是放弃了让魏丑夫为自己殉葬的念头。

宣太后一生有过三个男人，即惠文王、义渠王和魏丑夫，这在史书上都有明确记载。但是在《芈月传》中，宣太后在剧中的形象芈月待字闺中时还有一位情郎黄歇。在81集的《芈月传》前几集剧情中，春申君黄歇与芈月演绎了一段青梅竹马的美好初恋。黄歇的出现，让生活在磨难与波折中的芈月有了一丝期盼，两人在共同成长、相依相伴中彼此产生了很深的感情。然而，当芈月陪嫁秦国后，她不得不与黄歇生生分离。后来芈月曾悲怆地自责说，自己"欠他（黄歇）的情太多了，用一生的眼泪都还不完"。

春申君黄歇是历史上的真实人物，生年不详，卒年是公元前238年。黄歇是战国后期楚国贵族，楚顷襄王时任左徒（楚国仅次于令尹即丞相的官员，屈原曾任此职），后来随太子熊完（楚考烈王）入质于秦，楚考烈王即位后任令尹，时间长达25年，初封淮北12县，后改封于吴（今江苏苏州市），号春申君。

春申君门下有食客三千，与魏国信陵君魏无忌、赵国平原君赵胜、齐国孟尝君田文并称"战国四公子"，曾派兵救赵，攻秦，灭鲁。秦王政九年（前238年），楚考烈王病逝，春申君奔丧，被李园诛杀于楚都寿春（今安徽寿县）棘门之内，后安葬在今淮南市谢家集区李郢孜镇。

仅从年龄分析，宣太后与黄歇的这段恋情在历史上并不可能发生。史书没有记载宣太后与春申君的生年，《辞海》《中国历史大辞典》等相关词条也是如是编写。根据已知的历史资料，宣太后的长子秦昭襄王出生于公元前324年，即使她15岁时生育，宣太后的生年最晚也应该在公元前339年。当然，宣太后的生育年龄也可以更早两年，那样其出生年龄就可以再往后推到公元前337年。公元前307年秦昭襄王即位，芈八子成为王后并临朝听政时年龄或许已经32岁，但不会小于30岁。

黄歇呢？近年有学者研究认为黄歇的生年是在公元前320年，也有人认为是在公元前314年。秦国使白起攻韩、魏，擒魏将芒卯时，楚顷襄王派黄歇出使秦国，那年是公元前273年，这时候黄歇刚出仕，属于大器晚成。"（楚）考烈王元年，以黄歇为相，封为春申君，赐淮北地十二县"，那一年是公元前262年。即使按照宣太后最晚出生于公元前337年和春申君最早出生于公元前320年相比较，宣太后也要比春申君年长最少17岁，这样的"青梅竹马"又从何谈起呢？再者，宣太后是自幼从楚国流落到秦国的，那时候黄歇还没有出生。

因此宣太后与黄歇的所谓恋情是不可能发生的事情，更何况两人或许终生都没有相遇过。

黄歇像

## 临朝瞬间　"赵太后新用事"

战国时期，太后执掌国政称"事"：秦宣太后临朝听政称"自治事"，赵太后临朝听政称"新用事"。赵太后也称赵威后，是赵惠文王赵何的王后、赵孝成王赵丹的母亲。公元前266年，赵惠文王去世，赵孝成王继位。因其年轻，赵太后得以临朝听政。《战国策》记有赵太后临朝听政的两件事。

赵孝成王元年（前265年），"赵太后新用事，秦急攻之"。赵国向齐国求救，齐国提出条件，要求赵太后将其宠爱的幼子长安君送到齐国作为人质才肯发兵，但被赵太后断然拒绝。多位大臣力谏无果，赵太后甚至下令，严禁群臣再谏。左师触龙求见，太后愠怒接待，随时准备将触龙怼回去。但触龙与太后并不谈人质之事，反而提起自己的脚疾，关切地问起太后的起居。在嘘寒问暖中，两人都为行动不便、食欲欠佳而感叹。

随后，触龙央求太后让他15岁的幼子到宫中当卫士，话题随即转为父亲与母亲谁更疼爱孩子。触龙认为"父母爱孩子，必须为孩子做长远打算"，并举太后当初将女儿远嫁燕国，虽然悲切，却希望她能永为王后，不再归国为例，然后顺水推舟地谈起如今太后疼爱幼子长安君，但他"位尊而无功，奉厚而无劳"，不让他为赵国立功，这并非真心疼爱儿子的长远打算。触龙这番话让赵太后有所感悟，于是立即送长安君到齐国当人质，齐国也很快出兵救了赵国。

另一件是赵威后（赵太后）问齐使的故事。齐王派遣使者前往赵国，赵威后在未拆国书之前就问使者："年成如何？百姓安乐吗？齐王安康吗？"这使"使者不悦"，他质问赵威后："今不问王而先问岁与民，岂先贱而后尊贵者乎？"赵威后回答："不是这样。假如没有收成，哪里有百姓？假如没有百姓，哪里有国君？因此有所问，能不问根本而问末节吗？"

随后赵威后又连续询问齐国钟离子、叶阳子、北宫之女婴儿子三位贤者"无恙耶"，最后还责问齐国为什么至今还没将"上不臣于王，下不治其家，中不索交诸侯"的于陵子仲杀掉，这又表达出对齐国政治的批评。这个故事直接表现出赵威后"民为贵，社稷次之，君为轻"的执政理念，与孟子的"民贵君轻"思想一致。

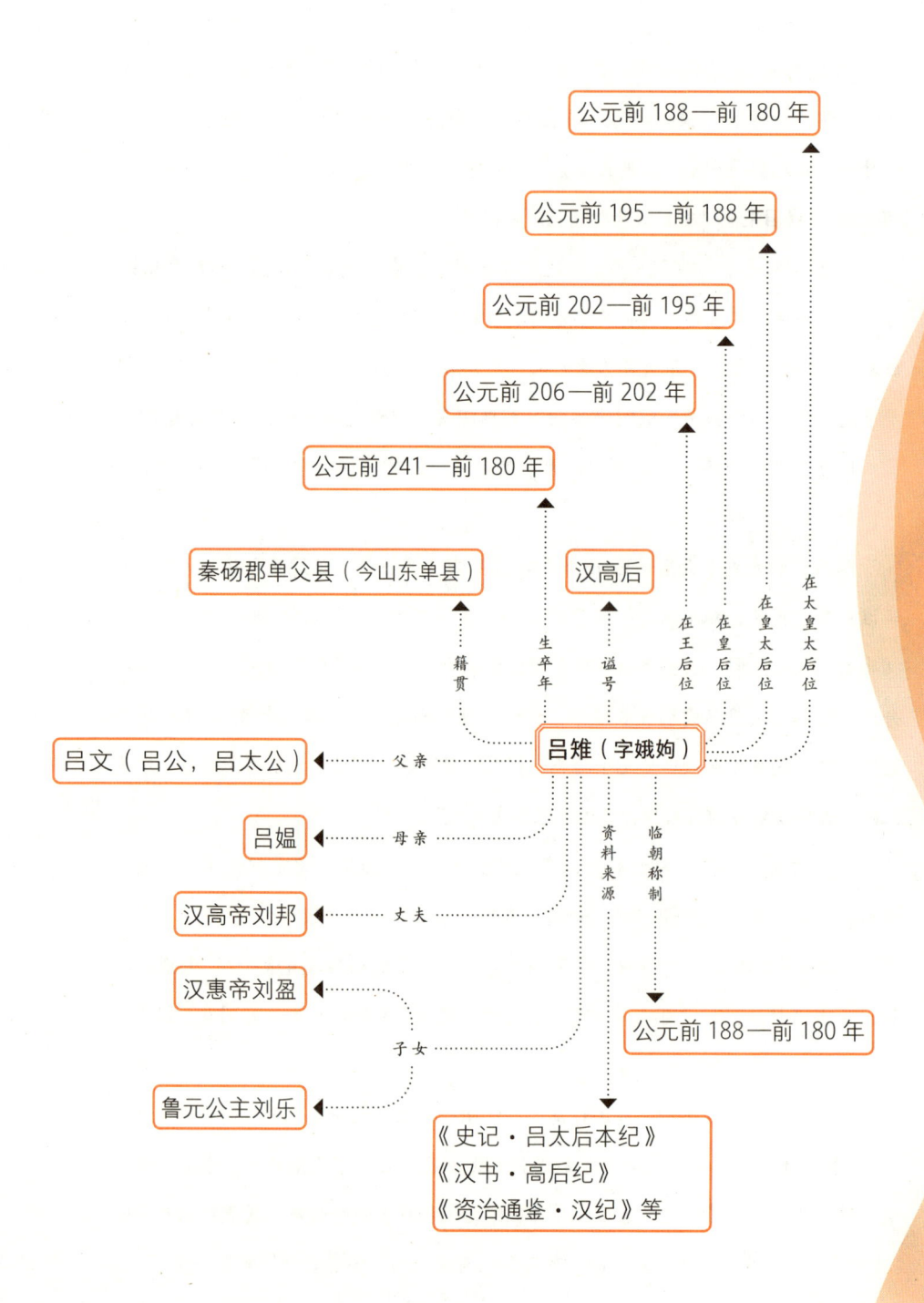

```
                                                        公元前 188—前 180 年
                                                              ▲
                                                              ┊
                                            公元前 195—前 188 年
                                                  ▲           ┊
                                                  ┊           ┊
                              公元前 202—前 195 年  ┊           ┊
                                       ▲          ┊           ┊
                                       ┊          ┊           ┊
                   公元前 206—前 202 年  ┊          ┊           ┊
                          ▲            ┊          ┊           ┊
                          ┊            ┊          ┊           ┊
      公元前 241—前 180 年 ┊            ┊          ┊           ┊
              ▲           ┊            ┊          ┊           ┊
              ┊           ┊            ┊          ┊           ┊
秦砀郡单父县（今山东单县）┊   汉高后    ┊          ┊           ┊
              ▲           ┊      ▲     ┊          ┊           ┊
              ┊     生    ┊      ┊  在  ┊  在      ┊  在
              ┊     卒    ┊  谥  ┊  王  ┊  皇      ┊  太
              籍    年    ┊  号  ┊  后  ┊  太       皇
              贯          ┊      ┊  位  ┊  后      ┊  太
              ┊           ┊      ┊      ┊  位      ┊  后
              ┊           ┊      ┊      ┊          ┊  位
              ┊           ┊      ┊      ┊          ┊
吕文（吕公，吕太公）◀──父亲── 吕雉（字娥姁）
           吕媪 ◀──母亲──
     汉高帝刘邦 ◀──丈夫──         资   临
                                  料   朝
                                  来   称
     汉惠帝刘盈 ◀─┐               源   制
                   子女             ┊   ┊
                                    ┊   ▼
     鲁元公主刘乐 ◀┘                ┊  公元前 188—前 180 年
                                    ┊
                                    ▼
                           《史记·吕太后本纪》
                           《汉书·高后纪》
                           《资治通鉴·汉纪》等
```

# 吕后真而主矣
## ——汉高帝皇后吕雉

刘邦在世时,戚夫人为其子赵王刘如意谋取储位,遭到皇后吕雉的强烈抵制。在发现刘盈的皇太子地位无法撼动后,刘邦曾满怀歉意地对戚夫人说:"吕后真而主矣!"刘邦没有料到其身后事态的发展:吕后不仅成为戚夫人的主人,而且成为整个国家的主人,更成为中国封建社会历史上第一位真正意义上临朝称制的皇太后。

## "剩女"出嫁

"本纪"简称"纪",是中国纪传体史书中帝王传记的专用名词。二十四史加《清史稿》中本纪无数,而能够单列于本纪的女性只有两位,即西汉吕雉和唐朝武则天。但武则天又确实当过15年的武周皇帝,进入本纪名正言顺。这样,并非皇帝身份而又能够载入本纪的女性就唯有吕雉了。她之所以能够载入本纪,是因为她具有15年的执政历史,其8年临朝称制史包含在这15年之内。

吕雉,字娥姁,秦砀郡单父(治今山东单县)人,出生于公元前241年。据说其父吕公与战国末年政治家、思想家吕不韦有亲缘关系,但吕雉出生那年,吕不韦被秦王嬴政逼迫自杀已有6年。后来吕公在故乡单父得罪了仇家,恐遭迫害,便投奔担任沛县县令的故友。有人考证说,吕公流亡沛县的时间是公元前214年。如果是,那么这一年吕雉的虚龄已经是28岁。因为父亲得罪了仇人,出身于这样家庭的女子在故乡一般也无人敢娶,吕雉在不知不觉中熬成一位嫁不出去的"剩女"。

来到沛县不久,吕雉就遇到了她的另一半——当时正担任泗水亭长的刘邦。亭长归属县级政权管理,相当于现在的乡镇派出所所长。据说现在沛县县城中的泗水亭公园就是当年刘邦的办公场所。刘邦在沛县是个泼皮

---

**小贴士**

**傅籍和五算**

《秦律》规定,男子成年后必须到官府登记,分立门户,按照规定缴纳户赋。如果成年男子不分立户,就要加重征收人头税。一般男子17岁(也有资料说15岁)时就要去官府登记"傅籍",每年都要给国家服一定时间的徭役。登记"傅籍"的男子年龄与分立门户的年龄相当,这样女子婚嫁的年龄只会低于17岁。

汉惠帝是吕雉的儿子,他登基后也明确规定:"女子年十五以上至三十不嫁,五算。""五算"就是缴纳五倍的赋税。15岁至30岁的女子只要未嫁,年龄每增加3岁就要缴纳增加一"算"的赋税。如果按此标准,则吕雉这个年龄正好达到"五算"的标准。

无赖式的混混级人物。他在担任亭长之前,就"不事家人生产作业",家人极其反感。刘邦经常呼朋唤友去兄嫂家吃饭,嫂子讨厌他的行为,故意敲锅以示"羹尽"。

史书中说,刘邦贪酒好色,经常到王妈、武婆的酒店中,以赊酒为名,行吃霸王餐之实,且一去就是烂醉如泥。王妈、武婆见他醉卧时有一种神奇的气氛,甚至还见过他身上盘旋着龙,因此刘邦每次在此两家赊酒痛饮,老板娘总是成倍抬高酒价。而到年终结算酒账时,这两家就毁其欠条免收酒费。其实,按照史书为尊者讳的惯例,两位酒店老板娘免其酒资是假,刘邦凭借亭长的权势拒绝支付酒资应该是真。

吕公携家带口逃到沛县后,为了站稳脚跟,就邀请当地名流到家中做客。因为他是沛县县令的朋友,县令特地安排属吏萧何前往主事。萧何规定,贺礼不足一千钱的,一律不得上主桌,只能坐在堂下。刘邦又来蹭酒,一文未带,却高呼"贺钱万",昂首直入。吕公非常吃惊,将他奉为上宾,酒席中还表示要将女儿嫁给刘邦。

事后,吕公的老伴非常生气,她责备吕公说:"你经常说要将自己的女儿嫁给贵人。县令与你交好,他向你求亲你都不愿意,你怎么就这样随便地将自己的女儿许配给刘邦呢?"面对老伴的责问,吕公只是故弄玄虚,笑着说:"这不是你们所能知道的事情。"原来,吕公已经暗暗地为刘邦相过面,认为刘邦今后一定会大富大贵,因此才做出将女儿嫁给刘邦的决定。

说起来这还是写史者的习惯,喜欢倒置因果,因为刘邦后来当了皇帝,所以才被认为是吕公的慧眼识珠。分析起来,吕公并非真的善于相面,只是一位逃亡者在情急无奈之下寻求靠山,希望通过刘邦这尊保护神,避免当地泼皮滋扰,求得在沛县平安无事地度过下半生而已。就这样,一位是嫁不出去的大龄剩女,一位是无人愿嫁的中年男人,28岁的吕雉嫁给大约43岁的刘邦,成为他的妻子。事后吕雉才知道,当时刘邦早已为人父。不知他是强行占有,还是苟合私通,反正刘邦已经与一位姓曹的女子生了一个男孩,并取名叫刘肥。吕雉初为人妻,即成人母,开始品尝人世间的酸甜苦辣。

## 囚徒王后

婚后，吕雉生下一双儿女，也就是后来的鲁元公主和汉惠帝刘盈。这时的吕雉俨然是一位贤妻良母，既要照顾刘邦的老父亲刘太公，还要养育她与刘邦生的两个孩子，家务活计与农田劳作都是吕雉一人操心。

有一天，吕雉和两个孩子正在田间除草，有一个老者路过讨水喝，吕雉便给老者水喝。这时候的吕雉不仅性格温顺，而且勤劳善良，乐善好施，富有同情心。这位老者喝过吕雉递过来的水后，就为吕雉看相，说吕雉是"拥有天下的贵人"。吕雉又请老者为两个孩子看相。老者看看刘盈说，夫人之所以尊贵，是因为这个孩子，且刘盈的姐姐同样显贵。这番说辞给吕雉增添了无限的生活信心。

反观刘邦却依然故我，一天到晚游手好闲，到处蹭吃蹭喝。后来，刘邦奉命押解犯人到骊山修建秦始皇陵，途中不少人逃脱。对押送官来说，犯人逃脱是宗死罪，刘邦索性将所有人都放走，自己也走上逃亡之路。逃犯中有十余人愿意跟随他，于是这伙人逃入芒砀泽。刘邦"斩白蛇起义"，吕雉还曾偷偷地给他们送食物过去。案发后，官府追捕，抓不到刘邦，却将吕雉和她的两个孩子关押起来。幸亏萧何从中斡旋，吕雉才免于一死。出狱后，吕雉继续操持家务，还时时打听刘邦的下落，为他的安全担心。

秦二世元年（前209年）七月，陈胜、吴广起义爆发。九月，刘邦这一伙人在萧何等人配合下，杀进沛县，杀死沛县县令。刘邦自称沛公，不久就与项羽领导的起义军同时成为反秦主力。三年后，刘邦率军进入关中，秦朝灭亡。项羽入关分封诸侯，刘邦被封为汉王，占有巴、蜀、汉中三郡，建都南郑（今陕西汉中市）。项羽自立为西楚霸王，建都彭城（今江苏徐州市）。不期然间，吕雉成为当时的汉王王后。此前在刘邦征战期间，吕雉并未随军，在沛县艰难度日，刘邦委托同乡审食其照顾其家眷。

汉王元年（前206年），刘邦明修栈道，暗度陈仓，平定三秦，占领关中。九月，汉王刘邦派遣将军出武关（今陕西丹凤县东），走南阳（今河南南阳市），前往沛县，迎接父亲刘太公和妻子吕雉以及一大家人。项羽听说后，发兵至阳夏（今河南太康县）阻住汉军的前进之路，使刘邦迎接家人的计划落空，楚汉战争爆发。次年四月，刘邦趁项羽主力在齐地征战，楚都彭城空虚，率军直取彭城。但刘邦攻占彭城后，并不着急与家人团聚，也不做防御项羽反攻的战备工作，却忙着收取项羽的美人和财物，整天喝酒庆贺。

结果项羽亲自率领3万精兵突袭彭城，大破汉军56万于睢水之滨，汉军尸塞睢水，睢水不流。刘邦乘乱与数十骑冲破重围逃走，行经沛县时才想起派人寻找眷属，但是全家已经逃亡，不知去向。途中，遇见刘盈姐弟，刘邦让他俩同车奔逃。楚兵一路追赶，情势危急，刘邦为了保住自己，竟将子女猛踹下车，以减轻车载负担。为他驾车的夏侯婴不忍，又将二人抱上车，总算逃离了虎口。直到逃至吕雉之兄吕泽（后获封周吕侯）驻扎的下邑（今安徽砀山县），刘邦一行才得以喘息。

刘太公、吕雉与刘盈姐弟失散后，在审食其的保护下从小道逃走，反而与楚军相遇。于是项羽将刘太公一行拘押军中扣为人质，贵为王后的吕

**楚汉之争示意图**

雉从此开始了囚徒生涯。刘邦却在彭城兵败的逃亡途中意外得到定陶（今山东菏泽市定陶区）女子戚姬，也就是戚夫人。戚夫人能歌善舞，又比吕雉年轻，自然受到刘邦的极度宠爱，不久就为刘邦生了儿子刘如意。刘邦与吕雉所生的刘盈则被立为汉王太子。

父亲和妻子被拘押在楚营，刘邦并不着急。楚汉对峙阶段，项羽在军前架设肉案，把刘太公放到上面，要挟刘邦说："今日你不赶快投降的话，我就烹杀了太公！"刘邦对此毫不在意，他说："我曾与你一起盟誓结为兄弟，我的父亲就是你的父亲；如果一定要煮杀你的父亲，希望也分给我一杯肉羹！"项羽怒不可遏，当时就想杀掉太公，但被部下劝止。

刘太公与吕雉翁媳被项羽扣押长达两年半，吕雉亲身感受到刘邦的薄情，连孩子都会舍弃，连父亲都不顾及，自己又时刻与死亡相伴，恐惧、无助、愤怒……各种情绪交汇，审食其成为吕雉的知己。直到汉王四年（前203年）九月，楚汉以鸿沟为界，暂时和解，刘太公与吕雉才被项羽释放。当了多年的家庭主妇，又当了两年多的楚营囚徒，吕雉终于熬成真正的王后。

## 诛戮功臣

五个月后,即公元前 202 年二月,刘邦在垓下之战中击败项羽,迫使其自杀。刘邦于戚姬老家定陶的氾水之阳即皇帝位,大汉王朝建立,史称西汉,开始时建都洛阳,随后定都长安。吕雉作为刘邦的正妻被立为皇后,王太子刘盈则被立为皇太子。虽然在刘邦之前有过秦始皇和秦二世两位皇帝,但史书并未记载他们册立皇后的事情,因此吕雉可算是中国历史上第一位有记载的皇后。

吕雉成为皇后之后,走上政坛,逐渐参与政事。尤其是刘邦生病期间,"属任吕后",使吕雉享受到大权在握的无穷乐趣。这期间她所做的最绝的事情就是帮助刘邦诛戮不少为建立西汉王朝而功勋卓著的名臣宿将,这些人中就有淮阴侯韩信与梁王彭越。

淮阴侯韩信是汉初名将,他投靠刘邦后,由萧何举荐,被刘邦任为大将。在楚汉战争中,刘邦采纳韩信的计策,先攻占关中,作为根据地。然后刘邦出兵东进,与项羽正面交锋;韩信则破赵取齐,占据黄河下游之地。韩信先被刘邦封为齐王,建都临淄(今山东淄博市临淄区)。不久,

张良像

韩信像

韩信三人都是人中的豪杰。出自明·张居正《帝鉴图说》

任用三杰。汉高帝刘邦初定天下，置酒宴群臣于洛阳南宫，君臣一番问答后，说张良、萧何、

韩信率军与刘邦会合，击灭项羽，又被改封楚王，迁都下邳（今江苏睢宁县古邳镇）。

无论是在建立还是在巩固西汉王朝的过程中，韩信都立下了旁人无可替代的功劳，刘邦将韩信与萧何、张良并称为"汉初三杰"，自己承认"连百万之众，战必胜，攻必取，吾不如韩信"。韩信功高震主，自然使刘邦与吕后产生危机感。后来刘邦伪称游云梦，借故将韩信擒拿，又将其黜降为淮阴侯，并软禁于都城长安。

汉高帝十一年（前196年）正月，刘邦亲率军队前往代地（位于今河北西北部、山西东北部）镇压谋反的陈豨。吕后自作主张，与萧何合谋将韩信骗进皇宫，诬之以与陈豨勾结谋反的罪名，将韩信杀害于长乐宫钟室。韩信的亲属也受株连而遭族诛。韩信由萧何举荐，又被萧何设计诛杀，"成也萧何，败也萧何"的成语典故即源于此。

梁王彭越于秦末聚众起兵，后率兵归附刘邦。楚汉战争中，彭越攻占梁地（今河南东北部与山东西部一带），屡次断绝项羽粮道，协助刘邦攻灭了项羽，被刘邦封为梁王，建都定陶。此后，彭越忠心事汉，曾多次到长安朝见刘邦。陈豨叛乱时，刘邦向彭越征兵，由于韩信被杀，彭越开始为自己的性命担忧，于是称病不行，只派手下将领带兵前往刘邦驻地邯郸。刘邦大怒，派人责备彭越，彭越属下官吏劝他造反，彭越未听从。于是，刘邦派人逮捕彭越，将其关押在洛阳监狱中。

不久，刘邦废黜彭越的梁王爵位，将其流放到偏僻地区蜀中青衣县（今四川雅安市芦山县一带）。走在半道上，彭越偶遇从长安奔赴洛阳的吕雉，遂向吕后哭诉自己的冤屈，请求吕后通融，将自己安置到故乡昌邑（今山东菏泽市巨野县）。吕后满口答应，于是将彭越带回洛阳，私下却派人带信给刘邦说："彭越是位壮士，现在把他流放到蜀地，实际上遗留下一个祸患，不如将他杀掉，所以我才将他带回洛阳。"

在刘邦的默许下，吕后指使彭越的属下诬告彭越谋反，遂将彭越杀害。这时，距离韩信被杀仅两个月。彭越被杀，其宗族同时也被诛。

司马迁说："吕后为人刚毅，佐高祖定天下，所诛大臣多吕后力。"很显然，根据吕后的经历，这里"定天下"的"定"，不是"平定"的"定"，而是"稳定"的"定"。"所诛大臣多吕后力"，这是吕后替刘邦做了想为而不敢为或是不便为的事情。

## 易储风波

尽管吕后如此"刚毅"，帮助刘邦诛除了一个又一个隐患，但刘邦似乎对她已经失去兴趣，喜欢的还是在战乱中遇到的戚夫人。戚夫人比吕后年轻许多，歌舞弹唱样样精通，又知书识字，深得刘邦宠爱。刘邦在南征北战时带着她，在外出巡游时也带着她。吕后由于年长，刘邦就让她留守长安，夫妻两人之间的感情也越来越淡薄。

因为戚夫人的缘故，刘邦对刘如意也特别偏心，认为"如意类我"。后来刘如意虽被刘邦封为赵王，但一直居留都城长安。太子刘盈因为仁慈懦弱，高帝认为他不像自己，戚夫人乘机鼓动刘邦废掉刘盈，改立赵王刘如意，刘邦亦有此意。太子刘盈虽然对储位抱无所谓的态度，吕雉却感到深深的恐惧。此后三四年时间里，刘盈的皇储地位好几次差点被废，而刘如意距离太子之位仅一步之遥。

吕雉在提心吊胆中挨过一年又一年，但有惊无险，易储最终没有成功。这一方面是朝中大臣的极力反对，另一方面则是吕后的不懈努力。大臣中反对易储最力者为御史大夫周昌。周昌敢于向皇帝犯言直谏，连汉初名臣萧何、曹参等人都没有这么大的胆量。

有一次刘邦在朝会中又提及易储之事，许多大臣都出来劝止，刘邦都未改变主张。周昌虽然口吃，但仍然怒气冲冲地红着脸谏阻说："臣口不能言，然臣期期知其不可。陛下虽欲废太子，臣期期不奉诏。"周昌结结巴巴地说的这番话，将刘邦也逗乐了，于是一场易储危机在笑声中得以化解，历史上也因此留下"期期艾艾"这一个形容口吃的成语。事后吕后知道了这件事，甚为感动，再遇到周昌时，竟感激得不顾皇后之尊而跪拜道谢说："要不是您的努力，太子差不多就要被废掉了。"

为了让高帝彻底打消易储的念头，吕后通过其兄建成侯吕泽向留侯张良请教计策。张良不想卷入皇族矛盾，但由于吕氏强求，张良只得献计说，只要太子能卑辞安车，请"商山四皓"与之俱游，其储位一定会得到巩固。

四皓是隐居于商山（今陕西商洛市商州区东南）的东园公、甪里先生、绮里季和夏黄公四位学识丰富的黄老学者，他们不愿为官，长期隐居商山，年龄八十有余，个个庞眉皓发，故称"商山四皓"。刘邦久闻四皓大名，屡次邀请他们出山为官，但商山四皓均不为名利所动。吕氏与太子刘盈通过一番运作，商山四皓居然都愿意聚集到太子身边，暂居于建成侯府邸。

一次宫中宴会，太子侍奉在刘邦一侧，商山四皓跟随在后。刘邦非常惊讶，问清他们的来历后，刘邦惊问道："我访求各位好几年了，各位都躲着

商山四皓图

吕后真面主矣——汉高帝皇后吕雉

029

我，现在你们为何自愿跟随我儿交游呢？"四皓异口同声地回答道："陛下轻慢士人，喜欢骂人，我们讲究义理，不愿受辱，所以惶恐地逃走了。我们私下闻知太子为人仁义孝顺，谦恭有礼，喜爱士人，天下人没有谁不伸长脖子想为太子拼死效力的。因此我们就来了。"刘邦听了似有感悟，转而拜求他们用心调护辅佐太子。四皓向刘邦敬酒之后就彬彬有礼地告辞而去。

刘邦叫过戚夫人，指着四皓背影说："我本想更换太子，但是有他们四人辅佐，看来太子羽翼已成，难以动他了。皇后这回真是你的主人了！"戚夫人虽然悲切，但已无可奈何，刘邦作歌劝慰道："鸿鹄高飞，一举千里。羽翮已就，横绝四海。横绝四海，当可奈何！虽有矰缴（短箭），尚安所施！"

刘邦一生作歌两首，这首歌叫《鸿鹄歌》，另一首就是《大风歌》："大风起兮云飞扬。威加海内兮归故乡。安得猛士兮守四方！"刘邦将《鸿鹄歌》反复吟唱数遍，戚夫人抽泣流泪，刘邦默默起身离去，酒宴结束。至此，刘邦彻底打消了废黜太子刘盈、改立赵王刘如意的念头。

这时的刘邦已经重病在身，十分清楚自己将不久于人世。他也非常清楚吕雉的为人，在他死后，吕后容不下戚夫人母子。无可奈何之下，刘邦只得将赵王遣往赵国封地，并请周昌担任赵相，负起保护赵王的责任。周昌虽然竭力反对易储，但为人耿直，不怀私心，因此刘邦将赵王交给周昌非常放心。对周昌来说，由朝廷御史大夫改任诸侯国丞相，实际上是降了职。刘邦为了赵王刘如意的安全，又找不到其他更合适的人选只得愧对周昌。

知妻莫如夫。从刘邦安排周昌负责保护赵王刘如意这件事来看，其中已经隐含了刘邦对吕后的不放心。在病入膏肓之际，刘邦又采取了进一步的防范措施。他召来群臣，宰杀白马，共同盟誓："非刘氏而王，非有功而侯，天下共击之。"吕后的妹夫，也就是刘邦的连襟舞阳侯樊哙正领兵驻扎在外，刘邦听从侍从的建议，派曲逆侯陈平、绛侯周勃带着皇帝的诏书前往军营捕杀樊哙，并让周勃代掌军权。周勃和陈平留了个心眼，他们认为诛杀樊哙是刘邦昏聩时发布的旨意，刘邦即将去世，如果杀了樊哙必然会得罪吕后，因此他们只夺了樊哙的兵权，将其押解还赴长安。半道上他们就得到了刘邦驾崩的消息，樊哙很快官复原职，周勃、陈平也得到了吕后的谅解。

## 人彘事件

汉高帝十二年（前195年）四月，刘邦驾崩于长安长乐宫。汉惠帝刘盈即位，吕雉自然"升格"为皇太后。吕后秘不发丧，暗中却在筹划将汉初功臣斩尽杀绝。有人察觉到吕后的动机，晓之以利害关系，才迫使吕后中止了这个计划，而戚夫人则迎来灭顶之灾。

汉惠帝为人懦弱，吕太后很轻易就控制了朝政，为易储之事憋在心里多年的怒气终于得到发泄的机会。刘邦死后不久，吕后即下令将戚夫人囚禁在永巷，拔去头发，钳上铁箍，穿着囚衣，用杵舂米。由皇帝的宠妃一下沦为犯人，戚夫人无奈，只得一边舂米，一边哭唱："子为王，母为虏。终日舂薄暮，常与死相伍。相离三千里，当谁使告女？"

戚夫人受到如此摧残，吕太后仍不解气。赵王刘如意尽管是易储风波的当事人，吕雉也明知他年幼无知，易储并不是他的主观愿望，但吕雉还是不愿放过他。她派人去邯郸诏令赵王进京，被赵相周昌拒绝。周昌说："赵王年纪幼小，因此高皇帝将赵王托付于我。我听说太后对戚夫人十分怨恨，想将赵王召入都城，一并杀掉，因此我是不敢让赵王去京城的，更何况赵王正生着病，也不能前往。"使者在长安与邯郸之间往返三次，周昌都这样答复。

吕太后大怒，将周昌召入长安，也不顾昔日周昌力保储君的恩德，破口大骂说："难道你不知道我怨恨戚氏吗？你为什么不让赵王回来？"周昌离开邯郸，赵王失去保护，太后再次派人召他，他只得乖乖地随使者来到长安。

汉惠帝知道吕太后召赵王进京的用意，尽管他只是赵王的异母兄长，但他仁惠善良，决意负起保护幼弟的责任。赵王尚未进入都城，他就亲自前往郊外的灞上迎候，并将赵王直接引进皇宫，二人同起同居，同餐同游。吕太后几次想杀赵王，但在汉惠帝的严密保护下，总是无法下手，一时间无可奈何。

一天清晨，惠帝早起射猎，看到年幼的赵王贪睡，惠帝不忍心早早叫醒他，就独自去了。结果太后瞅准机会，立即派人带着鸩酒进入皇宫，逼迫赵王饮下毒酒。等到汉惠帝车驾还宫，赵王早已死去。惠帝虽然怨恨太后，但也只能暗自伤心。

赵王被害，戚夫人也承受了丧子之痛，但吕雉并未善罢甘休，又开始收拾戚夫人。她令人砍断戚夫人的手足，剜去眼睛，熏聋耳朵，又喂了哑药使嗓子哑掉，将其扔到厕所里，号为"人彘"。仅读这段文字就让人毛骨悚然，吕雉还让汉惠帝去厕所观看。惠帝见到这个"怪物"，触目惊心，一听说是戚夫人，当场就痛哭起来，并因之而生了大病。时为公元前194年，也就是汉惠帝即位的第一年。

汉惠帝遭受人彘刺激后，派人请来太后说："这不是人干的事。我是太后的儿子，看来是不能治理天下了。"此后汉惠帝在病榻上躺了一年多，病势稍有好转就纵酒淫乐，不再过问政事。如此做法却正中吕太后下怀，于是朝政大权被吕太后完全掌握。

被吕雉迫害致死的刘邦之子并非刘如意一人。刘邦有八个儿子：汉惠帝刘盈、汉文帝刘恒，前后三任赵王刘如意、刘恢和刘友，还有齐王刘肥、燕王刘建和淮南王刘长。除了汉惠帝是其亲生，吕雉对其他人皆未尽到母后关爱之责，反之只要是危及吕氏利益，她就坚决采取措施予以清除。

刘如意被害后，刘邦第六子刘友被吕太后由淮阳王改封为赵王。吕太后强迫刘友娶吕氏宗女为妻，刘友极为反感，就以宠爱其他妃子来抵制，结果惹恼了这位吕氏宗女。她向吕后告状，导致刘友被吕后召入长安囚禁，活活饿死。

刘友死后，吕太后改封刘邦第五子梁王刘恢为赵王，继又强迫刘恢娶吕雉之侄吕产的女儿为王后。成婚后，吕产之女竟公然下毒将刘恢原来的宠妃杀害，并对刘恢进行监视。刘恢悲痛异常，不久即殉情自杀。吕太后认为刘恢因妇人自杀而不思供奉宗庙祭祀，遂废黜其嗣。

燕王刘建是刘邦幼子。高后七年（前181年），刘建去世。刘建与姬妾

## 人物关系图谱

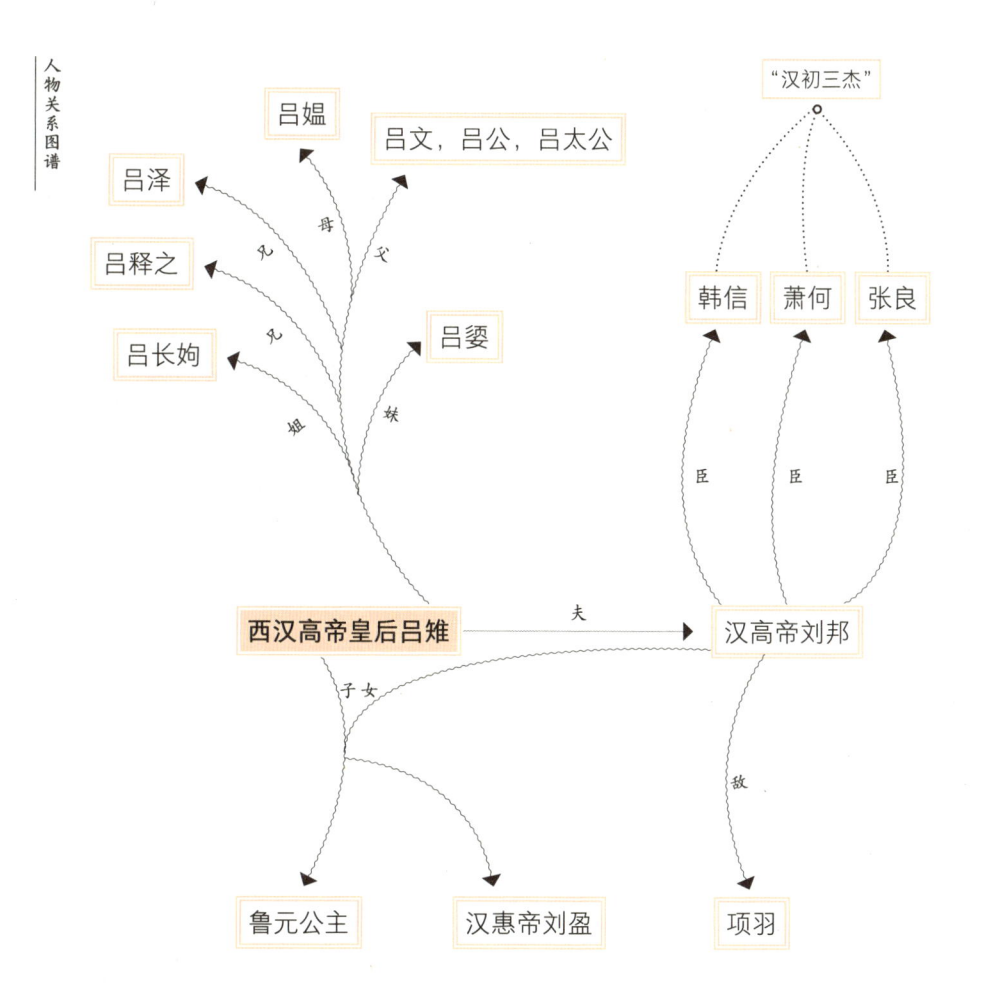

```
                          "汉初三杰"
  吕媪    吕文,吕公,吕太公
  吕泽          母  父      韩信  萧何  张良
  吕释之    兄          
  吕长姁    姐   妹  吕媭
                              臣   臣   臣

     西汉高帝皇后吕雉  ——夫——▶ 汉高帝刘邦
                  子女                    敌
     鲁元公主   汉惠帝刘盈           项羽
```

有一子，为了能将燕国封给吕氏宗族，吕太后竟派人将刘建之子杀害，后来将吕氏宗族中的吕台之子吕通封为燕王。从这个结果来看，燕王刘建突然去世，不排除被人暗害的可能。

齐王刘肥是刘邦婚前私生子，其封国最大，"食七十城，诸民能齐言者皆予齐王"，意思是说讲齐地方言的城邑都归属齐国。齐王入朝，吕雉在宫中设家宴时要以毒酒毒死刘肥。汉惠帝察觉后，抢过毒酒要先喝，结果吕雉一巴掌将毒酒打翻。齐王震惊，吓得赶紧离席。事后齐王将城阳郡（郡治今山东莒县）献给鲁元公主作汤沐邑（汉朝时供皇帝、皇后、公主、诸侯王、封君等私人奉养之用的封邑），并且尊称鲁元公主为齐王太后。吕太后一高兴，刘肥这才免却杀身之祸。齐王刘肥与鲁元公主本来是异母兄妹，现在却要尊自己的妹妹为"母亲",其忍受屈辱的程度可想而知。

刘邦诸子在吕后执政时期得以安然度过的只有汉文帝刘恒和淮南王刘长。刘恒母亲薄姬与吕雉无争,刘恒被封为代王,建都晋阳(今山西太原市),薄姬随刘恒赴代国。吕后执政期间,刘恒一直固守封国,基本没有被吕雉注意到。淮南王刘长是刘邦巡行赵国时,与赵姬"一夜情"而生的儿子。后来赵姬因与赵王张敖(鲁元公主的丈夫、赵王刘如意的前任)连坐被囚,刘长也出生于邯郸监狱之中。刘长出生后,其母赵姬自杀而亡,于是刘邦将刘长托付给吕雉抚养。靠此养育亲情,刘长也得以幸免于难。

## 都城建设

汉惠帝因为人彘事件的刺激不再过问朝政,西汉王朝实际由吕太后把持。刘邦在世时,都城长安仅修建了长乐宫和未央宫。刘邦一直居住在长乐宫,于是长乐宫成为当时西汉王朝的政治中心,吕雉诱杀韩信之事就发生在长乐宫。当时长安城内也仅有几条街道,还没有城墙,市面也不繁华,缺乏帝都之气。

汉惠帝即位后,便移居未央宫,长乐宫专供皇太后吕雉居住。相对于未央宫来说,长乐宫位于东边,因此又被称为东宫。汉惠帝执政后决定整修长安城,这实际上也是吕雉的决策和操控。汉惠帝元年(前194年)正月,修建长安城工程开工,在拓宽修建市内所有街道后,又集中人力、物力修建了城墙。两年后,先是征发长安周围六百里之内的男女民工14.6万人修筑长安城,工期为30天。三个月后,又征发各诸侯王与列侯的私属人员及奴隶2万人到长安继续筑城。到汉惠帝五年(前190年),再次征发长安周围六百里以内的男女民工14.5万人到长安筑城,工期又是30天。当年九月,工程竣工,"长安城成"。

为庆贺这一盛事,朝廷专门"赐民爵,户一级"。按照秦汉时期二十个等级的爵禄制度,京师每户百姓家庭的爵位都提升了一级,这也是京师全体百姓的一项特殊待遇。主持汉长安城修建的官员是阳成延,他早年是修

汉长安宫城图

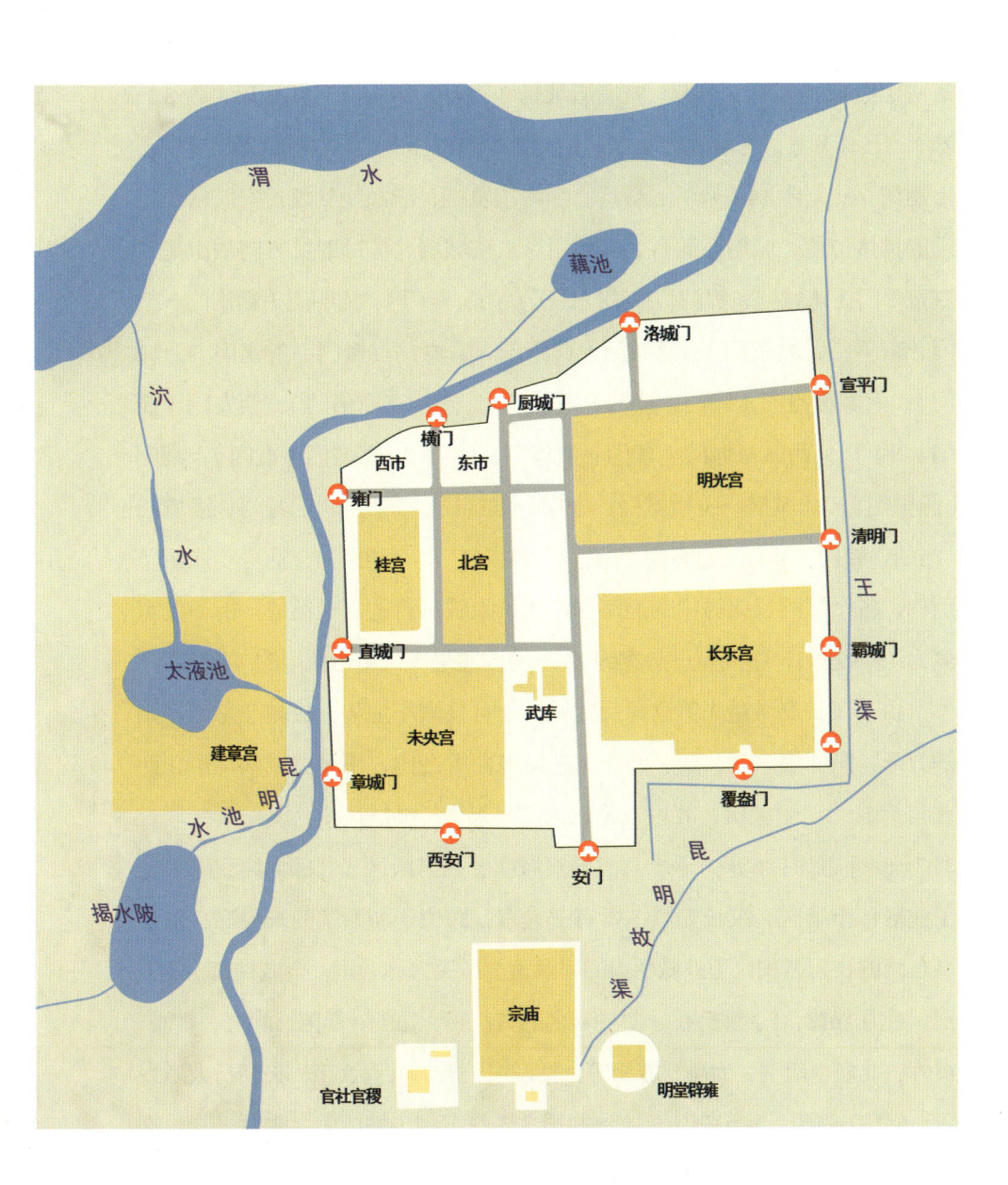

吕后真而主矣——汉高帝皇后吕雉

035

建秦阿房宫的工匠，后来在郏（今河南郏县）投入刘邦军中。刘邦获封汉王后，阳成延担任少府，负责皇室的财政，先是主持修建了长乐宫和未央宫，接着又主管修筑长安城。在汉长安城完工以后，阳成延被封为梧侯。

根据文献记载，汉长安城有"八街，九陌，三宫，九府，三庙，十二门，九市，十六桥"。汉长安城位于今西安城区西北未央区汉城街道一带，东南距西安城大约5千米。城墙遗址基本完好，城垣高三丈五尺（合8.23米），上窄下宽，为版筑夯土墙。城墙外侧有宽8米、深3米的壕沟环绕，上建宽6丈（合14.1米）的石桥。经考古发掘，已经找到汉长安城各个城门的具体位置，城墙每面有3座城门，从东城墙北按顺时针方向依次是东城宣平门（东城门、都门、东都门、玉女门、青门）、清明门（藉田门、凯门、东平门、城东门）、霸城门（青绮门、青城门、青门、青雀门、万城门）；南城覆盎门（端门、杜门、下杜门）、安门（鼎路门）、西安门（便门、平门）；西城章城门（章门、光华门、便门）、直城门（直门）、雍门（函里门）；北城横门（横城门、光门、武朔门、突门）、厨城门、洛城门（洛门、朝门、高门、杜门、利城门、鹳雀台门、客舍门），括号中注明了别称。各个城门通向城内的道路都由3条大致平行的街道组成。街道的宽度为45米左右，中间有一条宽约20米的大道是专供皇帝使用的"御道"。

由于汉长安城是先筑宫殿后建城垣，且又限于地势，故城池呈不规则的方形，东面墙平直，南、西、北三面多曲折凸出，南墙曲成南斗形，西北角折成北斗七星状，故后人称之为"斗城"。根据实测，汉长安城周长25.7千米，面积36平方千米。汉长安城南部为宫殿区，北部为居民区、手工业区和市场区。汉长安城主要有三大宫，即位于城西南的未央宫，位于城东南的长乐宫和位于外城西边的建章宫。居民区称为里，全城共有160个里，"室居栉比，门巷修直"，其中著名的有宣明、建阳、昌阴、尚冠、修城、黄棘、北焕、南平、大昌、戚里等。据说汉长安城共有9市，夹横桥大道设置，6市在道西，3市在道东，"致九州之人在突门（横门）"，生意兴隆。据史家考证，汉长安城人口数量大约为50万人，已经是当时世界上可与罗马相媲美的都城，从长安城的修建也反映出皇太后吕雉的眼光和魄力。

## 吕氏封王

汉惠帝于抑郁中做了 7 年皇帝，于公元前 188 年驾崩，时年 23 岁。吕太后在治丧过程中却干哭无泪，满朝大臣和宫中杂役都不明其因，唯有留侯张良 15 岁的儿子张辟彊能猜透太后的心思。张辟彊担任侍中，这时的丞相是陈平，张辟彊找到陈平问："太后只有皇帝一个儿子，现在皇帝死了，太后虽然也哭，但是并不悲伤，您知道是什么原因吗？"陈平反过来问他，这到底怎么解释，张辟彊说："皇帝没有年长的孩子，太后也担心你们。如果你们现在请求将太后的侄子吕台、吕产、吕禄拜为将军，统领南北两军，并且将诸吕都请到皇宫，协助太后处理政事，那么太后的心就安定了，你们的祸事也就可以免除了。"陈平按照张辟彊的意思向太后提出了上述建议，太后果然放下心来，大放悲声，料理了惠帝的丧事。

汉惠帝皇后张嫣（被后世尊为花神）是鲁元公主之女，吕雉为了巩固自己的势力，亲上加亲，强迫汉惠帝娶年仅 10 岁、小自己 8 岁的外甥女为皇后。汉惠帝不肯与张嫣同房，张嫣自然不会生育，吕太后却让她装成怀孕的样子，后将宫中一位美人生的孩子刘恭抱来，说是张皇后生的孩子，又将这孩子的生母杀害，于是这个孩子被汉惠帝立为皇太子。惠帝死后，吕太后让太子刘恭当了皇帝，是为汉前少帝。按理说，少帝即位，吕雉又"升格"为太皇太后，但是史书上仍然称她为太后。"吕氏权由此起……号令一出太后……太后称制"。"称制"就是代行皇帝的职权，唐人颜师古解释说："天子之言，一曰制书，二曰诏书。制书者，谓为制度之命也，非皇后所得称。今吕太后临朝行天子事，断决万机，故称制诏。"称制之说始于吕太后，因此吕太后成为中国历史上第一位临朝称制的皇太后。

吕太后初临朝，就向大臣征求意见，准备立吕氏为王，结果被右丞相王陵怼了回去。王陵说，当初高帝刑白马而盟誓，"非刘氏而王，天下共击之"，现在封诸吕为王，违背了盟约。太后听了很不高兴，又问左丞相陈平和太尉周勃。陈平和周勃回答："高帝平定天下，封子弟为王。如今太后称

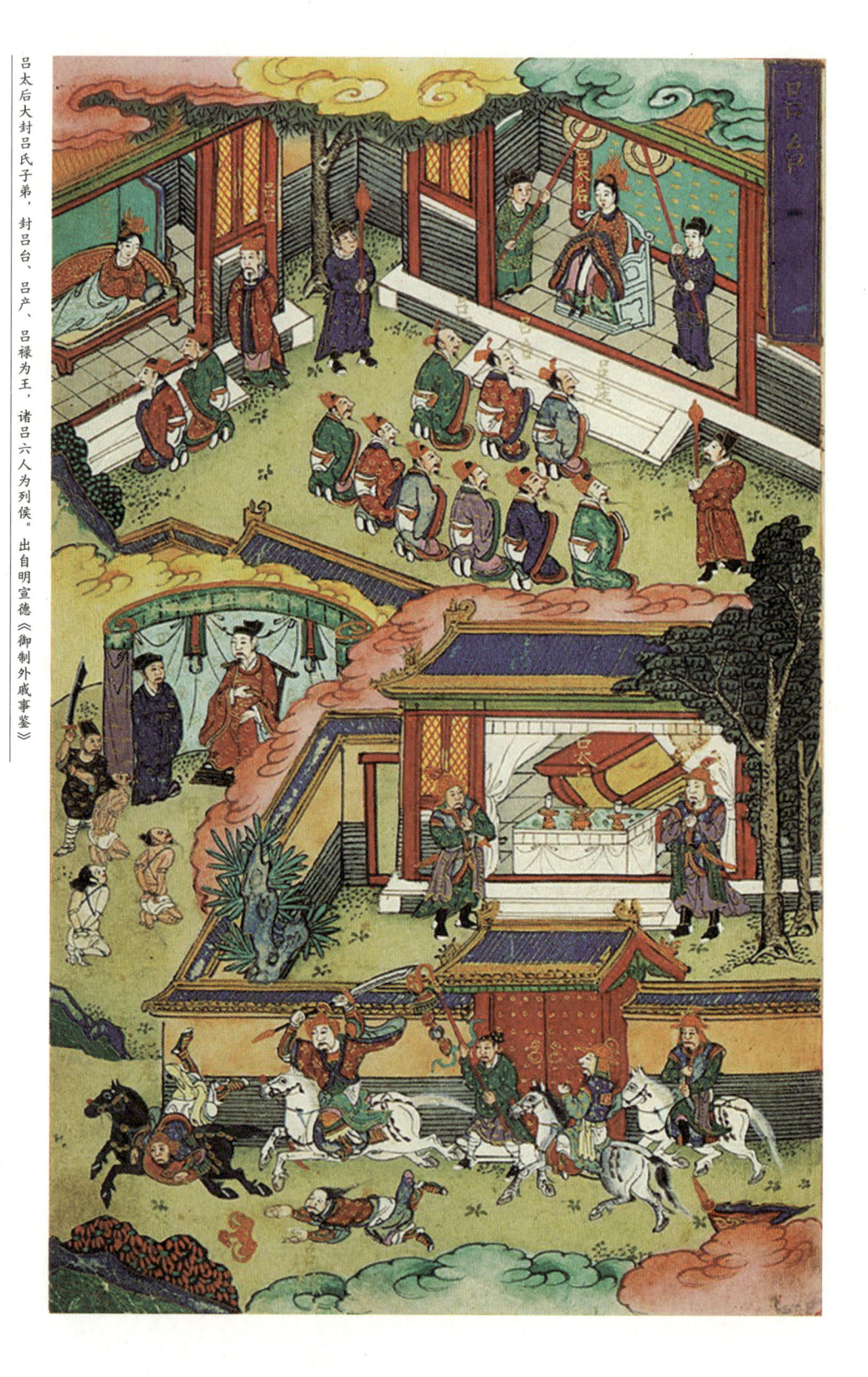

吕太后大封吕氏子弟,封吕台、吕产、吕禄为王,诸吕六人为列侯。出自明宣德《御制外戚事鉴》

太后临朝:通往巅峰之路(第1册)

制，封诸吕兄弟为王，没有什么不可以的。"太后听了高兴异常。

散朝后，王陵责备陈平与周勃说："当初与高帝歃血盟誓时，难道你们都不在场吗？现在高帝死了，太后是为女主，欲封诸吕为王，你们顺着她的欲望，背弃盟约，死后还有什么面目去见高帝于地下？"陈平与周勃回答："在朝堂中当面驳斥争论，我们不如您，但是保全社稷，安定刘氏之后，您又不如我们。"王陵默然。不久王陵的丞相职位被吕后攘夺，只安排他当了有职无权的帝太傅闲职。王陵一气之下，干脆声称自己有病而回家休养去了。吕太后进左丞相陈平为右丞相，安排幸臣审食其担任左丞相，虽然右丞相比左丞相地位高，但吕后让审食其掌握实权，实际地位在陈平之上。陈平对吕后的心思早已揣摩透彻，于是不再过问国事，只是纵酒玩乐。吕太后以为陈平别无他志，也就未再提防。

此后，太后杀了一批刘氏宗族子弟，并将他们的封地封给吕氏宗族。高帝在世时，吕氏宗族只有三个人曾被封侯，即吕雉的父亲吕公封临泗侯，长兄吕泽封周吕侯，次兄吕释之封建成侯。除吕公外，吕泽和吕释之都因军功而封侯，众人也都心悦诚服。这时太后临朝，大权在握，大封诸吕，割齐国济南郡为吕国，封侄儿吕台为吕王，建都东平陵（今山东济南市章丘区）；又封吕产为梁王，吕禄为赵王，侄孙吕通为燕王，外孙张偃也被封为鲁王。吕后已故的父亲吕公也被追封为吕宣王，兄长吕泽被追封为吕悼武王，吕释之被追封为赵昭王。吕氏宗族中被封侯的则更多，包括沛侯吕种、扶柳侯吕平、俞侯吕他、赘其侯吕更始、吕城侯吕忿，连吕后的妹妹吕媭也被封为临光侯。数年间，吕氏宗族一个个飞黄腾达，权势熏天，正直的大臣只能看在眼里，记在心里。

当时，名义上的小皇帝刘恭被吕太后视为玩物，小皇帝心有不甘。后来少帝知道自己并非张皇后所生，以及自己的生母已经被杀害的消息，便愤愤不平地说："太后怎么能杀掉我的生母而让我成为她的孩子？我现在还小，等我长大了一定要算这笔账。"这话传到吕太后的耳朵里，吕雉非常生气，小小年纪，竟有如此大的胆量，不早些除掉，必为后患。于是吕太后将少帝关押在永巷中，声称少帝得了急病，隔绝他与外界的往来。不久，吕太后公然下诏，将少帝废黜。诏书说："凡是拥有天下并治理万民的人，应当心胸像天一样高远，气度像地一样宽广。皇帝用欢心来安抚百姓，百姓就会欣然侍奉皇上，上下欢欣交融才能使天下大治。现在皇帝久病不愈，精神错乱，不能承继帝位来奉祀宗庙、祭祀天地，更不配来治理天下，所以可以讨论选择能够代替他的人。"朝臣无人敢反对，异口同声地表示："皇太后是为天下着想，深谋远虑。臣等叩首奉命。"不久，吕太后将少帝幽禁杀害，又将皇宫中另一个小孩子常山王刘弘立为新的皇帝，是为汉后少帝。吕太后继续临朝称制。

## 临朝善政

刘邦临终前，吕后曾问他："陛下百年之后，萧何丞相如果也去世，让谁接替他担任丞相呢？"刘邦回答："曹参可以。"又问其次。刘邦回答："王陵可以，然而他的性格有些刚直，陈平可以帮助他。陈平智谋有余，然而难以单独任丞相。周勃敦厚稳重、缺乏文才，可是安定刘氏汉朝的一定是周勃，可以让他担任太尉。"吕后再问其次，刘邦说，这以后就不是你我所知的事了。

刘邦称帝以后，萧何一直担任相国，他选取秦朝六法，制定实施《九章律》。汉初主张无为而治，采用黄老之术，休养生息。汉惠帝二年（前193年），萧何去世，曹参接替萧何担任相国，凡事没有任何变更，一概遵循萧何制定的法度。老百姓还编了一首歌赞颂曹参："萧何为法，颛若画一。曹参代之，守而勿失。载其清净，民以宁一。"这就是成语典故"萧规曹随"的由来。后来王陵、陈平为相时继续如此。吕雉在汉惠帝时期执政、汉少帝时期临朝，时间长达15年，吕雉按照刘邦的遗嘱，使用这批开国重臣管理国家，一直采取"无为而治"的执政方针，推行约法省禁（简约法令，宽疏刑网）、与民生息的政策，保持了西汉初期政策的稳定性和连续性。

朝廷让各郡县推举优秀农民，予以勉励，减轻赋税，改秦税十收其五为十五税一；允许以往逃避山林、湖泊和迁徙他乡的农民回到家乡，并归

萧何像

曹参像

还其田宅，官吏不得因其过去有不法行为而打骂或歧视他们；释放奴婢，令其回乡从事农耕，官吏不得干涉；裁减大批军官士卒，让他们转业还乡，并优先给予土地，妥善安置；大赦天下；废除秦代因株连而夷三族罪和"妖言令"等苛法。吕后执政期间还解除了对商人的许多限制。西汉建立后，刘邦继续执行秦朝对商人的歧视政策，规定商人不能穿丝绸衣服，并且不能乘车。吕后执政不久就废除了这些限制，客观上推动了西汉商品经济的发展。这些政策的实施，极大地缓和了国内矛盾，刺激了生产发展，增强了西汉王朝的国力。

西汉初期，北方匈奴民族正处于上升时期，冒顿单于建立了南起阴山、北抵贝加尔湖、东达辽河、西逾葱岭的强大匈奴帝国，拥有控弦之士30余万。冒顿单于曾将刘邦围困于白登山（今山西大同市东马铺山）7天7夜，后来刘邦采纳陈平之计，通过贿赂冒顿单于的阏氏才得以脱险。刘邦死后，冒顿单于下国书调侃吕后说："我生在偏僻荒凉之地，长于牛马草野之间，曾数次来到边境，想游历中国。我是一个寂寞的君主，而太后你又刚刚死了丈夫，肯定也很空虚寂寞。不如你嫁给我，我们彼此互通有无、互相取悦。"这封国书欺负西汉软弱，字里行间透露出武力威胁的味道。

吕后大为恼火，召集众将商议。其妹夫樊哙说："我愿率领十万人马，横扫匈奴。"大家纷纷附和，唯有季布谴责说："樊哙真该杀头，当年高帝亲率四十万大军都被匈奴围困，你樊哙凭什么能用十万军队横扫匈奴呢？"众将哑口无言，吕雉则由愤怒转为无奈，于是采纳季布的主张，不仅赠予冒顿大量财物，还卑辞回复匈奴单于说："我已经老得不行了，您单于不知误听了什么人的话，要我来陪您睡觉，这会让您弄脏自己，有失身份。我们也没有罪，饶了我们吧！"后来冒顿单于自愧失礼，遣使向汉朝谢罪。最终吕后以屈辱避免了一场战争，换来其执政期间十多年的和平。

在吕雉统治时期，无论是在政治、经济领域，还是在法制、思想、文化等领域，汉朝都稳定发展，为后来的"文景之治"奠定了坚实基础。

## 诸吕之乱

岁月蹉跎，转眼到了高后八年（前180年），吕太后已经62岁了。她从汉惠帝即位时开始执政，惠帝死后临朝称制，到这时已经整整15年了。这年夏天，吕太后得了重病，临终之前对后事做了精心安排。她让赵王吕禄担任上将军，统领北军，保护皇宫未央宫；梁王吕产为相国，统领南军，保卫京都长安和关中地区。

吕太后还谆谆告诫吕氏兄弟："高帝平定天下之后，曾与大臣盟约，非刘氏而王，天下共击之。现在吕氏被封王，大臣们肯定不服气。我快要死了，皇帝年纪幼小，大臣们恐怕要制造变乱，你们一定要带兵护卫皇宫。我出殡时，你们千万不要出去护丧，以免为人所制。"同时她还留下遗诏，册立吕禄的女儿为小皇帝皇后，幸臣审食其为帝太傅。这些措

# 吕后真而主矣——汉高帝皇后吕雉

## 西汉时期全图

**地名标注：**
- 坚昆、呼揭、昆、丁令、匈奴、单于庭、鲜卑、夫余、肃慎、沃沮、乌桓
- 西域都护府（轮台东）、鄯善、若羌、唐旄发羌
- 酒泉、张掖、武威、朔方、代郡（蔚县东北）、黄河、河水
- 长安（西安西北）、会稽（苏州）
- 蜀郡（成都）、长江、江水、长沙国
- 哀牢、南海（广州）
- 勃海、黄海、东海、南海

**区域：** 西、汉

**图例：**
- ◎ 都城
- ⦿ 郡级驻所
- ○ 其他居民点
- ━━ 西汉时期中国各族活动范围
- ━━ 政权部族界
- —··— 今国界（未定）
- 成都 今地名

施可使诸吕在皇宫内控制皇帝，在皇宫外掌握军队，足可见吕太后的一番苦心。

吕太后虽然英明，但无奈吕氏子弟都是一班庸才，缺乏像吕太后那样果敢刚毅、杀伐决断的气魄。这年七月，吕雉病死。吕产、吕禄虽然企图发动政变，夺取刘氏江山，但因忌惮周勃、灌婴等汉初名将尚在，未敢轻举妄动。吕禄的女婿朱虚侯刘章是齐王刘襄之弟，得悉吕氏政变阴谋后，悄悄派人与刘襄联络，让他发兵西进，诛除诸吕，夺取帝位。齐王刘襄便发动本国兵众，遍告诸侯，声讨诸吕，一路向西进军。吕产闻讯，遣颍阴侯灌婴领兵迎击。两军相遇后，灌婴反与齐王联合，坐镇荥阳，静观待变。

吕产、吕禄虽有政变阴谋，但一直犹豫不决，同时他们又自恃兵权在握，认为别人不会也不敢对他们怎么样，还是像往常一样吃喝玩乐。有一天吕禄外出打猎，顺道去看望姑母吕媭，吕媭气得将他大骂一通说："你身为大将，却私自离开军队，吕家马上就会无处安身了。"吕媭越说越激动，竟然将家里珍藏的珠玉宝器全都丢弃在堂下，恨恨地说："我何苦为别人守着这些东西？"吕禄并未对吕媭的警告予以足够重视，反而在别人的劝说下，准备放弃兵权，回到邯郸的赵王封国去享受生活。

吕氏的疏忽，终于使周勃、陈平有了可乘之机。吕雉在世时，周勃、陈平迫于其淫威，韬晦多年。吕太后一死，周勃、陈平就暗中联络刘氏宗室和功臣宿将与吕氏抗衡。九月，周勃在吕禄准备放弃兵权后，诈称皇帝敕命太尉统领北军，召集北军将士动员说："为吕氏右袒，为刘氏左袒。"结果北军将士全部左袒而拥护刘氏，周勃顺利地控制了北军。

朱虚侯刘章则率兵千人以进宫护卫皇帝为名，伺机捕杀了统率南军的吕产，接着又捕杀了吕禄，然后分派众将搜捕诸吕，吕氏宗族不论老少全部被诛灭。刘氏皇族集团与吕氏外戚集团的一场流血斗争，最终以皇族集团的胜利而结束。

诸吕叛乱被平定以后，满朝大臣都认为，少帝刘弘虽然由吕后所立，但不一定是汉惠帝的后代，因此必须将他赶出皇宫，结果汉后少帝被杀。齐王刘襄率先起兵，结果并未如愿取得皇位。大臣们认为，吕氏以外戚身

汉文帝出行时，欲从重治罪惊驾之人，廷尉张释之却说处以罚金即可，并解释说，法在当据，轻重有伦，民知所措。出自清《圣帝明王善端录图册》，现藏于台北故宫博物院

份祸害社稷，而齐王舅舅驷钧亦非善类，担心类似吕氏的祸乱再次发生。而代王刘恒在刘邦健在诸子中年龄最长，且"仁孝宽厚"，其母家"薄氏谨良"，于是代王刘恒被拥立为新皇帝，是为汉文帝。

吕后执政15年，过失不少，但功劳也很多。司马迁评价说："汉惠帝、汉高后在位的时候，百姓不再遭受战争苦难，官员都实行无为而治的政策。所以那时没有苛政，天下也很太平。刑罚很少使用，犯罪的人也很少。老百姓勤于耕种，经济也得以发展。"因此吕后是中国历史上为数不多的杰出女性统治者。

## 临朝瞬间　上官太后两曰"可"

汉昭帝元平元年（前74年）四月癸未日至七月庚申日，西汉皇宫在这百日中频发重大变故：一位皇帝驾崩；两位皇帝先后即位，前一位即位后很快被废黜。除了汉昭帝驾崩，其他都是权臣霍光以上官太后的名义实施的。

上官氏的祖父是上官桀，外祖父是霍光，这两人都是汉武帝托孤重臣，他们为了各自利益而进行政治联姻。始元四年（前83年），两家联手将6岁的上官氏嫁给11岁的汉昭帝，初封婕妤，月余，立为皇后，上官氏也成为中国历史上年纪最小的皇后。不久，两亲家分道扬镳而成为政敌。

明辨诈书。汉昭帝年幼登基，霍光受遗诏辅政，上官桀、桑弘羊、刘旦等上书皇帝，皇帝明辨诈书，还霍光清白，时年帝十四岁。出自明·张居正《帝鉴图说》

元凤元年（前80年），上官桀因勾结御史大夫桑弘羊和燕王刘旦等谋乱被杀，株连全族，上官皇后"以年少不与谋"，又是霍光亲外孙女而得幸免。

汉昭帝驾崩时很年轻，没有子嗣，上官皇后也只有15岁。霍光与众大臣议定，立汉武帝之孙昌邑王刘贺为新皇帝，于是"即日承皇后诏"，去昌邑国迎接刘贺至长安。

这时上官氏的身份还是皇后，"皇后诏"与"皇帝诏"具有同等效力。六月丙寅日，"王受皇帝玺绶，袭尊号，尊皇后曰皇太后"。时隔76日，上官氏的身份由皇后升为皇太后，她也是中国历史上最年轻的皇太后。

昌邑王在位仅27日，因犯了1127件过错（当然其中绝大多数是无中生有的过错，或者是刘贺的亲信或者亲信的亲信所犯的过错），霍光与群臣在上官太后面前具陈刘贺"不可以承天序，奉祖宗庙，子万姓，当废"。皇太后诏曰："可。"于是刘贺被废黜重为昌邑王，后来又被贬为海昏侯，安置在江西南昌，15年后抑郁而死。现在，他的墓葬已在江西南昌市新建区大塘坪乡被发现，还于2019年入选世界重大田野考古发现，并于2021年入选百年百大考古发现。

刘贺被废黜后，霍光与群臣又一道将汉武帝曾孙刘病已选定为新皇帝人选。在上奏皇太后时，上官皇太后再次诏曰："可。"庚申日，刘病已入未央宫，见皇太后，群臣奉上玺绶，刘病已即皇帝位，改名刘询，是为汉宣帝。上官氏由皇太后升格为太皇太后，15岁的女子成为皇帝的曾祖母，上官氏再创中国历史新纪录——最年轻的太皇太后。

上官太后的两道"可"字诏，为汉宣帝创造的鼎盛时代打开了大门。地节四年（前66年），霍家因谋反被族诛，上官氏再次幸免，但再无亲人。建昭二年（前37年），上官太皇太后薨，享年52岁。

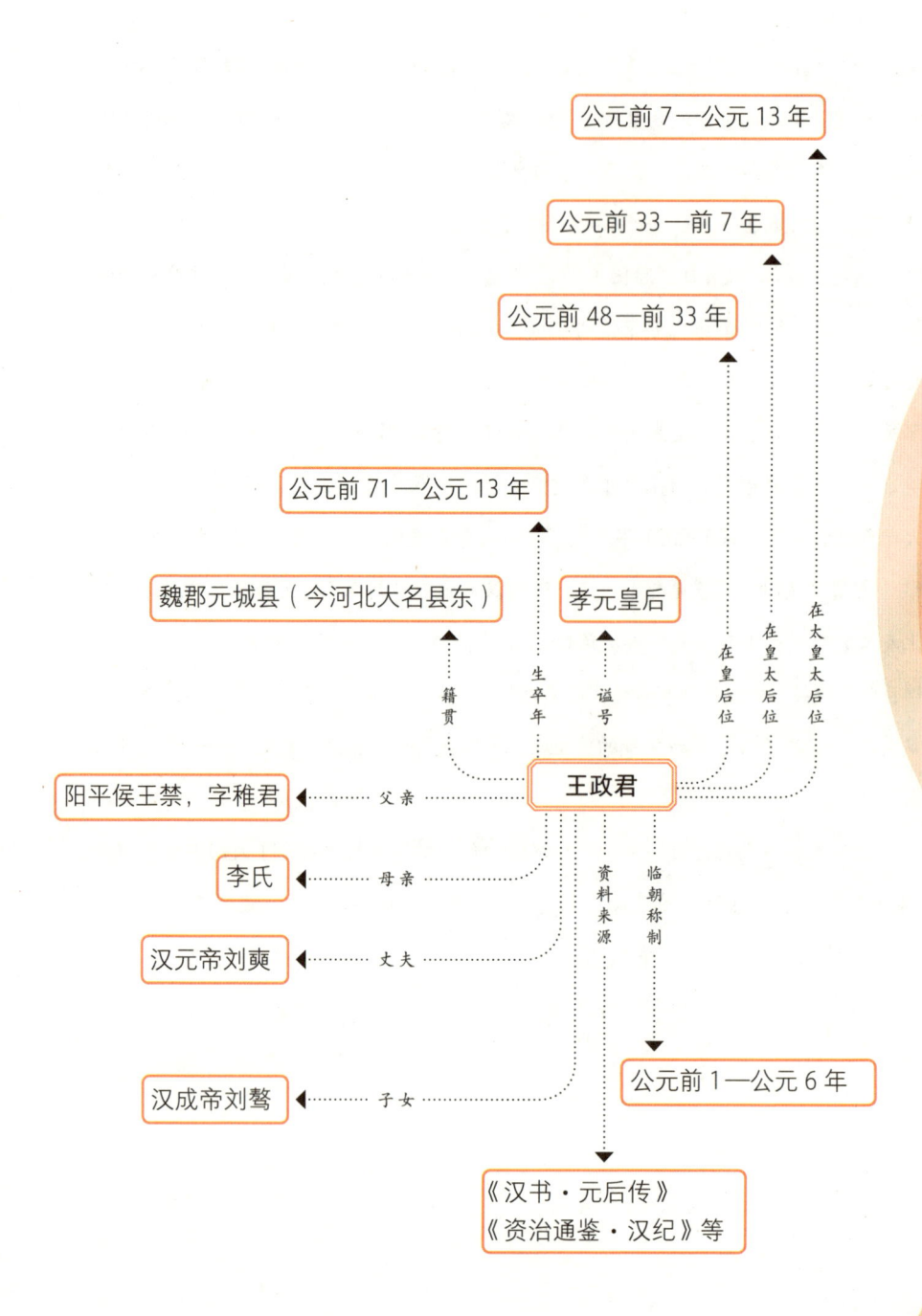

```
                                                        公元前 7—公元 13 年 ↑
                                                                            │
                                              公元前 33—前 7 年 ↑             │
                                                              │              │
                                  公元前 48—前 33 年 ↑          │              │
                                                  │            │              │
              公元前 71—公元 13 年                  │            │              │
                            │                     │            │              │
  魏郡元城县（今河北大名县东）              孝元皇后  │            │              │
              ↑                           ↑       │            │              │
              │籍贯              生卒年    │谥号   │在皇后位  │在皇太后位   │在太皇太后位
              │                  │       │       │            │              │
阳平侯王禁，字稚君 ◄──父亲── ┌─────────┐
                            │  王政君  │
李氏 ◄──母亲──               └─────────┘ ──临朝称制──► 公元前 1—公元 6 年
                              │资料来源
汉元帝刘奭 ◄──丈夫──           │
                              ▼
汉成帝刘骜 ◄──子女──    《汉书·元后传》
                        《资治通鉴·汉纪》等
```

# 亡西汉者，元后之罪通于天矣
## ——汉元帝皇后王政君

西汉王朝210年历史中，出现了两位皇太后临朝称制。一位是在开国之初，吕雉为巩固西汉政权苦心孤诣；另一位则在亡国之末，刘氏江山的断送，王政君难脱关系。作为长寿女性，王政君在皇后、皇太后、太皇太后的位置上连续待了61年，亲历了西汉王朝衰败的全过程，以致后人认为，"亡西汉者，元后之罪通于天矣"。

## "克夫"女子

按迷信的说法,王政君是位"克夫"的女子,在她入宫之前,就有两任准丈夫短命而亡。而最后一任丈夫汉元帝刘奭则是在42岁正值盛年时去世。

王政君之父名王禁,母李氏。王禁,字稚君,是秦汉之际项羽分封的十八王中济北王田安(战国末代齐王田建之孙)的后裔,原居山东,直到他的父亲王贺一辈才从齐鲁大地迁居到魏郡元城县(今河北大名县东)。王禁少年时在都城长安学习法律,后来在长安担任廷尉史,掌决狱治狱,协助廷尉平审理朝廷辖属监狱中的罪犯。

王禁胸怀大志,不拘小节,贪恋酒色,多娶侧室,总共有8子4女,王政君在四姐妹中排行老二,其出生年代是汉宣帝本始三年(前71年)。王政君与王禁长子王凤、四子王崇同母。他们的母亲李氏是王禁嫡妻,因为嫉妒,看不惯王禁多娶妾室,因此与王禁离异,改嫁给河内郡苟宾为妻。王政君显贵以后,正好苟宾死去,于是王政君又让母亲回到王府与父亲王禁复婚,这是后话。

传说李氏在怀王政君时,曾"梦月入其怀"。王政君性情温顺,学会妇人之道,到十四五岁时貌美聪慧,最初许嫁一户姓许的人家,正准备出嫁时,未婚夫却突然因病亡故。"后东平王聘政君为姬,未入,王薨"。以上是《汉书·元后传》的记载。

查《汉书》相关纪传,与王政君此段年纪相匹配的只有东平王刘宇。刘宇是汉宣帝第四子,于甘露二年(前52年)被封为东平王,也是中国历史上第一位东平王,当时王政君虚龄20岁。32年后的汉成帝阳朔四年(前

---

**小贴士**

**廷尉**

廷尉是中央最高司法审判机构长官,位列九卿,秩为中二千石。廷尉平是廷尉属官,秩为六百石。廷尉史又是廷尉平的副官,可见王禁当时的官衔很低。

21年），刘宇方才薨逝，所以《汉书·元后传》此段记载与史实不符。

《汉书·元后传》这样记载就像其母"梦月入其怀"一样，因为王政君后来地位高贵了，人们就会将一些"瑞兆"附会到她身上。很显然，史家编排的东平王欲聘王政君为姬还是为了提高她的地位，光鲜她的履历，意思是她只配做皇后，不能做王姬。

接连两次老丈人都没做成，王禁觉得很奇怪，于是派人给王政君占卜。占卜者说："她是梦月入怀的，此女贵不可言。"这句话虽是阿谀逢迎之词，但王禁又想起父亲王贺时代的一些预言，真的感觉王政君将有大富大贵的前途。

王贺在汉武帝时代担任绣衣御史，其主要职责是奉命"讨奸""治狱"和"捕盗"。后来王贺奉命在魏郡（郡治今河北临漳县）监督地方官员追捕"盗贼"时，因行事平和厚道，赦免了不少捕"盗"不力的官员，这就等于间接存活了众多"盗贼"，于是王贺被朝廷追究责任，以奉使不称职而被免官。

丢官后王贺不以为然，还自我解嘲说："我听说救活一千人，子孙便能得到封赏。我救活的有一万多人，莫非后代将要兴旺了吗？"魏郡的百姓都对他心存感激。正巧王贺在山东原籍与人结仇，于是他就举家迁居到魏郡元城县。

王贺在魏郡颇受当地人尊重，当地耆老又将有关瑞兆应在王家："昔日春秋时沙麓崩塌，晋国太史进行占卜，说：'阴为阳雄，土火相乘，因此沙麓崩塌。六百四十五年以后，将会有一个贤德女子出现。'这大概就是齐国田氏一族吧。现在王翁孺（王贺，字翁孺）正好迁到这里，时间也和卜辞相符。元城县东面五鹿废墟就是沙鹿（沙麓）旧址。八十年后，王家将会有一位贵女兴于天下。"

综合分析种种因素，王禁飘飘然起来，于是认为"贵女"应在王政君身上。他亲自教习，不仅让女儿读书，还安排老师教她学习鼓琴。王政君18岁时已经多才多艺，于是王禁将她献入皇宫，时为汉宣帝五凤四年（前54年）。

## 意外立后

王政君进入皇宫后的身份极其低微，仅是位"家人子"。汉元帝时代与匈奴和亲的王昭君在皇宫中的身份就是家人子。而家人子又分为上家人子和中家人子两个等级，她们的月俸只有斗食，折成年俸也就石余，这与那些年俸万石的三公相比，简直不可同日而语，与九卿的中二千石年俸也有很大差距。据说汉朝后期皇宫中宫女众多，仅家人子就有数千人，她们的主要职责就是服侍那些有等级的嫔妃，或者在宫中担当杂役。如此看来，家人子得到皇帝召幸的机会微乎其微。

> **小贴士**
>
> "家人子"
>
> 汉初将后宫女子分为8个等级，汉武帝以后逐渐扩大至14个等级，没有等级的宫女通称家人子。

王昭君像。汉元帝时，与匈奴和亲的王昭君，促成了当时的和平

诏儒讲经。汉宣帝时，诏诸儒讲五经同异，辨别五经真伪，使其成为治理天下之准则。

出自明·张居正《帝鉴图说》

亡西汉者，元后之罪通于天矣——汉元帝皇后王政君

王政君入宫时还是汉宣帝当政的时候。汉宣帝原名刘病已，祖父刘据原为汉武帝太子，因巫蛊之祸遇害，刘病已在狱中出生，后来流落民间。霍光等废黜昌邑王刘贺后，从民间找到刘病已并拥立他为皇帝，改名刘询。

汉宣帝即位前长期在民间生活，深知民间疾苦，所以在位期间勤俭治国，"吏称其职，民安其业"，号称"中兴"。汉宣帝统治时期是汉朝武力强盛、经济繁荣的时期，也是名副其实的强汉时代。

汉宣帝在民间时，已经娶妻许平君，生子刘奭。刘奭出生后数月，汉宣帝即位，许平君被立为皇后。本始三年（前71年），霍光的妻子霍显指使女医将许平君毒害，从而把自己的女儿霍成君嫁入了皇宫。霍成君成为汉宣帝的继任皇后。

地节三年（前67年），8岁的刘奭被立为皇太子。因为刘奭"柔仁好儒"，汉宣帝不甚满意，曾叹息说："乱我家者，太子也！"考虑到与已故许皇后感情深厚，汉宣帝最终没有更换太子。

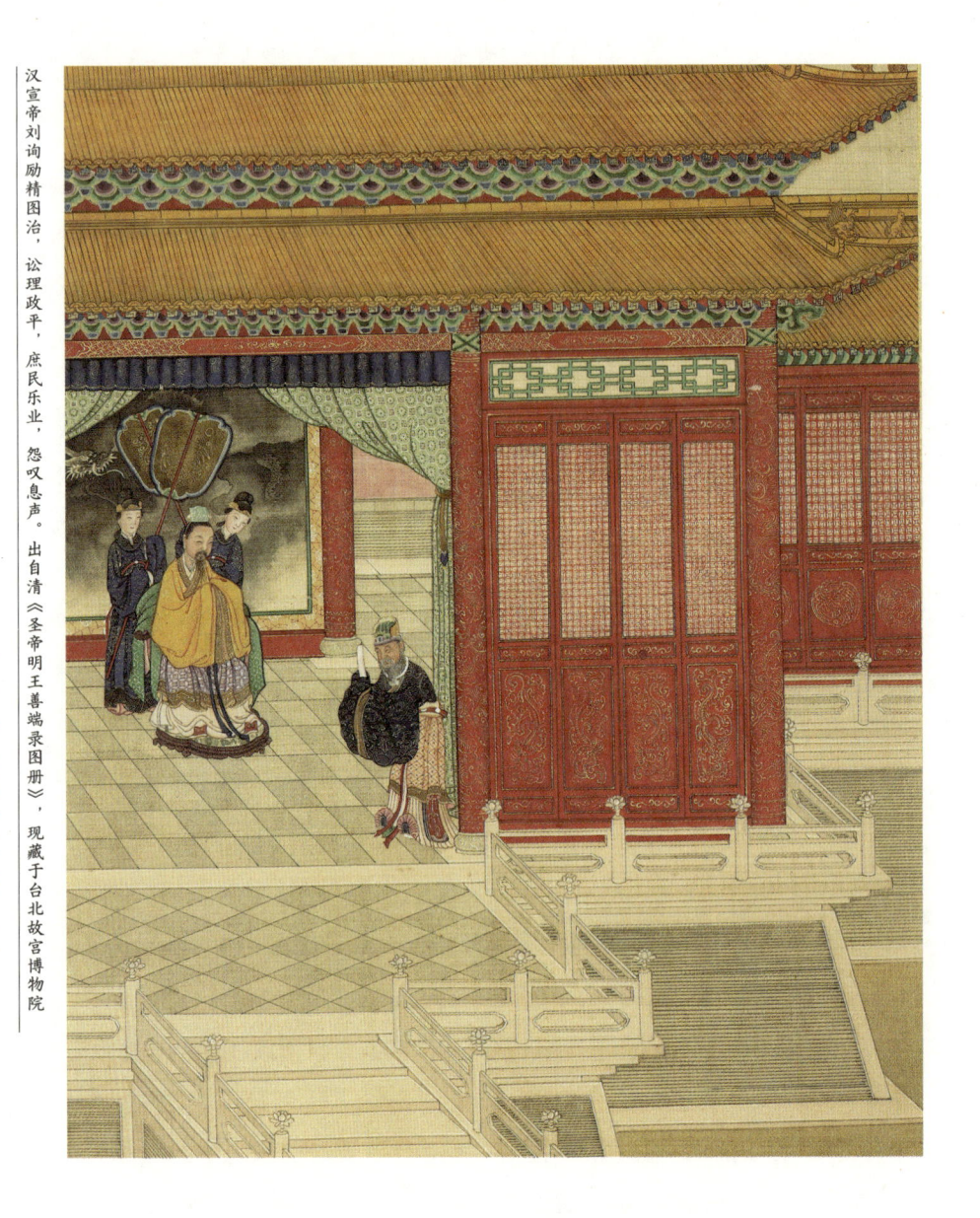

汉宣帝刘询励精图治，讼理政平，庶民乐业，怨叹息声。出自清《圣帝明王善端录图册》，现藏于台北故宫博物院

太后临朝：通往巅峰之路（第 1 册）

　　刘奭是一个痴情种，还是皇太子时他最宠爱的是司马良娣。良娣是太子宫中品级最高的姬妾，地位仅次于太子妃。甘露三年（前 51 年），也就是刘奭 25 岁那年，司马良娣因病去世，临终前她悲伤地对刘奭说："我的死并非寿数已尽，而是其他那些良娣、良人嫉妒我、轮番诅咒的结果。"刘奭深信不疑，于是对其他姬妾产生仇视心理。

　　司马良娣死后，刘奭伤痛欲绝，大病一场。病好以后他一直闷闷不乐，而且对其他姬妾再不搭理。爱子心切的汉宣帝知道这些情况后，为了帮助他从痛苦中解脱，就令皇后从宫中挑选几个出身良家、年轻貌美的宫女去服侍皇太子，王政君也有幸入选。当时霍光早已亡故，因霍显谋害许皇后事发，霍成君也被废黜，汉宣帝册立了第三位皇后王氏。

王皇后选择了五位宫女，趁刘奭来拜见汉宣帝时，让她们侍立一侧，暗中命人悄悄询问太子："这几位宫女怎么样？"以太子当时的心境，太子对这五位宫女均不感兴趣，但又不敢辜负皇后的美意，只得含糊其词地勉强说了一声："此中一人可。"当时王政君侍立的位置距离太子很近，又穿了一件与众不同的镶着绛色边缘的掖衣，在五位宫女中格外引人注目，大家都认为刘奭看中了王政君，于是禀告王皇后。

就这样，王政君被王皇后送入太子宫中，当晚便得到与太子同宿的机会。说来也巧，太子娶了众多妾室，却多年没有生育，王政君和刘奭仅一夜之情就怀上龙种，于甘露三年（前51年）生下儿子刘骜。刘骜是汉宣帝唯一的嫡皇孙，被宣帝视为掌上明珠。除了亲自给他取名，宣帝还为其定字太孙，隐含着之后皇位一定要依次传给刘骜的意思。

黄龙元年（前49年）十二月，汉宣帝去世，汉元帝刘奭继位。按《汉

汉宣帝刘询像

汉元帝刘奭像

书·元后传》记载，汉元帝即位后，刘骜被立为太子，王政君则在三天后成为皇后。而据《元帝纪》，王政君于次年三月才被册立为皇后，刘骜在又次年四月才被立为皇太子。

王政君立后的时间是初元元年（前48年），当时年仅23岁。

## 母仪天下

汉元帝刘奭即位前一直痴情于司马良娣，与宫中其他女子接触本来就很少，而王政君生下太子刘骜之后更是被日益冷落，即使后来成为母仪天下的皇后，仍然只有"希复进见"的"待遇"。刘奭成为皇帝后，很快就有了新宠傅婕妤和冯婕妤。"婕妤"这个称号设立于汉武帝时期，其在后宫中的等级仅次于皇后。

冯媛当熊。建昭年间，汉元帝于后宫观斗兽，有熊逃出，左右吓得四散奔逃，冯婕妤直前当熊而立，保护汉元帝免遭伤害。出自南宋摹《女史箴图》

傅婕妤原是上官太后（汉昭帝皇后）宫中才人，刘奭册立为太子后得以进幸，并得刘奭宠爱。刘奭成为皇帝后，立即册封傅氏为婕妤。傅氏很有才识，善于处理人际关系，宫中上下都为她祝酒祭地，希望她能长寿。傅氏生子刘康（后来汉哀帝的父亲），封定陶王，生女封平都公主。

冯婕妤是西汉名将冯奉世的女儿，刘奭即位后通过采选入宫，生子刘兴（后来汉平帝的父亲），封中山王。

有一次汉元帝在后宫虎圈看斗兽，突然虎圈里的熊逃出虎圈，顺着栏杆向看台上爬，很快将要伤人，傅婕妤及元帝身边的其他嫔妃和太监都吓得四下逃窜，冯婕妤却迎上前去，挡在熊的面前笔直站立。熊愣了一下，侍卫们立刻冲了过去将熊杀死。事后元帝问她，身为女子，为何有此胆量？冯氏回答："猛兽以得到人为目的，我担心熊会冲到皇帝面前，因此以身当之。"汉元帝非常感动，以后对她更加敬重。"当熊"也成为表达女性

亡西汉者，元后之罪通于天矣——汉元帝皇后王政君

临危不惧、奋不顾身的典故，西晋潘岳、唐朝李白、明朝高启等文人都在诗文中用过此典。

元帝宠幸傅婕妤和冯婕妤，两人又都有皇子并封王，因为皇帝仍然健在，两人无法称王太后。为了彰显对这两位婕妤的异宠，汉元帝取"昭其仪"之意，在婕妤之上专设"昭仪"之位，封傅氏与冯氏为昭仪，其地位仅次于皇后，傅氏与冯氏也由此成为中国历史上最早的两位昭仪。这也预示着王政君的皇后地位与刘骜的太子地位将很快受到严峻挑战。

太子刘骜起初宽博谨慎，但长大后喜好宴饮玩乐，汉元帝觉得他没什么才干，于是想废黜刘骜，改立傅昭仪之子定陶王刘康。王政君与其兄王凤、太子刘骜都感到分外恐惧。当时王氏的势力还未形成气候，虽然恐惧，但也无能为力。幸亏史丹力保，刘骜的太子地位才未能动摇。

史丹是汉宣帝祖母史良娣的侄孙，汉元帝为太子时，史丹就以中庶子的身份随侍左右。元帝即位后他一直受到重用，官任驸马都尉兼侍中，以一己之力多次成功地保住了太子的地位，维护了太子的形象。

汉元帝患病时留意于音乐，曾说后宫及左右没有人懂音律，只有定陶王刘康很有才艺。史丹进言："凡所谓才艺，敏而好学，温故知新，皇太子就是这种人。"

汉元帝因幼弟中山哀王刘竟去世而悲伤不能自已，刘骜前往吊丧却不哀伤。汉元帝很不满地说："哪有人不慈仁而可以供奉宗庙作民父母的？"史丹听了立即主动担责，向汉元帝谢罪说："臣见陛下因哀悼中山王而伤身，曾私自嘱咐太子不要哭泣，以免陛下感伤。罪在臣下，当死。"汉元帝听后，责怪刘骜的意思有所消解。

竟宁元年（前33年），汉元帝卧病，傅昭仪和定陶王刘康常侍左右，皇后王政君和太子刘骜却很少进见。汉元帝病中神志不清，多次提起汉景帝废黜太子刘荣改立胶东王刘彻（汉武帝）的旧事。

史丹直入皇帝卧室，哭着对汉元帝说："皇太子以嫡长子而被立，至今十多年来受到百姓的尊重，天下人都从心底归附他。为臣我看到定陶王一

汉成帝大封王氏子弟，王凤专权，五侯当朝。出自明宣德《御制外戚事鉴》

亡西汉者，元后之罪通于天矣——汉元帝皇后王政君

向很受宠爱，现在谣言流播，以为太子的地位不稳固，对朝廷起了疑惑之心。如果确实是这样，公卿大臣以下一定会以死抗争，不接受诏令。我愿意先受赐而死，给众位大臣做个榜样！"

汉元帝被史丹哭得心软，只得叹息说："皇后谨慎，先帝又爱太子，我岂敢违旨？"几经反复之后，汉元帝最终彻底打消了更换太子的想法，他还希望史丹能"善辅道太子"。刘骜的太子地位得以稳固。

## "一日五侯"

竟宁元年（前33年），汉元帝驾崩，太子刘骜即位，是为汉成帝。王政君依例被尊为皇太后，王氏从此发迹。王政君的父亲王禁总共生育了8子4女：8子依序是王凤、王曼、王谭、王崇、王商、王立、王根和王逢时；4女依序是王君侠、王政君、王君力和王君弟。众兄弟姐妹中，只有王凤、王崇与王政君同母，因此王凤与王崇也最先显贵。王政君被立为皇后时，其父王禁被封为阳平侯，王禁死后由王凤嗣爵。汉成帝即位后，即以王凤为大司马大将军，领尚书事，秉政，外戚王氏开始进入国家权力中枢。次年，王政君同母弟王崇被封为安成侯，异母弟五人皆被赐爵关内侯，王凤长弟王曼因早逝未能受封。

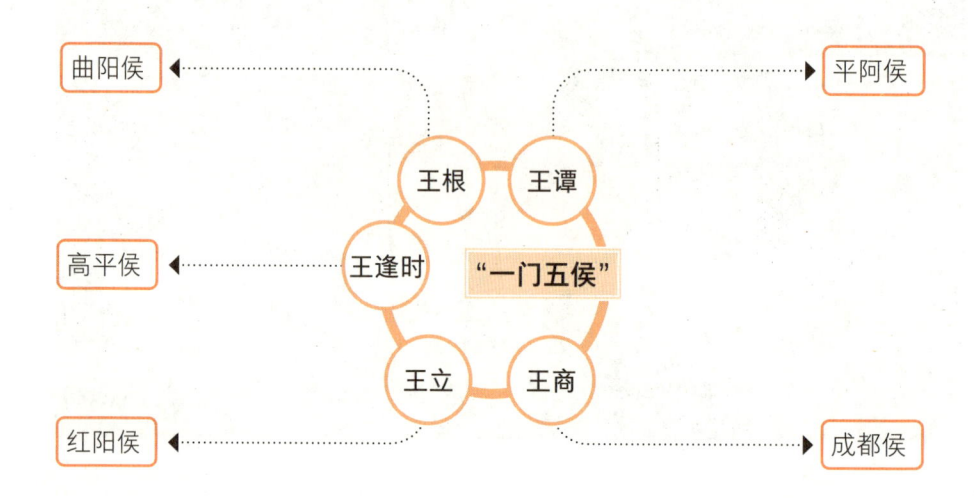

曲阳侯 ← 王根 王谭 → 平阿侯

高平侯 ← 王逢时 "一门五侯"

红阳侯 ← 王立 王商 → 成都侯

亡西汉者，元后之罪通于天矣——汉元帝皇后王政君

五侯擅权。汉成帝初立，一日之内封王谭、王商、王立、王根、王逢时为侯，此举给后世造成极为恶劣的影响。出自明·张居正《帝鉴图说》

汉成帝爱读经书，喜欢文辞，宽博谨慎，但即位后就沉湎酒色，荒于政事。太后不管事，皇帝不问事，朝政大权逐渐落到外戚王氏手中。王氏一族因有皇太后王政君撑腰，简直是飞扬跋扈至极。

丞相王商（与王政君五弟王商同名）与汉宣帝是表兄弟，当初为保护刘骜的太子地位也是煞费苦心，汉成帝对他非常敬重。王商的政治识见、执政能力和朝野威望都在王凤之上，将王商清除出权力中枢成为王凤的心愿。王凤派人秘密调查王商的隐私，唆使亲信上疏诬陷王商。汉成帝觉得难以查证，但王凤坚持要追究此事。

汉成帝无奈，只得免去王商的丞相职务，其子弟亲戚只要是在宫中任

茸栏旌直。汉成帝时，外戚王氏威权日盛，帝师张禹攀附，朱云刚直进谏，面奏成帝时惹帝不快，被御史捉拿时折断大殿栏杆。后帝宥其死，且留槛折处修补作为遗迹以旌之。出自明·张居正《帝鉴图说》

职的，均被赶出长安。三日后，王商因悲愤吐血而死，从此朝廷中没了反对派，王凤控制朝政的局面完全形成。"自是公卿见凤，侧目而视，郡国守相、刺吏皆出其门"，被任命为卿大夫、侍中一类官员的王氏子弟更是遍布朝廷。

王政君异母五弟原封关内侯，于秦汉二等侯爵制度中低于彻侯。河平二年（前27年），汉成帝将五位舅舅于一日内同时由关内侯赐封为彻侯：王谭为平阿侯，王商为成都侯，王立为红阳侯，王根为曲阳侯，王逢时为高平侯。至此王政君八个兄弟除了王曼早死，其他七人全部封侯。王政君仍不满足，还想将异父弟苟参也封为侯爵。汉成帝觉得说不过去，以名分不正的理由拒绝，不过还是将苟参任为侍中、水衡都尉。

西汉开国之初，汉高帝刘邦曾与开国功臣刑白马盟誓：非刘氏而王，天下共击之；若无功，上所不置而侯者，天下共诛之。"一日五侯"明显违背了汉高帝的誓盟，给后世造成极为恶劣的影响。东汉顺帝十九侯、桓帝宦官五侯无不受其影响而流毒后世。

王氏权势如此炽盛，朝中一些忠正之士甚为忧虑。光禄大夫刘向是西汉著名文学家，曾编撰《战国策》《说苑》等具有深远影响的历史著作。面对王氏的熏天权势，刘向专门撰写《洪范五行传论》，搜集上古以来历春秋战国至秦汉的符瑞灾异记录，委婉影射了外戚王氏专权对国家造成的祸害，但汉成帝就是不听。后来刘向又上奏罢免王氏兵权，汉成帝依然不采纳。

对王氏外戚的滥封滥赏，致使王氏子弟横行于朝。王氏五侯争相以奢侈为尚，卖官鬻爵，民间百姓只要花一千钱就可以买到爵位。发展到最后，王氏兄弟甚至要享受皇帝待遇。

汉成帝宴请王政君五弟王商，王商称自己体胖怕热，想借住皇帝的明光宫避暑，汉成帝竟然予以满足。汉成帝去王商家，见他家园子里水池巨大，还能行船，不知哪来这么多水，后来才知道，王商竟是将长安城凿穿，从城外引水注入府中的。对这样无法无天的行为，汉成帝甚至没有特别责怪王商。

汉成帝在王政君七弟王根家，看到后花园假山楼台与未央宫白虎殿规模简直完全一样，为此大发脾气，下令丞相严查。王商和王根意识到问题的严重性，于是负斧钺跪在宫门外准备自裁，结果"上不忍诛"，如此僭越行为也就不了了之了。

王凤专权以后，渐渐地连皇帝都不放在眼里。汉成帝想任用宗室刘歆为中常侍（西汉时，侍奉在皇帝左右、负责顾问应对的近臣，东汉时始由宦官专任），左右皆劝汉成帝要告知大将军王凤。汉成帝认为，"此小事，何须关大将军？"左右叩头力谏，汉成帝只得与王凤商量。

王凤认为不可，汉成帝无奈收回成命，自此皇帝任命官员的权力被剥夺。王凤死前，向成帝指定由其从弟王音接任大司马、车骑将军掌政，王音也因此获封安阳侯。王氏势力发展到巅峰时，"一门十侯，五大司马"，这也算创了历史纪录。

朝廷中有王氏专权，汉成帝无心政事，纵情酒色，经常微行出游斗鸡走马，后宫宠幸赵飞燕和赵合德这对姊妹花。在王氏权贵心目中，皇帝已沦为一具政治僵尸，西汉王朝权力中心已经由刘氏皇族集团转向王氏外戚集团。

## 提携王莽

王政君兄弟中唯有王曼早死未得封侯，但在王政君及王氏宗亲提携下，王曼之子王莽逐渐走向政坛。王莽生于初元四年（前45年），比王政君要小26岁。少年时代，其父王曼和其兄王永先后去世，王莽跟随叔父们生活。王氏五侯受封那年，王莽18岁，他以正人君子的形象出现在公众面前。

王氏宗族子弟大都声色犬马以佚游为乐，王莽却给人以非常恭俭的印象。他对外折节下士，在家侍奉老母和寡嫂，抚育孤侄，行为严谨检点，对王氏宗族的长辈格外尊奉，因此在王氏大家族中堪称另类，成为当时声名远播的"道德楷模"。

阳朔三年（前22年），王凤病重，王氏子弟照玩不误，王莽却尽心竭力地服侍王凤，曾经伴在王凤身边一个多月衣不解带，蓬头垢面。王凤甚为感动，临终前嘱托王政君一定要对王莽多加照顾。

在王政君的帮助下，汉成帝先拜王莽为黄门郎，后又迁为射声校尉。后来王莽的叔叔王商向朝廷表示，愿意从自己的封地中匀出一部分给王莽封侯，还有几位名士也向汉成帝推荐王莽，这给汉成帝留下了王莽很是贤能的好印象。

永始元年（前16年），汉成帝追封王曼为新都侯并由王莽嗣爵，这一年王莽正好30岁。王政君的姐姐王君侠之子淳于长也于同日受封定陵侯。至此王氏一门共有十侯：王政君兄弟阳平侯王凤（袭父爵）、安成侯王崇、平阿侯王谭、成都侯王商、红阳侯王立、曲阳侯王根、高平侯王逢时，从弟安阳侯王音，亲侄新都侯王莽（袭父爵）以及姻亲姨侄定陵侯淳于长，这也创下西汉外戚封侯之先例。

王莽走上政坛后，从不以自己为尊，总能礼贤下士。他清廉俭朴，经常把俸禄分给门客和平民，甚至还卖掉马车接济穷人，不仅在民间深受爱戴，连朝野名流也普遍赞颂，声名远超其父辈叔伯。外在的光环下，隐藏着他的政治野心，王莽总是幻想着能够进入最高层，推行他的政治理想。机会终于来了，但是他还面临着激烈的竞争，竞争对手就是表兄淳于长，在最关键的时候他得到了姑母王政君的支持。

淳于长的发迹要早于王莽。在姨母王政君和舅父王凤的关照下，淳于长20来岁便担任了黄门郎，既可以出入宫廷内外，又可以游走于显贵之间。汉成帝宠幸歌女出身的赵飞燕，为此废掉许皇后，准备改立赵飞燕为皇后，王政君认为赵飞燕出身微贱而不同意，汉成帝为此郁郁不乐。

淳于长一边在王政君面前疏通说服，一边建议汉成帝封赵飞燕的父亲赵临为成阳侯，以提高赵飞燕的出身地位。不久，赵飞燕顺利被册立为皇后，淳于长也因此升为卫尉，入列九卿，成为汉成帝面前的红人。

绥和元年（前8年），执掌朝政的大司马王根请求病休，按照惯例，大司马一职应该由名列九卿之首的淳于长继任。淳于长却忘乎所以，大肆收受地方官员贿赂，还与废皇后许氏通书，一边和她调情，一边欺骗许氏说，有办法让皇帝将她立为左皇后，从而接受许氏贿赂。

王莽正愁着如何扳倒政敌，得知这些情况后，立即搜集情报并向王根禀告说："淳于长见您久病，好不高兴，自以为应该代您辅政了，已经给不

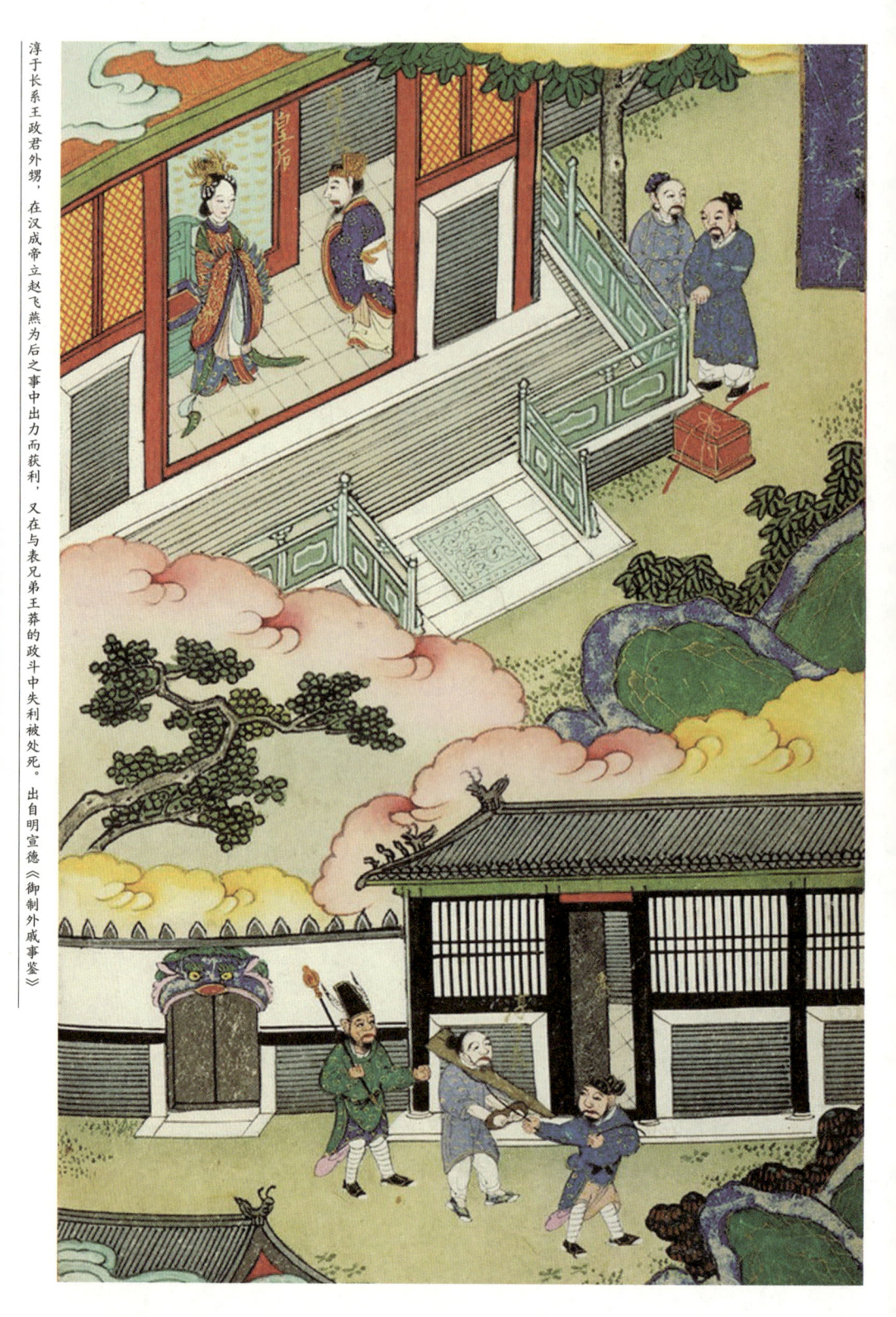

淳于长系王政君外甥，在汉成帝立赵飞燕为后之事中出力而获利，又在与表兄弟王莽的政斗中失利被处死。出自明宣德《御制外戚事鉴》

太后临朝：通往巅峰之路（第1册）

少人封官许愿。"王根大怒,要王莽赶快向太后汇报。王政君得知也很生气,在姑侄与姨侄之间,王政君选择了王莽,她立即让汉成帝将淳于长免官并查究。不久淳于长被关押在洛阳监狱,经反复审讯后被处死。

淳于长被扳倒之后,王莽毫无悬念地接任大司马辅政,王氏五位大司马已全部亮相,依次是王凤、王音、王商、王根和王莽。王莽执政后,其母生病,公卿列侯都派夫人登门问候,迎接她们的女主人却穿着布衣短裙,这帮贵妇以为她是王府女佣,一问竟然是王莽的夫人,都吃了一惊。这一年,王莽38岁,王政君已然64岁。

## 王氏失势

汉成帝专宠赵飞燕和赵合德十多年,但她俩并未给皇帝生下子嗣。同时这两人又合力阻止皇帝接近其他嫔妃,以致汉成帝竟然绝嗣。在王氏和赵氏

汉建"新"。出自明·张居正《帝鉴图说》

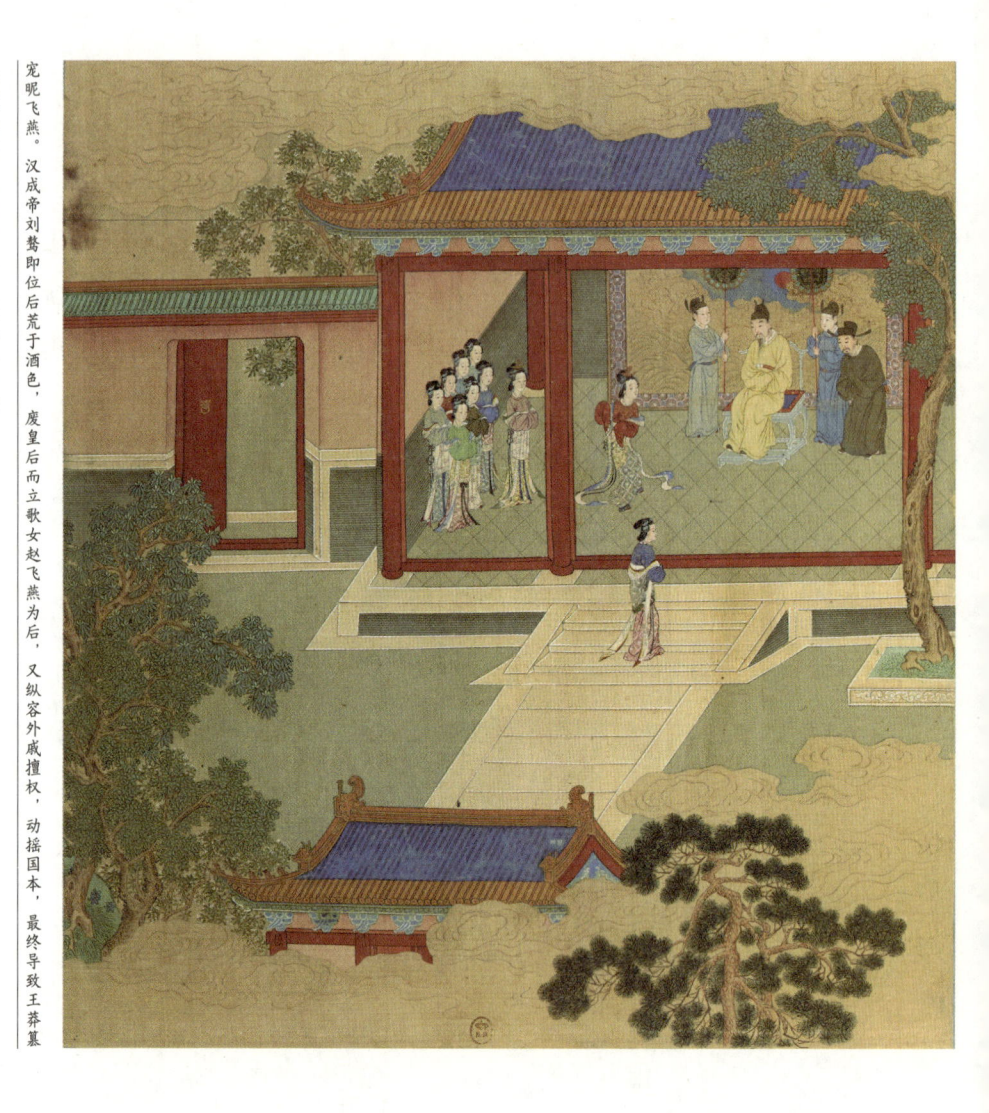

宠昵飞燕。汉成帝刘骜即位后荒于酒色，废皇后而立歌女赵飞燕为后，又纵容外戚擅权，动摇国本，最终导致王莽篡

太后临朝：通往巅峰之路（第1册）

的操控下，汉成帝只得将异母弟定陶王刘康所生的刘欣立为太子。虽然刘欣是王政君孙辈，但与王政君并没有血缘关系，这使王政君感到不满却又无奈。

绥和二年（前7年）三月，汉成帝在未央宫驾崩。据说汉成帝死在赵合德怀里，很可能是纵欲过度引发的脑卒中。王政君本来就对赵氏没什么好印象，就立即追查死因。赵合德被迫自杀，赵飞燕却未受牵连。

太子刘欣即位，是为汉哀帝，王政君被尊为太皇太后，赵飞燕被尊为皇太后，这时王莽以大司马辅政还不足一年。王政君令王莽辞官回家，试探着向汉哀帝外家让权。于是王莽遵命向汉哀帝上书"乞骸骨",但汉哀帝派人挽留说:"先帝把朝政托付给您而抛弃了群臣,朕能够接掌江山,实在盼望跟您同心同德。现在您上书说有病要辞官,从而显得朕不能顺从先帝的旨意,朕对此十分悲伤,已经命令尚书等待您入朝奏事。"

接着汉哀帝又派丞相、大司空等朝廷要员禀告王政君:"皇帝听到太皇太后让大司马辞官的诏命,非常难过。大司马如果不出来做官,皇帝就不敢处理朝政。"王政君让王莽辞官本来就是试探,既然汉哀帝竭力挽留,于是王政君命王莽继续任职理事。

汉哀帝没有王氏血统,因汉哀帝执政以后的政局走向还不明了,王政君发出诏令,让王氏家族将坟墓以外的土地全部捐献出来,给贫民耕种,意欲让王氏宗族行为收敛并做一些善事,以在老百姓中博得好名声。同时为了避免汉哀帝受到外家控制,王政君又以宫廷女主的身份,诏令汉哀帝祖母傅太后、母亲丁姬"十日一至未央宫",不让他们祖孙、母子接触过于频繁,以此展示她对宫廷的绝对控制。

对汉哀帝来说,继续任用王莽也不过是临时措施,他对王氏早就保持警惕,"少而闻知王氏骄盛,心不能善"。面对"王氏子弟皆卿、大夫、侍中、诸曹,分据势官满朝廷"的局面,汉哀帝积极着手排挤王氏外戚势力,首先做的就是尊崇母家,提升祖母傅氏和母亲丁氏的家族势力。他将父亲刘康尊为恭皇,母亲丁姬尊为恭皇后,恭皇的母亲——当年曾受汉元帝宠爱的傅昭仪则被尊为恭皇太后,食邑与太皇太后王政君相等。王政君心里不爽,但也无可奈何。

三个月后,汉哀帝在未央宫设宴,将恭皇太后座位设在太皇太后王政君旁边,王莽为此责备内廷主事者:"定陶太后是藩王的姬妾,有什么资格与太皇太后并尊?"命令为傅太后重新设座。傅太后闻之大怒,拒绝参加宴会。王莽再次"乞骸骨",这回获得皇帝批准。汉哀帝赐王莽"安车驷马,黄金五百斤",罢官就第。

接着,汉哀帝的母亲丁姬被尊为帝太后,祖母傅氏被尊为帝太太后,后来又改号皇太太后,外戚傅氏和丁氏开始走上前台执政。看在太皇太后

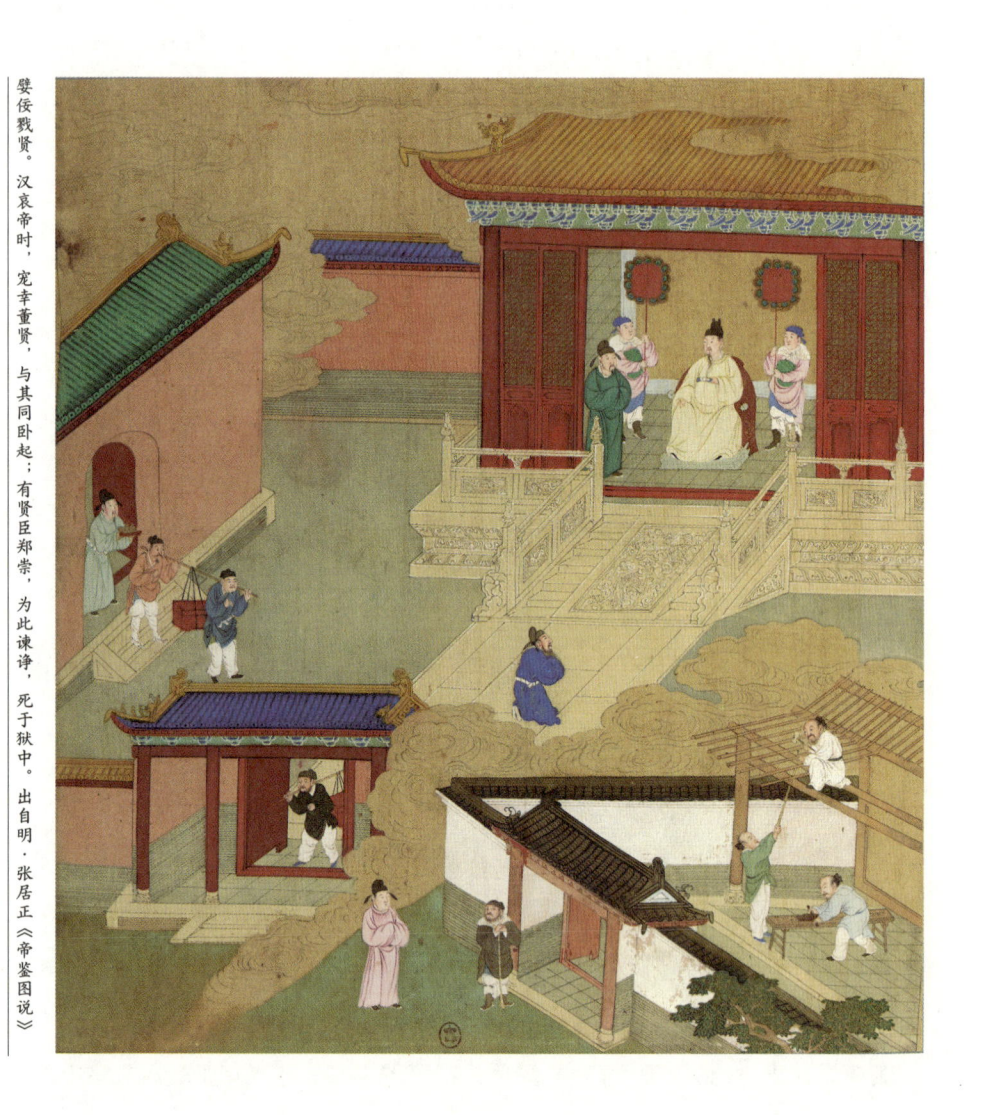

嬖佞戮贤。汉哀帝时，宠幸董贤，与其同卧起；有贤臣郑崇，为此谏诤，死于狱中。出自明·张居正《帝鉴图说》

的面子上，汉哀帝还对王氏一族给予加封，但对王氏一族的权力进行抑制。

在给傅氏与丁氏上尊号的过程中，王氏照例据理反对，于是汉哀帝以"贬抑尊号，亏损孝道"为由，将王莽驱逐到新都（今河南新野县东南）侯国封邑。王莽隐退乡里后继续注意笼络士人，结交地方官，进而得到士大夫阶层的好感。

王莽的儿子王获杀一奴婢，王莽竟逼王获自杀偿命。按照当时的法律，贵族杀死奴婢也不过小事一桩，即使追究起来也不至于偿命，更何况王氏这样的权贵。王莽如此举动，自然引起很大震动，许多人本来就对他被罢职不满，希望他能复职，于是借此上书为他歌功颂德。

在舆论面前，汉哀帝只得将王莽征召回到都城长安，但没有恢复他的官职，只是让他侍奉年事已高的太皇太后。这时，包括王政君在内的整个王氏宗族，都在期盼着翻身的机会。

## 临朝称制

咸鱼翻身的机会出现在元寿二年（前1年）六月，在位6年多、年仅25岁的汉哀帝突然驾崩，临终前将传国玉玺交给担任大司马的男宠董贤。太皇太后王政君趁宫中一片恸哭、无人主事的机会，迅速移驾未央宫，派人威胁董贤交出皇帝玉玺，并问他国丧如何措置。

董贤不能对，脱帽谢罪。王政君说："新都侯王莽曾以大司马身份参与过成帝葬礼，知道该怎么办，我让王莽来帮你吧！"于是立即召王莽入宫，从董贤手中夺取了兵权，逼迫董贤自杀。时隔六年，王莽终于以大司马领尚书事的身份重新掌握朝政。

王莽重新执政后，所做的第一件事就是打着太皇太后王政君的旗号，将汉哀帝皇后傅氏和王政君一直深恶痛绝的汉成帝皇后赵飞燕驱逐出宫，一个月后将二人一并废为庶人并逼令自杀；将汉哀帝外戚傅、丁两家子弟一起驱出朝廷，已经去世的皇太太后傅氏和帝太后丁氏后来也被废去名号，掘坟重葬。

汉哀帝的母亲丁氏本来与世无争，

董贤像

仅仅因为所生的儿子当了皇帝就招致厄运。传说王莽派人掘坟后，有数千只燕子从远方衔来土块碎石以掩埋丁氏尸骨，又堆成新的坟冢。这个传说也说明老百姓对丁氏的身后遭遇深表同情。

由于汉哀帝年轻去世，未有子嗣，更未想到过从宗室中选嗣立储，于是王政君与王莽共同做主，于这年九月将汉成帝另一个侄儿、年仅9岁的中山王刘衎拥立为新皇帝，是为汉平帝。汉平帝与汉哀帝平辈，王政君的身份仍然是太皇太后。

"太皇太后临朝，大司马莽秉政，百官总己以听于莽"。这样，王政君成为中国历史上继吕雉之后，第二位被史书明文记载的临朝称制的皇太后。这一年，王政君已经是71岁的老妪，王莽45岁，正当盛年。

西汉朝廷名义上是王政君以太皇太后的身份临朝称制，其实她既不"临朝"，也不"称制"，实际政权完全掌握在王莽手里。在王政君的默许下，王莽先将自己加封号为安汉公，不久又加封号为宰衡，并将女儿送进皇宫，成为汉平帝皇后，还将老母封为功显君，将儿子王安封为褒新侯、王临封为赏都侯。

为了讨好王政君，王莽将王政君姐姐王君侠尊为广恩君，妹妹王君力尊为广惠君，王君弟尊为广施君，并且都领汤沐邑，姊妹们日夜在王政君面前赞颂王莽的美德，王政君非常高兴。

王莽知道王政君虽是妇人，却也厌倦待在深宫。为了减少她过问朝政的机会，王莽百般投其所好，给她创造外出游乐的机会，经常让她乘车驾巡游四方，慰问孤儿寡母，褒奖贞夫节妇。

王政君玩得也非常开心，春游郊野，夏游桑林，秋游山水，冬日逐猎，她率领皇后嫔妃和列侯夫人尽兴游遍长安周围的名胜古迹。王莽命令有司，只要王政君出游，都要为其预先准备好钱帛牛酒，任她随意赈济施舍，得到钱财的老百姓便一齐歌功颂德，王政君好不快意。

王莽利用王政君喜好游乐、不问政事的机会，加紧了篡权步伐。元始五年（公元5年）十二月，汉平帝病死（也有说是被王莽毒死），王莽却假惺惺地表示要以自己的身体代替皇帝去死。这时汉元帝后裔已经绝嗣，

汉哀帝刘欣像

汉平帝刘衎像

亡西汉者，元后之罪通于天矣——汉元帝皇后王政君

王莽从汉宣帝玄孙一辈中挑选了年仅2岁的刘婴作为新皇帝的人选，号为"孺子"，史称"孺子婴"。

既然皇位暂时空缺，王莽希望能够成为代理皇帝，于是操纵朝臣向王政君请求，让自己居摄践祚，以效法周公辅佐周成王的故事。王政君明知王莽意图篡汉，但再也没有能力予以制约，只得下诏说："安汉公莽，辅政三世，制礼作乐，与周公异世同符……其令安汉公居摄践祚，如周公故事。"于是，王莽将孺子婴立为皇太子，自称假（代）皇帝，其本人除了向太皇太后王政君和汉平帝皇后王氏以及孺子婴称臣，其他人都要称其为皇帝。

由于有了代皇帝，今后也就不再需要太皇太后来"临朝称制"了，于是"王莽居摄践祚"的诏书也就成为太皇太后临朝称制政治体制结束的告别书。王莽居摄践祚之后，王莽的女儿汉平帝皇后王氏升格为皇太后，王政君是孺子婴曾祖母辈，按理应在"太皇太后"名号上再加一个"太"字，但史书上没有这样的记载，其身份仍然是太皇太后。

王莽篡汉的步伐越走越快，在地方官员和民众百姓中很不得人心，两年时间里，先后有刘氏宗室安众侯刘崇，东郡太守翟义，三辅百姓赵明、霍弘等起兵声讨王莽，翟义还拥立了刘氏宗室中的严乡侯刘信为皇帝。

这时王莽势力正处于上升时期，这些反莽行动相继被镇压，王政君却

073

王莽系王政君外甥，早年以德行著称，为辅政大臣，总揽朝政，后篡汉立『新』。出自明宣德《御制外戚事鉴》

太后临朝：通往巅峰之路（第 1 册）

074

对王莽深表同情，她说："人心差不多都是同样想的。我虽然是个妇道人家，也知道王莽这么做必定会给自己带来灾祸。这种行为万万不可。"

## "新室文母"

因为王政君的缘故，王莽终于在孺子婴初始元年（公元 8 年）十二月，自称皇帝，并改国号为"新"，西汉亡国。此时公历已经是公元 9 年 1 月，王政君 79 岁，王莽 53 岁。

西汉传国玉玺一直由王政君保管，王莽向她索要玉玺，王政君坚决不给。王莽又派王政君比较信任的安阳侯王舜（王音之子）索要，被王政君怒骂一通：

"你们这班王氏父子宗族，靠着汉家的恩宠才得到这么多年的富贵，还没有报答，反而乘着人家孤弱的机会，夺取人家的江山。你们不顾恩义，人要是都像你们这样，恐怕猪狗都不愿意啃你们的尸骨。天下哪有像你们兄弟这样的人？而且王莽既然声称自己有金匮符命，要做新皇帝，变更正朔服制，就尽管自己去做好了。玉玺是传之万世的东西，何必要用这不祥的亡国之玺？我是汉家的老寡妇，早晚就要死了，想与玉玺共葬，你们不要妄想。"

说罢，王政君痛哭流涕，连周围人都跟着伤心落泪，王舜也唏嘘不已。

许久，王舜才软中带硬地说："我们已经没有什么话可说了，但是王莽坚决要拿玉玺，太后难道能始终不给吗？"王政君别无他法，只得取出传国玉玺，狠狠地摔在地上，对王舜说："我老了，快要死了。我知道你们兄弟迟早是会灭族的。"王舜拾起玉玺，发现已经摔掉一个角，只好将残破玉玺献给王莽。王莽得到玉玺后非常高兴，专门在未央宫为王政君置酒设宴，大肆庆祝，但王政君这时哪有心情喝酒呢？

东汉史学家班彪评价王政君摔玺举动时，叹息着说："孝元皇后经历了汉朝四代天子，母仪天下，担任皇后、太后、太皇太后六十多年。她的弟弟们相继掌权，把持朝政，家族中有五位拜将，十位封侯，直到新都侯王

新朝时期钱币——"国宝金匮直万"铜钱

莽登上了权力的巅峰，终于实现了他的野心。朝代已经改变了，但孝元皇后仍然忠心耿耿地手握着一方玉玺，不愿交给王莽。妇人之仁，真是令人感到可悲呀！"王政君在汉平帝时期称制六年，酿成王莽篡汉的后果。清初思想家王夫之的评价一针见血："亡西汉者，元后之罪通于天矣！"

王莽改朝换代自称新朝皇帝之后，王氏疏族中的王谏为讨好王莽，上书言道："皇天废去汉而命立新室，太皇太后不宜称尊号，当随汉废，以奉天命。"王莽为了讨好王政君，竟将王谏的上书亲自送给王政君看。王政君不屑地说："王谏所言极是。"王莽却说："王谏的做法是违背道德的，其罪当诛！"于是王莽命令将王谏鸩杀，又以符瑞的名义，将太皇太后王政君名号改为"新室文母太皇太后"，由新王朝继续供养。这时王政君心中的酸甜苦辣恐怕只有她自己才能知道。

同时，王莽将孺子婴降封为定安公，将皇太后王氏，也就是自己的女儿改称定安公太后。王氏年仅18岁，为人婉顺，性格文静，有节操。王莽打算将女儿改嫁，于是又改王氏称号为"黄皇室主"，派遣他中意的"准女婿"装扮成医生前去给王氏"看病"。王氏知道王莽的用意后大怒，决不屈就，此后王莽也就不再勉强她。

王莽认为，既然汉朝已经灭亡，太皇太后不得再侍奉汉元帝，遂将元帝庙毁弃，改为"文母馔食堂"。因为王政君还在世，不便称庙，便改称"长寿宫"。王莽于长寿宫置酒，王政君到场后，见元帝庙已被废弃，非常吃惊。她哭着说："这是汉家的宗庙，皆有神灵存在，是犯了什么罪让你毁掉？假设鬼神无知，修庙有什么用？如果有知，我原本是人家妃妾，怎能辱没先帝之庙来作为我用食的地方？"她又私下向左右侍从说："此人侮慢神灵，

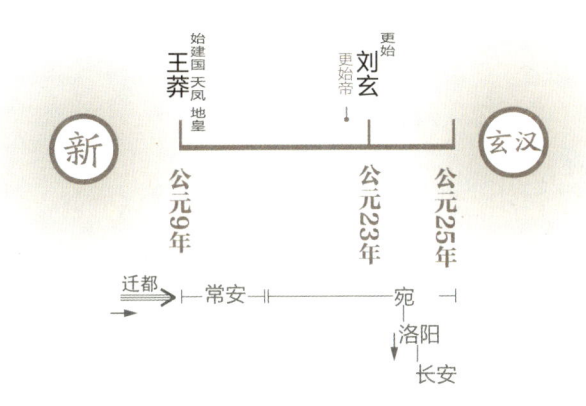

```
         始建国 天凤 地皇        更始
            王莽              刘玄
                             更始帝
                               ↓
     新                                       玄汉
    公元9年              公元23年      公元25年

       迁都→ 常安      宛
                      洛阳
                      ↓
                      长安
```

怎能长久得到上天保佑？"于是酒会不欢而散。

王莽篡位后，知道王政君怨恨自己，常常刻意讨好王政君，王政君却越来越不高兴。王莽改变汉朝服饰制度，官服由黑貂改为黄貂，又改汉正朔（历法）和伏腊日（夏季伏日和冬季腊日），而王政君令她的官属坚持穿着原来的黑貂官服，继续用汉朝日历，终日与左右相对饮酒，聊度晚年。

新朝始建国五年（公元13年）二月，王政君以84岁高龄去世，王莽将她与汉元帝刘奭合葬于渭陵。而汉平帝皇后"黄皇室主"王氏则在地皇四年（公元23年）绿林军攻入长安火烧未央宫时，自叹"何面目以见汉家"后自焚而死。至于孺子婴，则一直被王莽软禁。更始三年（公元25年）正月，局势混乱，他被方望、弓林等从长安挟持到临泾（今甘肃镇原县南），拥立为天子。仅仅数日之后，即被更始政权所灭。

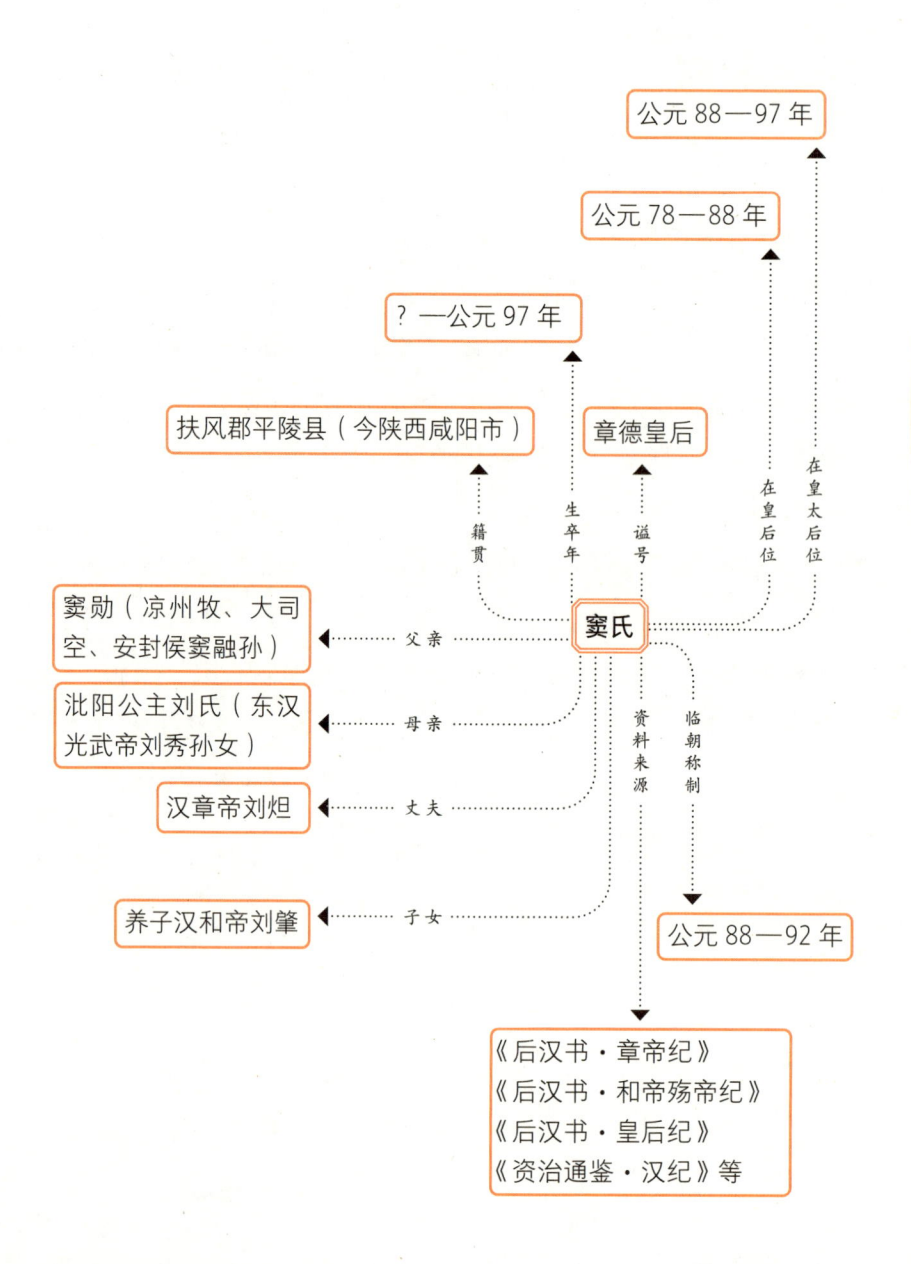

```
                                                    公元 88—97 年
                                                         ↑
                                                         ⋮
                                                    公元 78—88 年
                                                         ↑
                                                         ⋮
                    ?—公元 97 年
                         ↑
                         ⋮
    扶风郡平陵县（今陕西咸阳市）        章德皇后
              ↑                        ↑
              ⋮                        ⋮          在      在
             籍                       谥          皇      皇
             贯      生               号           后      太
                    卒                            位      后
                    年                                    位

窦勋（凉州牧、大司
空、安封侯窦融孙）  ◀⋯⋯ 父亲 ⋯⋯  窦氏
沘阳公主刘氏（东汉
光武帝刘秀孙女）    ◀⋯⋯ 母亲 ⋯⋯            资    临
                                              料    朝
汉章帝刘炟          ◀⋯⋯ 丈夫 ⋯⋯            来    称
                                              源    制
养子汉和帝刘肇      ◀⋯⋯ 子女 ⋯⋯                  ↓
                                                    公元 88—92 年
                                                         ⋮
                                                         ↓
                                            《后汉书·章帝纪》
                                            《后汉书·和帝殇帝纪》
                                            《后汉书·皇后纪》
                                            《资治通鉴·汉纪》等
```

# 政归母后，幸窦氏之贤
## ——汉章帝皇后窦氏

南宋谢采伯《密斋笔记》云："后汉止三宗九帝，皆幼冲。一百十八年，政归母后，幸窦邓之贤，内外扶持，无大变故。"其中"窦"即汉章帝皇后窦氏，她是东汉临朝太后第一人。

东汉中期开始，皇帝皆幼年即位，皇太后得以"临朝称制"，以外戚控制政权。皇帝成年后不满外戚专政，则与宦官合谋清除外戚，然后依靠宦官执掌朝政。皇帝去世后，又是幼主即位，皇太后临朝，新一轮的戚宦之争又拉开了帷幕。

## 出身显贵

西汉两位临朝称制的皇太后出身都很低微,与吕雉和王政君相比,窦氏的家庭出身要显贵多了。窦家最早显贵是从西汉文帝时开始的。窦氏的祖先原居西北黄土高原地区,因秦末战乱流落到清河郡观津县(今河北武邑县东)。后来孝文皇后窦氏成为代王刘恒(汉文帝)的妃妾并生子刘启(汉景帝)。刘恒成为皇帝后,她被立为皇后,后来其兄窦长君被封为南皮侯,其弟窦广国被封为章武侯。窦广国正是窦氏的十世祖。至窦氏曾祖父窦融时,窦家已经迁至扶风郡平陵县(今陕西咸阳市)。

从窦融开始,窦家再次显贵。窦融原本为新莽属将。王莽篡汉而建立的新朝统治仅维持了17年时间,就于地皇四年(公元23年)在绿林、赤眉等农民起义军的打击下崩溃,王莽本人也在绿林军即将攻入长安时被杀。于是窦融归顺绿林军更始政权,被更始帝刘玄任命为驻守张掖的地方官员。更始帝失败后,窦融联合酒泉、敦煌、武威、张掖、金城五郡豪杰割据河西,被推举"行河西五郡大将军事",成为新汉乱局中一股地方割据势力。

当时各地割据势力的首领称帝称王者众多,但窦融的选择非常明智,

汉光武帝刘秀像

汉明帝刘庄像

汉光武帝刘秀，命冯异去征讨赤眉，告诫他征伐非必略地屠城。出自清《圣帝明王善端录图册》，现藏于台北故宫博物院

政归母后，幸窦氏之贤——汉章帝皇后窦氏

他并未贸然称尊，因此后来成为光武帝的刘秀对他很有好感。刘秀渐成气候，于是窦融主动归顺，并且协助刘秀消灭了割据天水的隗嚣、隗纯势力，窦融被光武帝封为安成侯，官任大司空，"赏赐恩宠，倾动京师"。

窦融晚年时，窦氏一门显贵，受到特殊恩宠，一大家中同时有一位公爵、两位侯爵，还娶了三位公主做媳妇，另有四位二千石职衔的官员。自祖父到孙子，在京城的官府邸第相望，奴婢上千，在众多亲戚、功臣中，没有人能与他家相比。汉明帝刘庄追思东汉开国功臣良将，将 28 位有功将领的画像放置在南宫云台，史称"云台二十八将"。此外又有四人画像也置于南宫，或称"云台三十二将"，窦融画像就在这四人之中。

窦融的封邑安丰侯国（今安徽寿县安丰镇）由其长子窦穆负责打理。窦穆就是窦氏的祖父，娶光武帝之女内黄公主。窦穆喜欢与一些轻薄少年交往，经常干扰当地郡县政事。安丰侯国邻近六安（今安徽六安市）侯

汉明帝刘庄即位后，馆陶公主为子求官，明帝劝诫公主。出自清《圣帝明王善端录图册》，现藏于台北故宫博物院

国，窦穆自恃是皇家女婿，想以姻亲的身份占据六安侯国地域，就假托阴太后（光武帝皇后阴丽华）诏书，令六安侯刘盱休掉原配，将女儿嫁给了刘盱。

刘盱前妻的娘家人不服，就向皇帝上书。汉明帝大怒，于是窦穆等人的官职被尽行罢免，窦氏亲族中凡为郎吏的都被撵回关中乡下老家。不久，为了便于控制，汉明帝又将他们全部召回洛阳，安排谒者（官名，古时指传达、通报等事的近侍）对窦家进行监视。窦穆父子失势后，经常口出怨言，结果被谒者告发。于是汉明帝将窦穆全家再次驱赶出都城。后来窦穆在原郡被逮捕并死于狱中。

窦氏母亲沘阳公主是光武帝孙女，沘阳公主的父亲是东海王刘彊。刘彊的母亲郭圣通原来是光武帝皇后，"子为母贵"，刘彊因此被光武帝立为太子。后来郭圣通皇后名号被废，连带刘彊也失去皇储地位而被改封东海王。

光武帝去世后，汉明帝刘庄与东海王刘彊兄弟亲情友善，因此窦氏一族被驱回原籍时，唯有父亲窦勋一家由于沘阳公主的缘故，被汉明帝特批留居京师，除了窦勋被关押在洛阳监狱，其余人等继续享受着其贵族生活。窦穆死于原郡监狱后，窦勋亦受牵连，死于洛阳狱中，东汉初期维持40多年显贵的窦氏家族由此衰落。

窦勋有四子二女，章德皇后是其长女，其上有兄长窦宪，下有诸弟窦笃、窦景、窦瑰和小妹小窦氏。祖父与父亲两代遇祸，对窦氏是个沉重打击。她天资聪颖，6岁就能书会画，家人与亲戚都感到非常惊奇。

## 废储逼母

汉章帝建初二年（公元77年），窦氏姐妹同时入太后的长乐宫。后来皇太后马氏觉得惊奇，让其入掖庭。马太后是汉明帝刘庄的皇后，在历史上以贤德闻名，其父即是以"马革裹尸"在青史上留名的东汉名将马援。窦氏进入皇宫以后，进止有序，对马太后倾心侍奉，对其他嫔妃也非常尊重。不仅马太后非常喜欢窦氏，宫中对她的赞誉也是日甚一日。汉章帝刘

汉光武帝皇后阴丽华像

炟早就听说过窦氏很有才气，在太后长乐宫中见过几次窦氏后，渐生爱意。于是窦氏在进入掖庭后，很快就得到皇帝宠幸。

建初三年（公元78年），窦氏被汉章帝立为皇后，她的妹妹小窦氏被册立为贵人。这时姊妹俩入宫也才一年，此后窦皇后宠幸日甚，独占后宫之爱。窦氏显贵之后，父亲窦勋得以平反，并被追谥为"安成侯"。

窦皇后虽然得到汉章帝宠幸，夫妻恩爱异常，却没有为皇帝生下子嗣，于是心理上逐渐失衡，她以往的贤淑代之以妒忌之心，后宫中凡是为汉章帝生下子嗣的女性都成为窦皇后迫害的对象，最早遭受迫害的是宋氏姐妹。

宋氏姐妹的父亲宋扬与马太后的母亲是姑表兄妹，汉明帝在世时，马氏听说宋扬的两个女儿才艺俱优，于是做主将宋氏姐妹选入东宫，侍奉太子刘炟。宋氏姐妹本来与马皇后平辈，入宫以后凭空低了一个辈分。永平十八年（公元75年），汉明帝去世，汉章帝继位，宋氏姐妹被一并封为贵人。"贵人"是光武帝在宫中设置的女官，东汉时贵人的地位仅次于皇后。

三年后，也就是窦氏被立为皇后的那一年，大宋贵人生下汉章帝第三子刘庆。由于马太后极力主张，刘庆年满周岁后，于建初四年（公元79年）被立为皇太子。刘庆有两个哥哥刘伉和刘全，两人都"不知母氏"，应该是身份低微的宫女所生。刘庆被立储的同时，刘伉受封千乘王，刘全受封平春王。

不承想刘庆被立储之日，就是宋贵人姐妹厄运开始之时。因为汉章帝本来对宋氏姐妹比较宠爱，刘庆又得立储，窦皇后妒忌心理可想而知。刘庆立储同年，马太后死，宋贵人失去保护，窦皇后便着手构陷宋贵人。她与母亲沘阳公主密谋，外令窦氏兄弟罗织宋家罪名；内使宫中侍御（官名，宫中侍奉君王的侍从近臣）等侦伺宋氏过失，使宋贵人防不胜防。

有一天，宋贵人偶然生病，托人带信给娘家寻求生菟丝子入药，恰巧

政归母后，幸窦氏之贤——汉章帝皇后窦氏

含饴弄孙。汉庄帝皇后马氏云，吾但当含饴弄孙，不复关政事。出自清·焦秉贞《历朝贤后故事图册》，现藏于故宫博物院

085

这封信在信使出宫时被搜查了出来，给窦皇后迫害宋贵人提供了口实。窦皇后诬陷宋贵人"欲作蛊道祝诅，以菟为厌胜之术"，日夜在汉章帝面前进谗言，甚至别有用心地说宋贵人一心想做皇后，自己情愿将正宫的位置让给她。汉章帝正宠爱窦氏，在窦氏挑拨下，他对宋贵人母子的感情越来越疏远，皇太子刘庆也被迫离开母亲，居住别殿。

即便如此，窦皇后还不肯收手，暗示宫属继续追究此事。最终迫使汉章帝于建初七年（公元82年）下诏废去刘庆的皇太子名号，当时刘庆年方5岁。诏书中陈述废黜刘庆的理由：皇太子有迷惑无常的本性，起自孩提，到现在更加明显了——这恐怕是继承了他母亲凶恶的作风。因此，刘庆"不可以奉宗庙，为天下主"。诏书还煞有介事地说："大义灭亲，况降退乎？"

诏书既编造出了废黜刘庆的理由，又指摘了宋贵人的不是，结果，刘庆被降封为清河王，宋氏姐妹则双双被打入丙舍（宫中正室两边的房屋，以甲乙丙为次，第三等舍为丙舍）。窦皇后还不善罢甘休，又派宦官继续查勘，迫使宋氏姐妹饮毒药自杀。宋贵人死时年仅18岁，直到建光元年（公元121年）三月，其孙汉安帝刘祜才为她平反，追尊她为敬隐皇后。70年后，汉献帝又将她的皇后名号废除。

## 纸圣蔡伦

造纸术、指南针、火药和印刷术是中国古代的四大发明，它们是中华民族贡献给世界的伟大技术成果，对世界历史的进程产生了巨大影响。东汉蔡伦虽然改进了造纸术，他的出场却不甚光彩，他在窦皇后迫害宋贵人的过程中起到了不好的作用。宋氏姐妹被汉章帝打入丙舍（皇宫中的偏房）后，窦皇后命小黄门蔡伦拷问落实，蔡伦秉承上面暗示的旨意，附会罗织罪名，然后将宋氏二贵人囚禁在暴室（由宫廷染坊发展形成的监狱）中。二位贵人受不了冤屈，被迫自杀。

蔡伦是湖南桂阳（一说今湖南耒阳市）人。史书未载其生年，现代学者考证其出生年份，有说是公元61年，有说是公元63年，还有人折中认为是公元62年。蔡伦入宫是在汉明帝末年，年纪也就十来岁。宋贵人自杀是在公元82年，也就是说蔡伦当时的年纪不过20岁左右。这时蔡伦进入皇宫虽有7年时间，但其身份只是个小黄门，属于宦者中的最底层。

面对后宫女主的淫威，以蔡伦的低微身份是无法抗拒窦皇后的命令的。因此，在逼死宋贵人的过程中，考虑到他的卑微地位和奴婢处境，也不必对他苛责，更应该理解其不得已而为之的窘境。蔡伦虽然是帮凶，实际上只是被窦皇后当枪使。

宋贵人被迫害致死后，蔡伦在宫中逐渐受到重用。蔡伦很有才学，尽心公事，敦厚谨慎，经常犯颜直谏，匡正皇帝的过失。后来加位为尚方令，曾监督制造皇室丧葬所用的刀和剑，结果做工细致，坚固精美，为后世效法。由此可见，蔡伦不仅非常敬业，而且善于钻研。

在纸张发明之前，古人记录文字的载体主要有甲骨、青铜器、陶器、丝帛和绢、简牍等。甲骨、青铜器、陶器的使用主要在商、周时代，范围极其狭小。春秋以后盛行丝帛和简牍。丝帛价格昂贵，只有达官贵人才能用得起。简牍的使用虽然普遍却非常笨重。古人所谓的"学富五车"，不是说谁掌握了五车书的学识，而是指五车竹简或木简的学识，其文字容量远

汉章帝刘炟像

龙亭侯蔡伦像

政归母后，幸窦氏之贤——汉章帝皇后窦氏

**造纸术流程图**

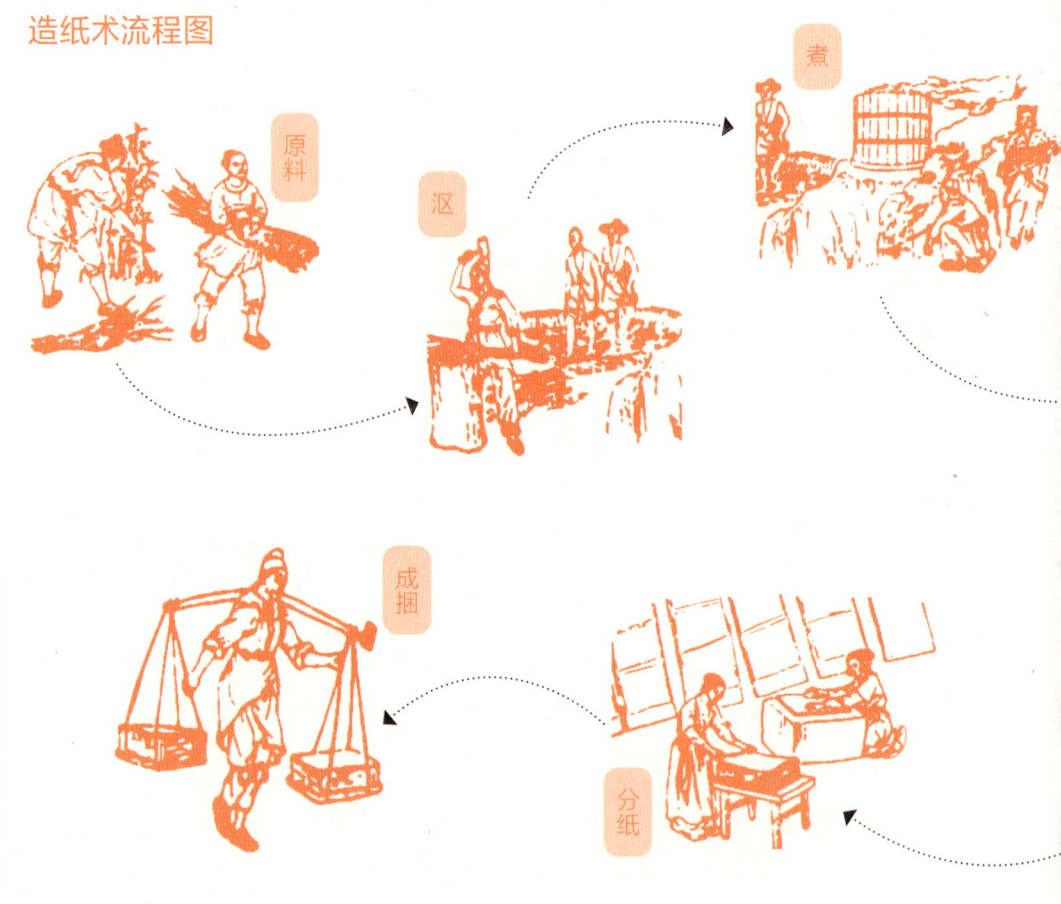

原料

沤

煮

成捆

分纸

不及现在的一册《辞海》缩印本，后来学富五车就用来形容读书很多，学问广博。

由于缣帛昂贵而简牍笨重，使用起来很不方便，于是蔡伦提出，用树皮、麻头及破布、渔网做原料造纸。元兴元年（105 年），蔡伦将造出来的纸呈送汉和帝，得到汉和帝的赞赏。此后大家都用这种纸，于是后人称这种纸为"蔡侯纸"。后人遂将蔡侯纸诞生的公元 105 年作为中国造纸术发明的时间。

其实早在蔡伦之前，中国已经发明了纸张。1957 年，在古都西安东郊

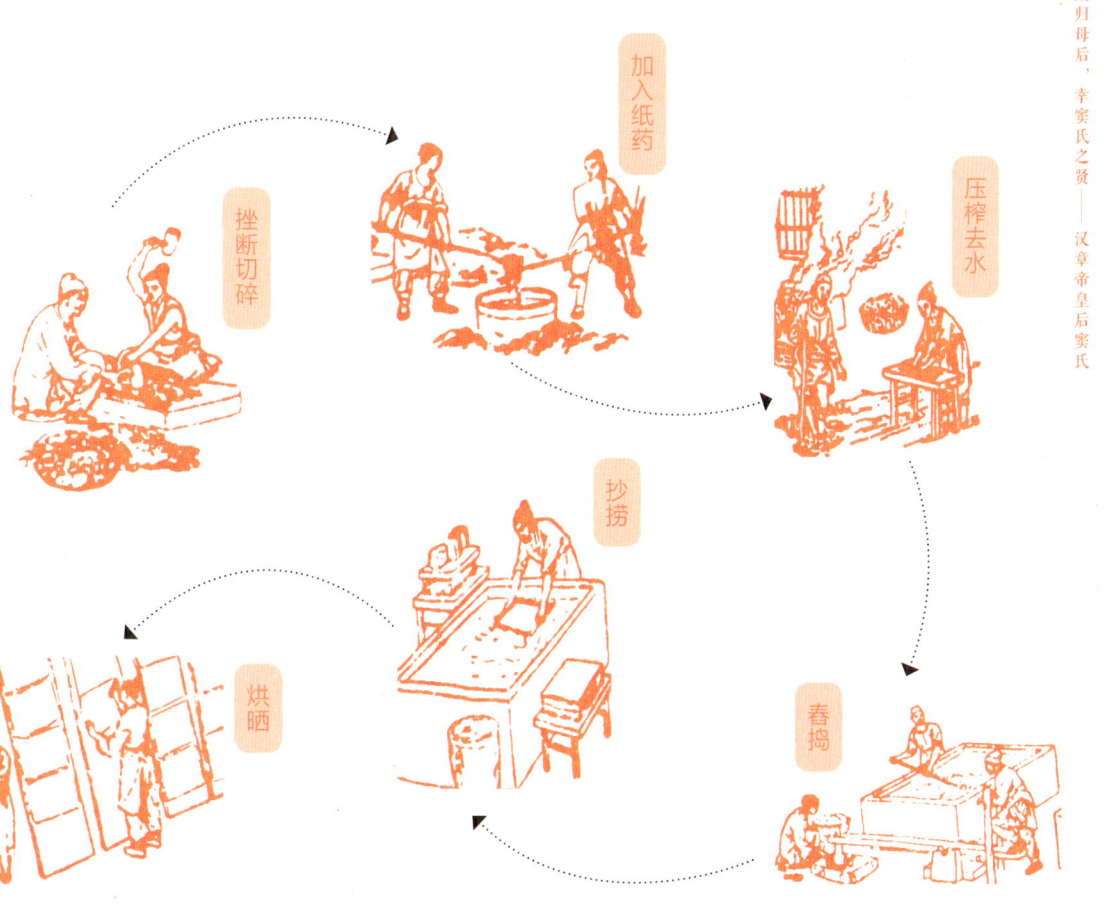

挫断切碎 → 加入纸药 → 压榨去水 → 舂捣 → 抄捞 → 烘晒

政归母后，幸窦氏之贤——汉章帝皇后窦氏

一处不晚于汉武帝时代的西汉墓葬中发现的"灞桥纸"就是一种植物纤维纸。灞桥纸纸色暗黄，纸面较为平整、柔软，呈薄片状，有一定强度。其原料主要是大麻纤维，间或有少许苎麻。纸中含被切断、打烂的帚化纤维，说明这种纸是经历了原料切断、蒸煮、舂捣及抄造等处理过程而制成的，加工程序并不复杂。专家介绍说，"这是迄今所见世界上最早的纸片，它说明我国古代四大发明之一的造纸术，至少可以上溯到公元前一、二世纪"。

灞桥纸的年代比蔡侯纸至少早 200 年，但蔡侯纸是蔡伦在总结西汉以来用麻质纤维造纸经验的基础上，改进造纸术，利用树皮、碎布、麻头、旧渔网等原料，经过精工细作制造出的优质纸张，其中利用树皮造纸更是蔡伦的发明。

汉安帝即位后，蔡伦于元初元年（114年）被临朝称制的邓太后"封为龙亭侯，邑三百户"。封地龙亭即今陕西洋县龙亭镇。汉安帝是宋贵人之孙，废太子刘庆之子。蔡伦想起宋贵人的冤死即扪心自责，他也深知自己来日无多，在战战兢兢中又过了七年。

建光元年（121年），邓太后薨逝，汉安帝亲政，他立即着手追究其祖母冤死的责任，让蔡伦自己去廷尉领罪。蔡伦耻于受辱，于是洗浴后整好衣冠，从容地服毒自杀。

## 构陷梁氏

刘庆的皇太子地位被废黜之后，汉章帝第四子刘肇（汉和帝）被继立为皇储。刘肇的生母梁贵人随后遭遇了与宋氏姐妹同样的命运。汉章帝可能有专纳姐妹花的癖好，除了窦皇后姐妹、宋贵人姐妹，刘肇的生母梁贵人也有一位与她同时入宫的姐妹，生刘肇的是小梁贵人。

梁贵人姐妹与窦皇后姐妹的家境相当，两家堪称世交。新汉易代之际，梁贵人祖父梁统与窦皇后曾祖窦融同为更始将领并同时任职河西，梁统担任酒泉太守。河西五郡在更始败亡推举领袖独力自保时，大家的一致意见是梁统，只因梁统坚决拒绝，才使窦融"行河西五郡大将军事"。后来梁统与窦融一道协助刘秀平定隗嚣，梁统被封成义侯，后又与窦融一道入朝为官，改封高山侯，任太中大夫，主要负责议论朝政得失。后来梁统卒于九江太守任上。

梁贵人的父亲梁竦是东汉文学家和易学家，坐其兄梁松之罪与其弟梁恭被同时流放，后被允许回乡，但一直郁郁不得志，中年以后即在故乡安定郡乌氏县（治所在今宁夏固原市东南）闭门不出，以读书著述为娱，曾作《七序》数篇，班固认为这些文章可以与孔子所作《春秋》媲美。

梁竦之兄梁松是东汉驸马，娶妻舞阴长公主，舞阴长公主是光武帝的女儿。梁氏一门坐罪流放后，只有舞阴长公主因为是皇帝女儿，得以继续留居洛阳。梁竦妻子去世以后，公主念及梁竦孤身抚养子女困难，于是主动将梁氏姐妹接到洛阳抚养。在舞阴长公主的呵护下，梁氏姐妹逐渐长大，且个个知书达理。

舞阴长公主是汉章帝的姑姑。建初二年（公元77年），公主将梁氏姐妹推荐进入皇宫，与她们同年入宫的还有窦氏姐妹。四位贵人地位相等，恩宠相同。不到两年，窦氏被立为皇后，但窦氏姐妹并无所出，而小梁贵人则生了刘肇，比当时的皇太子刘庆小了一岁。刘肇出生后聪明伶俐，汉章帝十分喜爱。窦皇后入宫数年一直无子，她见汉章帝喜欢刘肇，于是主动要求将刘肇收养在身边作为养子，得到汉章帝同意。

梁氏姐妹虽然舍不得与刘肇生离，但她们对窦皇后的秉性十分了解，所以不敢吱声。有时候她们又默默自我安慰，认为窦皇后得到皇帝的专宠，儿子只有由她来抚养，今后才有成为太子的可能，只有这样梁家才会有翻身的机会。事情果然朝着梁贵人预想的方向发展。建初七年（公元82年），皇太子刘庆被废黜，刘肇被汉章帝立为新的皇储。

当初窦皇后与母亲沘阳公主算计宋氏姐妹时，对梁家也并未放过，也安排密探专门侦伺梁家的过失。梁贵人父亲梁竦听到外孙刘肇被立为皇太子的消息后，十分高兴，在家悄悄举行了一场庆贺宴。谁知此事被窦皇后听闻，她心里非常清楚，皇太子刘肇日后一旦即位为帝，梁家必将得志，终为祸患，于是决心铲除梁氏。

建初八年（公元83年），窦皇后指使人写"飞书"（匿名信）诬陷梁竦，梁竦无端被杀。梁氏二贵人一方面因父亲冤死悲戚，另一方面担心逃脱不了迫害，在恐怖忧惧的折磨中双双死去，刘肇的生母小梁贵人时年只有22岁。抚养她们长大的婶母舞阴长公主也受到牵连，被驱出洛阳。

宋氏姐妹与梁氏姐妹相继冤死，皇宫嫔妃们目睹了窦皇后的无情和阴险，一个个担惊受怕，小心谨慎，无人再敢与她在皇帝面前争宠，窦皇后从此更是独断专权。直至窦太后去世后，汉和帝刘肇才得知其母枉死真相，于是将梁氏姐妹俩重新厚葬，生母小梁贵人被谥为"恭怀皇后"。

初平元年（190年），有官员以"恭怀、敬隐、恭愍三皇后并非正嫡，不合称后"为由奏报，汉献帝于是将梁贵人等人的皇后名号废除。

## 临朝伊始

章和二年（公元88年）正月，汉章帝驾崩，年仅10岁的皇太子刘肇继位，窦皇后被尊为皇太后。依照西汉高帝吕太后与元帝王太后的先例，皇太后窦氏临朝听政。窦太后临朝伊始就将其兄窦宪推上了东汉政治舞台，她以皇太后名义下的临朝诏书这样说道："现在皇帝年幼，我权且辅助听政……然而遵守成法，一定要有内辅以参听断。侍中窦宪是我的兄长，他行能兼备，忠孝尤笃，为先帝所器重。我亲自接受了先帝遗诏，应当按照旧典让窦宪担此重任。"窦宪等窦氏外戚就这样堂而皇之地走上东汉政坛，成为东汉一朝外戚专权的肇始者。

窦宪，字伯度，其父窦勋死后，一直郁郁不得志。从妹妹被汉章帝立为皇后开始，窦氏家族逐渐中兴，窦宪先被拜为郎官，不久又迁侍中、虎贲中郎将。弟弟窦笃被任命为黄门侍郎。窦氏兄弟日渐显贵，皇帝的恩宠也日甚一日，赏赐不计其数，致使窦氏亲族对皇室亲王、公主，以及光武帝的阴皇后家族、汉明帝的马皇后家族也不放在眼里。

汉明帝的女儿沁水公主有一块园田被窦宪看中，窦宪强行以贱价买进，沁水公主也不敢与他计较。汉章帝出巡时，看到姐姐家的园田易主，当面追问，窦宪抵赖不过，方才说了实话。汉章帝大怒，当时就将窦宪狠狠斥责一番：你窦宪对待贵为公主的人都敢如此，对待普通老百姓如何行事，更是可想而知。

窦宪一贯巧取豪夺，勒索成性，经过汉章帝这番训斥，方才有所收敛，遂将沁水公主的园田奉还。汉章帝明察窦宪为人，事后虽然没有追究他的罪责，但也不再授以重任。而窦宪之所以没受到处理，很显然是窦皇后在汉章帝面前起了作用。

汉章帝死后，窦宪虽然仍担任侍中原职，但开始参与机密事件。窦宪

窦宪系汉章帝皇后的兄长，因汉和帝刘肇即位时仅10岁，故窦氏外戚当政，成为东汉外戚专权的肇始者。出自明宣德《御制外戚事鉴》

政归母后，幸窦氏之贤——汉章帝皇后窦氏

弟弟窦笃进为虎贲中郎将，窦景、窦环皆为中常侍，窦太后几位兄弟一下子成为声威显赫的人物。窦宪为人心胸狭隘，些许小事，只要得罪了他，他一定会想方设法进行报复。这下大权在握，惩治仇家就更有胆气了。

其父窦勋坐事于汉明帝在位期间，当时负责掌管迎宾礼赞事务的谒者韩纡只不过是按照皇帝的旨意查办窦勋一案，窦宪便一直怀恨在心。窦太后临朝时，此事已过去30多年，韩纡也早已入土。即便如此，窦宪仍命人将韩纡的儿子杀死，憋在心里多年的一口恶气终于出掉。

都乡侯刘畅因为章帝驾崩而入都吊丧，之后却流连洛阳不愿返国。刘畅与步兵校尉邓迭有亲属关系，而邓迭的母亲与窦太后关系较为密切，可以自由出入宫禁。刘畅平时乖谬不正，品行不端，为了得到与太后接近的机会，他托邓母转达窦太后，窦太后便一连几次召见了刘畅。

刘畅是光武帝兄刘縯的曾孙，窦太后的母亲是光武帝的孙女，从刘氏宗族的角度来看，窦太后与刘畅是表亲关系；如果将窦太后作为刘家媳妇，因为汉章帝比刘畅长一辈，这样窦太后又成为刘畅的婶娘。本来皇太后会见皇室宗亲也极为平常，窦宪心里却沉不住气，他担心刘畅一旦受到皇太后信任，太后必然会委政于刘畅，这无疑等同于从自己手里分权，窦宪当然无法容忍，于是他嘱令刺客寻机将刘畅刺死于屯卫之所。

刘畅被刺时，窦太后临朝仅四个月，足见窦宪无法无天到何种程度。窦太后对刘畅之死十分震惊，严令窦宪追查。窦宪却将杀人罪过推到刘畅之弟利侯刘刚身上，说他们弟兄俩关系不和。开始窦太后信以为真，就派侍御史和青州刺史审查刘刚杀兄之案。结果真相大白，刘刚被无罪释放，窦宪难辞其咎。窦太后一怒之下，命人将窦宪关押在内宫，听候处置。

## 勒石燕然

"勒石燕然"的典故出自东汉窦宪。窦宪奉命征讨北匈奴，出塞三千余里，直至今蒙古国境内的燕然山刻石记功而还。这是窦太后临朝听政期间最显著的政绩，也是中国历史乃至世界历史上具有深远影响的一件大事。

王莽篡汉以后，对边疆少数民族采取一系列错误政策，将原本臣服汉朝的匈奴、西域诸国和西南夷等属国原本的"王"降格为"侯"；将匈奴单于改称"降奴服于"，后又改称"恭奴善于"，将汉宣帝赐予的匈奴单于"玺"回收销毁，改授为新朝匈奴单于"章"。

这些做法引起匈奴单于的不满。匈奴单于后来公开支持卢芳、彭宠等割据势力，与中原地区的中央政权叫板。汉匈之间50多年的和平局面结束，西域也脱离中央政权，被匈奴重新控制。

建武二十四年（公元48年），匈奴再度分裂为南匈奴和北匈奴，南匈奴附汉，被光武帝安置居住于河套地区；北匈奴则继续控制西域地区，与东汉为敌。

汉明帝永平十六年（公元73年），东汉联合南匈奴、乌桓、鲜卑等边疆民族经过两次天山大战，使西域重新成为汉朝疆土。窦太后执政时，北

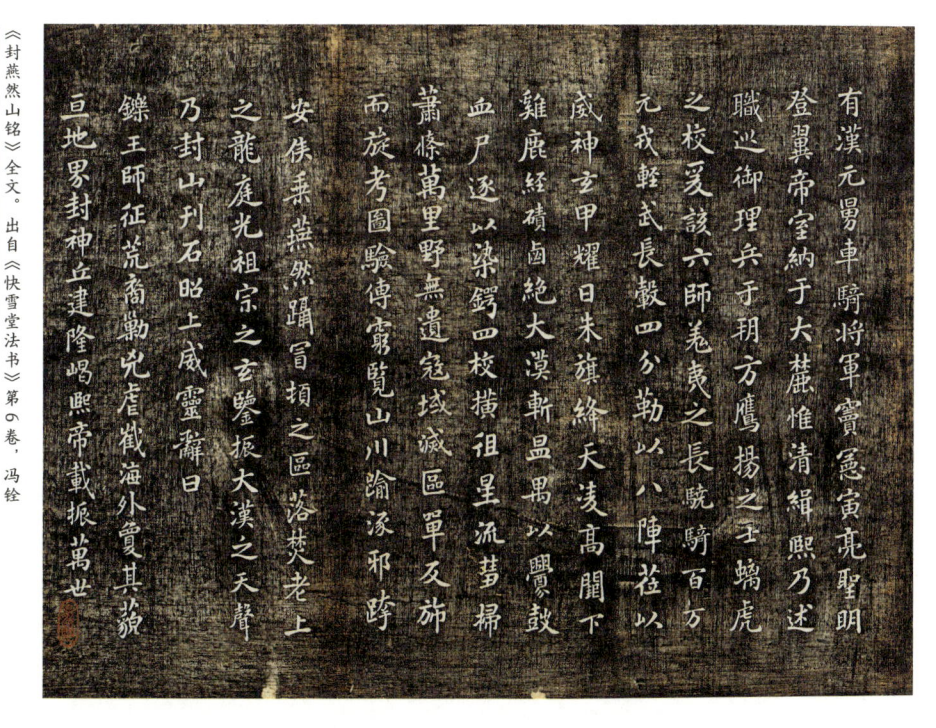

《封燕然山铭》全文。出自《快雪堂法书》第6卷。冯铨辑、刘光旸摹镌，拓于清乾隆四十四年（1779年）

政归母后，幸窦氏之贤——汉章帝皇后窦氏

匈奴因漠北蝗灾，人民饥馑，内部动乱，危机频仍。南匈奴单于于是上表朝廷，请求乘机北伐，将北匈奴彻底摧毁。

窦宪由于刺杀刘畅被窦太后下令关押，一直担心太后不顾兄妹情分将自己处死，于是请求出击北匈奴，戴罪立功，以赎其罪。窦太后正想给兄长下台阶的机会，就任命他担任车骑将军，领兵出击北匈奴。窦太后还以汉章帝遗诏名义，罢郡国盐铁禁令，纵民煮盐铸铁，由铁官、盐官征税，以支持战争。

永元元年（公元89年）六月，车骑将军窦宪、征西将军耿秉率军与南匈奴军队在涿邪山（今蒙古国满达勒戈壁附近）会合，与北单于战于稽落山（今蒙古国西南部额布根山），北单于大败逃走，汉军俘杀北匈奴13000人，北匈奴先后归附者20余万人。窦宪、耿秉与中护军班固等登燕然山（今蒙古国杭爱山），去塞三千余里，刻石勒功，纪汉威德，令班固作铭，"上以摅高、文之宿愤，光祖宗之玄灵；下以安固后嗣，恢拓境宇，振大汉之天声"。此后，东汉窦宪"勒石燕然"与西汉霍去病"封狼居胥"一道成为功臣良将在边关建功的事业巅峰的象征。

窦太后本来就没想过要杀窦宪，让他出征北匈奴，只不过是给他一个台阶下，没想到兄长立下如此大功，这就给窦太后为窦氏加恩提供了正当理由。她派人带着诏旨去迎接窦宪凯旋，加拜他为大将军，封武阳侯，食邑二万户。

为沽名钓誉，窦宪辞去爵位，谢绝食邑。为笼络军心，军队回到洛阳后，窦宪还大开府库，赏赐将士吏卒，从征官员子弟都加了官，晋了爵。然而，窦宪三个弟弟也无功受禄：窦笃进为卫尉，窦景、窦环都进为侍中、奉车驸马都尉。从此，窦氏的威权震动朝野。

次年，窦太后再次给窦氏四兄弟封侯，只有窦宪推辞不受，而窦笃被封为郾侯，窦景为汝阳侯，窦环为夏阳侯。于是，窦氏四兄弟在洛阳竞相修筑府第，互相攀比，穷奢一时。虽然朝议汹汹，但太后并不过问。

永元三年（公元91年），还是在窦太后执政期间，东汉大将耿夔（耿秉的弟弟）又率大军出金微山（今阿尔泰山）大败北匈奴军。北单于被

东汉史学家、文学家班固像

政归母后,幸窦氏之贤——汉章帝皇后窦氏

迫西迁,从此淡出中国历史。留居原地的 40 万残众加入鲜卑,并逐渐鲜卑化。

北匈奴西迁后,举国欢庆,窦太后专门下诏:"北狄破灭,名王一个个降服,西域各国纳质内附,这难道不是祖宗灵气照耀所完成的大业吗?"为此窦太后特地巡视西京长安,经由之处,二千石长吏以下及三老、官属皆赐给分量不等的钱帛。鳏、寡、孤、独、病残、贫不能自存者皆赐粟三斛。

《封燕然山铭》摩崖石刻拓本，该石刻是班固铭文最初的文本，与《后汉书》所记有差异

1990年，蒙古国两位牧民在中戈壁省德勒格尔杭爱县的杭爱山余脉南麓发现一处汉字摩崖石刻。当地专家几经研究，一直未能成功释读。2017年7月，蒙古国成吉思汗大学和中国内蒙古大学的专家组成联合考察队，对摩崖石刻进行实地考察。不久蒙古国成吉思汗大学宣布，摩崖石刻被中蒙两国联合考察队确认为东汉班固所作《封燕然山铭》。

## 窦氏覆灭

窦宪北征匈奴立功之后，被窦太后安排出镇凉州，并由侍中、征西将军邓叠协助，共守西北边疆。其间窦宪又出兵西域，使西域诸国重新臣服于汉朝。此后窦家权势更盛，滥加封赏，各州刺史及郡守县令多出其门。其弟窦笃权力大得可以随意举荐官吏，窦景也进为执金吾，窦瑰则进为光禄勋。

以窦氏兄弟为中心的一个庞大的利益集团逐渐形成，其中有窦氏的叔父城门校尉窦霸，将作大匠窦褒，少府窦嘉；窦宪的亲家长乐少府郭璜；窦宪的女婿射声校尉郭举。不甘与窦氏为伍的官员则受到打击、排挤和压制，郅寿、乐恢等正直官员竟因窦氏打压而被迫自杀。

窦太后本人的作为有时也显过分。永元二年（公元90年），其舅父中山简王刘焉去世，窦太后为其大修陵冢，参与工匠万余人，平民百姓和普通官员家的坟墓被夷平数以千计。有她做榜样，窦氏兄弟欺凌百姓更是为所欲为，窦景尤为突出。

按照规定，执金吾之下可以有200名缇骑（贵族的随从卫队）。窦景嫌少，于是将门僮仆役都编到缇骑队伍中。他强夺人家财物，将罪犯妻女都掠夺到自家以供其驱使。缇骑队伍横行街市，欺凌百姓，商贾们见到缇骑，就像躲避强盗一样赶紧关门闭户。他的家人也狐假虎威，做尽坏事，闹得洛阳城鸡犬不宁。

窦氏兄弟的所作所为渐渐被窦太后听到一些风声，她也觉得他们的做法未免过分。为了平息众怒，太后将窦景免官，但是侯爵还予以保留，窦景仍然可以出入宫廷。窦氏四兄弟中只有窦瑰相对安分，窦太后将其迁出朝廷，担任颍川（治所在今河南禹州市）太守。

汉和帝自10岁即位，数年过去，逐渐懂事，对于窦氏专权他虽然不满，但是窦氏党羽遍布朝廷，自己身边又没有可信赖之人，只能商之于宦官。钩盾令（管理京城内外园苑离宫池观的宦官）郑众经常伴随在汉和帝左右，和帝向他征询剪除窦氏之策。郑众建议，借口让窦宪辅政，将他召还京中，借机将窦氏全部捕戮，这样才能斩草除根，断绝后患。和帝认为此言极是。

汉和帝异母兄清河王刘庆因太子之位被无端废黜，一直对窦氏怀有深仇大恨。汉和帝又将刘庆召来相商，刘庆当然有求必应。为了使汉和帝痛下决心，刘庆甚至援引西汉皇帝剪除外戚的先例，劝皇帝赶快下手。汉和帝想看看《史记·外戚世家》怎么说的，但是书稿藏在宫中，不经太后允许根本没法取到。刘庆便立即从别处设法找到副本献给汉和帝。汉和帝得书后连夜披阅，仔细琢磨对策。

永元四年（公元92年），协助窦宪出镇凉州的邓叠被封为穰侯，邓叠的弟弟步兵校尉邓磊仗着母亲与窦太后过从甚密，竟与窦宪亲家郭璜父子争权夺利，关系恶化到几乎要火拼的地步，这更使汉和帝无法忍受。这年六月，窦宪与邓叠接到皇帝的诏书，兴冲冲地从凉州赶回洛阳，准备辅政，汉和帝还派人带着象征皇帝威权的节杖出郊迎接。窦宪等人还京后，即回府与各自家人分叙阔别之情。当夜，汉和帝悄悄命人将郭璜、郭举父子和邓叠、邓磊兄弟拘捕，未加审讯就立即处死，其亲属全部流放岭南。

天明后，窦宪才听说郭家和邓家被杀之事，吃惊之余，发现自家府第已被包围。稍停片刻，汉和帝派人前来宣诏，将窦宪的大将军印绶收还，改封窦宪为冠军侯并令其立即就国。窦景、窦笃、窦环诸人都被撵出洛阳，窦氏兄弟府第全被封禁，官役僮仆悉数遣散。当时汉和帝之所以没有立即将窦氏兄弟处死，还是看在窦太后的面子上。

结果窦宪、窦景、窦笃到了各自任所之后，汉和帝又分别派人迫令他们自杀。他们的幼弟窦环因为平时比较安分，没有劣迹，因此免于一死，但也被逐步贬谪。窦氏宗族以及因窦宪缘故而当上官的窦门宾客全部被免官归里。偌大一个窦氏外戚集团竟不堪一位14岁小皇帝的轻轻一击。消息传开后，洛阳满城百姓拍手称快。

自此以后，汉和帝亲政，窦太后被迫归政，首谋诛灭窦氏集团的宦官郑众被任命为大长秋（负责宣达皇后旨意，管理宫中事宜，为皇后近侍官首领，多由宦官担任），封鄛乡侯，这是中国历史上宦官封侯之始。此后，汉和帝经常与郑众一起议论政事，这也开了东汉宦官参政之先河。

窦太后被削夺权力之后，在深宫中又度过了5年时光，于永元九年（公元97年）离世。至此，她在皇后位10年，在皇太后位9年，其中临朝称制4年。太后刚一死，在民间生活的梁氏姐妹的姐姐梁嫕就上书汉和帝，陈述当年梁贵人枉死事由，请求为她的两个妹妹昭雪。朝臣中亦有不少人请求贬去太后名号。

尽管事关遭受迫害致死的生母，但汉和帝在处理此事时还非常理智，他亲写诏书说:"窦氏虽不遵法度,而太后常自减损。我侍奉十年,深深考虑大的原则。从礼的方面考虑,臣子没有贬低尊上的记载。有恩德不忍离析,有仁义不容亏待……请大家不要再议论了。"在平息宫内外汹汹之议后,汉和帝将窦太后与章帝合葬,也尽了为人之子的责任。

除了在宫斗中迫害宋贵人姐妹与梁贵人姐妹的不义行为,窦太后一生在历史上的总体评价还算比较正面。范晔在《后汉书·皇后纪》中即称其"进止有序","性敏给",以致"称誉日闻"。南宋史学家谢采伯在《密斋笔记》中也评价说,东汉政归母后,幸窦邓之贤。

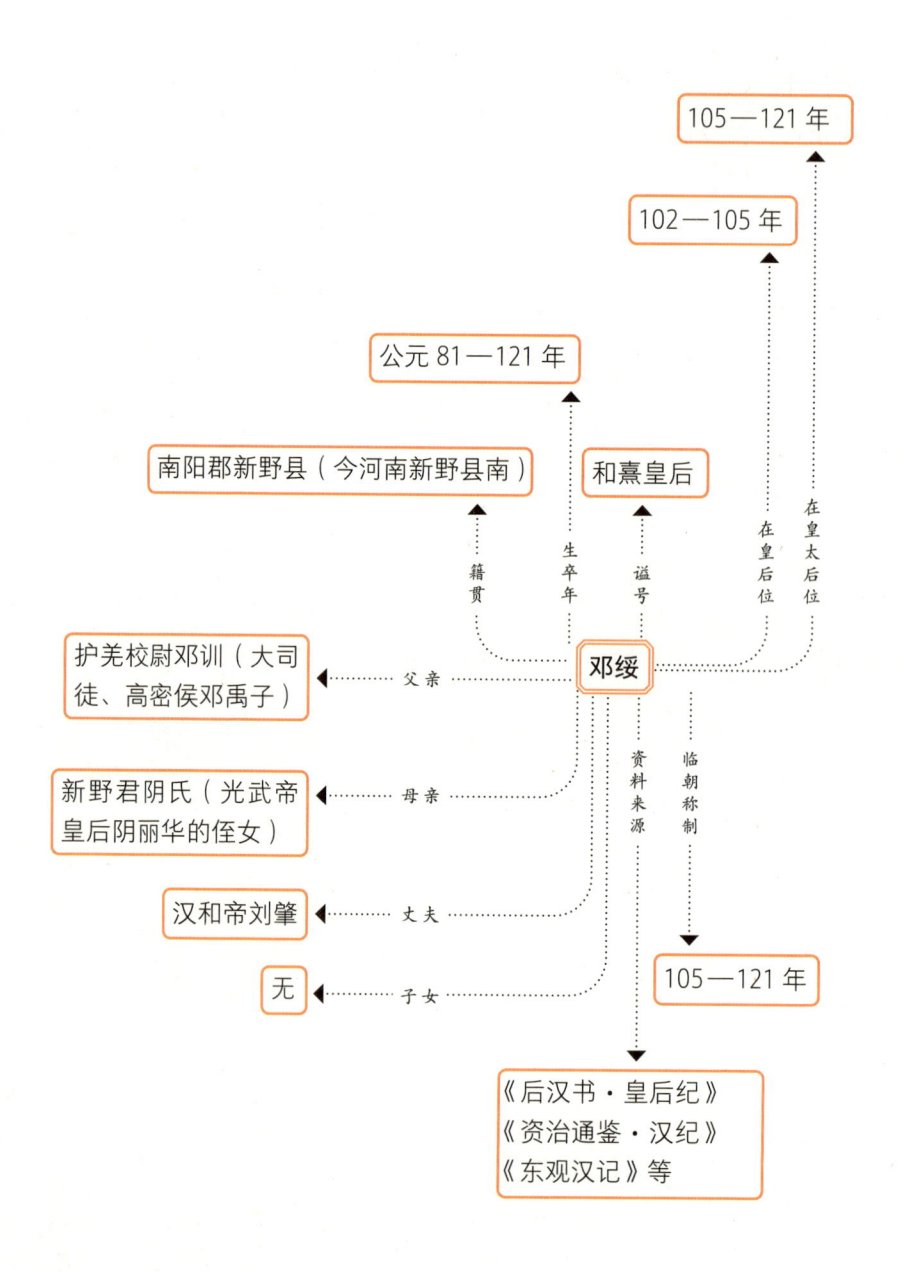

```
                                                    105—121 年
                                                       ↑
                                          102—105 年   │
                                              ↑        │
                                              │        │
                   公元 81—121 年              │        │
                         ↑                    │        │
                         │                    │        │
  南阳郡新野县（今河南新野县南）    和熹皇后    │        │
              ↑                       ↑       │        │
              │                       │       │        │
              │籍        生           │谥     │在      │在
              │贯        卒           │号     │皇      │皇
              │          年           │       │后      │太
              │                       │       │位      │后
                                                       │位
  护羌校尉邓训（大司    ←── 父亲 ──   邓绥
  徒、高密侯邓禹子）                    │
                                        │
  新野君阴氏（光武帝    ←── 母亲 ──     │
  皇后阴丽华的侄女）                    │
                                        │
       汉和帝刘肇       ←── 丈夫 ──     │资     │临
                                        │料     │朝
            无         ←── 子女 ──     │来     │称
                                        │源     │制
                                        ↓       ↓
                                             105—121 年

                              《后汉书·皇后纪》
                              《资治通鉴·汉纪》
                              《东观汉记》等
```

# 勤勤苦心，不敢以万乘为乐
## ——汉和帝皇后邓绥

"勤勤苦心，不敢以万乘为乐"，是汉和帝皇后邓绥临终之前对自己临朝执政16年的回顾总结。邓绥是位性格近乎完美的女性：为闺阁女时恭谦肃穆，温柔贤淑；为皇后时洁身自好，德冠后宫；为皇太后时勤政爱民，鞠躬尽瘁。中国历史上曾经临朝称制或垂帘听政的60多位皇太后中，声誉超过邓绥的几乎没有，难怪有学者将邓绥称为"伟大的女政治家"。

汉和帝皇后邓绥像

## 诗书熏陶

邓绥出身于书宦之家，自幼就在《诗》《书》的环境中受到熏陶。邓绥的祖父邓禹是协助光武帝刘秀中兴东汉王朝的名将。邓禹出生于南阳新野，13岁时能诵读诗篇，在长安从师学习，并与刘秀结交。刘秀起兵后，邓禹积极追随，提出"延揽英雄，务悦民心，立高祖之业，救万民之命"的创业方略，被刘秀"恃之以为萧何"。

后来邓禹以前将军身份，奉命率精骑2万西行，陆续占取河东与关中地区。建武元年（公元25年），刘秀称帝，以邓禹为大司徒，封酂侯，与汉高帝刘邦封给萧何的爵号相同。刘秀统一全国后，改封邓禹为高密侯，任太傅。汉明帝命人在南宫云台绘制28位功臣遗像以示纪念，邓禹名列"云台二十八将"榜首。

邓绥的父亲邓训年轻时虽然志向远大，但是不喜欢文学，因而遭到祖父邓禹的责怪。此后邓训礼贤下士，归附其门下的多为士大夫。汉明帝时，朝廷曾下令疏浚整治山西境内一条漕运通道，漕运一路需经过389处险要，在疏通漕运过程中，前后落水淹死者不计其数。太原官吏百姓苦于劳役，怨声载道。汉章帝即位后，又以邓训为谒者，监理此事。

邓训经过考察测算，认为此漕运设想难以成功，于是建议汉章帝果断停止这项工程，改用驴车运输，这样每年可以节省费用数以亿计。邓训的建议被汉章帝采纳，从而保全了数千名服役百姓的性命。后来邓训在护羌校尉的官任上病逝。邓绥的母亲阴氏则是光武帝皇后阴丽华的侄女，对邓绥自幼要求就非常严格。

生长在这样的家庭环境里，邓绥受到全家的宠爱，从小就接受了良好的家庭教育。邓绥极为聪明乖巧。传说邓绥5岁那年，祖母曾亲自为她剪发，因年高目昏，不慎误伤邓绥前额，而邓绥忍住疼痛，一言不发。事后周围的人感到奇怪，就问她原因，邓绥回答："我这并不是很痛。我蒙太夫人的宠爱，她亲自为我剪发。一旦呼喊，岂不伤了太夫人的心？所以我才忍住了。"

邓绥很有才学，"六岁能史书，十二通《诗》《论语》"，并且经常提出让哥哥们都无法回答的问题。起初她的志趣是研究诗书典籍，而不问居家事务，母亲阴氏后来批评她说："你不习女红以供服饰之用，却一心向学，莫非你要当博士吗？"邓绥听完母亲的话，白天操练女红，晚上诵读经典。因为好学，孩提时期的邓绥就被家人称为"诸生"。父亲邓训认为她与众不同，家中无论大事小事，往往都要与邓绥详细计议。

邓绥曾经梦见伸手摸天，浩浩荡荡，一色碧青，好像有钟乳一样的东西，她便抬起头吮吸吞咽。家人询问解梦之人，其回答："唐尧梦见攀天而上，商汤梦见天而舐天，这都是圣王成事之前的征兆，吉不可言。"又有看相的见了邓绥，诧异地说："她的骨相和商汤一样奇贵。"家里人都暗自高兴而不敢声张。

邓绥的叔叔邓陔说："我听说存活一千人的人，他的子孙一定会受到封爵。我哥哥邓训为河堤谒者，使修石臼河，每年使数千人得以存活。天道可信，家里一定会得到福荫。"邓禹听了也感叹地说："我统率百万之众，从来没有滥杀过人，我的后代必定会发达的。"于是邓氏一门对邓绥充满了期待。

勤勤苦心，不敢以万乘为乐——汉和帝皇后邓绥

邓禹像

邓训像

105

当时的官宦之家，最大的愿望就是能将女儿送到皇宫，邓家也不例外。永元四年（公元92年），汉和帝刘肇下诏选美女入宫。邓家准备利用这次机会，将13岁的邓绥送入皇宫，且邓绥已经被后宫选定。就在她准备进宫时，父亲邓训却突然病逝。依照汉朝服丧制度，邓绥必须在家守孝三年。于是邓家将情况上报朝廷，朝廷批准她在家服丧，暂缓进宫。守孝期间，邓绥日夜号哭，连续三年不吃盐菜，以致憔悴不堪，亲戚们与她见面时，几乎都认不出她了。

## 众望所归

永元十四年（102年）冬十月，邓绥被立为皇后，堪称众望所归。

邓绥入宫时，已过15岁，初入宫的身份也是家人子。与同时入宫的其他女子相比，邓绥"长七尺二寸，姿颜姝丽，绝异于众"，左右都叹羡不已。《后汉书·皇后纪》将邓绥的身高都记录下来，这在东汉册立的15位皇后和追封的6位皇后中也很少见。汉代一尺相当于现代的21.35~23.73厘米，也就是说，邓绥的身高在1.54~1.71米，取其中间值为1.625米，这样的身高即使放在现在也不算矮了。

邓绥入宫那年为永元七年（公元95年），汉和帝初立阴氏为皇后。邓、阴两家世居新野，且世代联姻。阴皇后是光武帝的皇后阴丽华之兄阴识的曾孙女，其外祖母是邓朱，史学界目前尚不清楚邓朱在娘家邓氏家族中的辈分；邓绥的母亲是阴丽华的侄女，算是阴皇后的姑奶奶，因此邓绥比阴皇后要长一个辈分。阴皇后同样"少聪慧，善书艺"，后来由于"有殊宠"，遂得立为皇后。

入宫不久，邓绥就受到和帝宠爱，被册封为贵人。在皇宫内，邓贵人小心谨慎，行止有度，不仅侍奉阴皇后"夙夜战兢"，对待同一品级的嫔妃也是"常克己以下之"，甚至对"宫人隶役，皆加恩借"，因而被汉和帝"深嘉爱"。

邓贵人生病，汉和帝特令其母亲和兄弟入宫探视，并且是自由往来，

勤勤苦心，不敢以万乘为乐——汉和帝皇后邓绥

阴识系汉光武帝皇后阴丽华之兄，其曾孙女阴氏初为汉和帝皇后，后被废。出自明宣德《御制外戚事鉴》

不限定时间。对此待遇邓绥深感不安，她对汉和帝说："宫中禁地至为重要，而使外家的人久留宫禁之地，对上来说让陛下蒙受偏袒私幸的讥讽，对下来说使我获得不知足的讥刺。上下两相受损，我实在不情愿啊！"汉和帝听罢，感慨地说："人家都以能进入皇宫为荣，贵人却引以为忧，深自抑损，真是难得。"

更为可贵的是，作为女性，邓贵人没有丝毫忌妒之心。宫中宴会时，后妃姬妾都刻意打扮，发簪和耳饰个个晶亮，华服绣衣件件鲜明，每个人都光彩照人。唯有邓绥浅妆淡抹，不与争色。偶然穿了与阴皇后同样颜色的衣服，她就立即回宫更换。如果她与阴皇后同时觐见汉和帝，她从来不敢同行，更不敢正坐。

汉和帝问话，她也等阴皇后回答之后才接着说话。邓绥与阴皇后都没有生育，汉和帝有诸子又相继夭折，邓绥担忧皇帝的子嗣稀少，经常为此而担忧流泪，于是嘱令挑选美女，进奉皇帝，以求生子。汉和帝甚为感动，也对邓贵人更为宠爱，经常召邓绥入侍。邓绥怕阴皇后生气，因此屡屡借口生病而推辞。

即便如此，汉和帝对邓绥的信任，仍渐渐引起阴皇后的强烈不满。阴皇后外祖母邓朱经常入宫，祖孙俩商量，欲行巫蛊之术咒死邓绥。汉和帝生病时，阴皇后曾咬牙切齿地对左右说，"我一旦得志，不会让邓家留有后代！"邓绥听说后，流着眼泪对左右说道："我竭诚尽心地侍奉皇后，竟不为皇后所容，是我得罪了上天吗？"

为此她曾想过自杀了事，幸亏宫人极力劝阻，骗她说皇帝的病已经好了，邓绥这才打消了自杀的念头。本来这是宫人的缓兵之计，没想到汉和帝第二天还真的痊愈了。听说阴皇后与邓贵人在他病重期间冰火两重天的不同表现，汉和帝感慨万分，摇头叹息。

这年夏天，阴皇后与外祖母邓朱合谋巫蛊之事被人告发，汉和帝安排官员在皇宫监狱中查办案件，邓朱及其子阴奉、阴毅，阴皇后之弟阴轶、阴辅、阴敞都受到追究，阴奉、阴毅与阴辅死于狱中，阴皇后父亲阴纲自杀。阴轶、阴敞及邓朱家属被流放到日南郡比景县（治所在今越南平治天省境内），宗亲内外兄弟皆免官回乡，后在惊惧中死去。直到后来，邓太后临朝，不念旧恨，不仅下诏赦免阴氏，让他们回归故郡，还将没收的资财五百余万发还给他们。

在追究巫蛊案的过程中，邓贵人一再劝汉和帝，对阴皇后要宽容对待，保留其皇后名号。因为汉和帝已经属意于邓绥，所以阴氏毫无悬念地被废黜，邓绥只得说自己的病十分沉重，隔绝了与皇帝的往来。汉和帝说："皇后之尊，与皇帝位同一体，承祀宗庙，母仪天下，并不是容易的事情！只有邓贵人品德冠于后宫，才能担当得起。"据说邓绥对皇后之位"辞让者三"，最终还是众望所归，被汉和帝立为皇后。事后邓绥还亲自写表向皇帝表示感谢，深深陈述自己德行菲薄，不足以充当皇后人选。

邓绥被立为皇后之后，在她的能力范围内采取了一些廉政措施。当时，诸侯国和各州郡都争相觅求珍奇之物供奉朝廷，邓皇后下令一律禁止，每年只要求进贡一些纸墨而已。汉和帝经常提出要将邓氏加官晋爵，邓皇后总是哭泣着劝止。因此汉和帝在位期间，邓皇后兄长邓骘的最高职务只是虎贲中郎将，相当于皇家卫队队长。

## 百日皇帝

元兴元年（105年）十二月，汉和帝去世，邓绥成为皇太后并开始临朝摄政。邓太后临朝时间长达16年，辅佐汉殇帝刘隆和汉安帝刘祜两位皇帝，"百日皇帝"所指是汉殇帝刘隆。说其"百日"，并非在位百日，而是指他出世才百余日就成为皇帝。

汉和帝自亲政后，从不荒怠政事，白天上朝听政，深夜批阅奏章，故有"劳谦有终"之誉。汉和帝在位期间，十分体恤百姓疾苦，多次下诏理冤狱、恤鳏寡、矜孤弱、薄赋敛，告诫上下官吏反省造成天灾人祸的自身原因。其去世当年，东汉的户籍人口超过5325万人，国力也达到鼎盛，时人称为"永元之隆"。只可惜他英年早逝，去世时年仅27岁。

汉和帝在世时，前后有十多位皇子夭折。汉和帝认为，皇宫不利于皇

# 东汉的皇帝

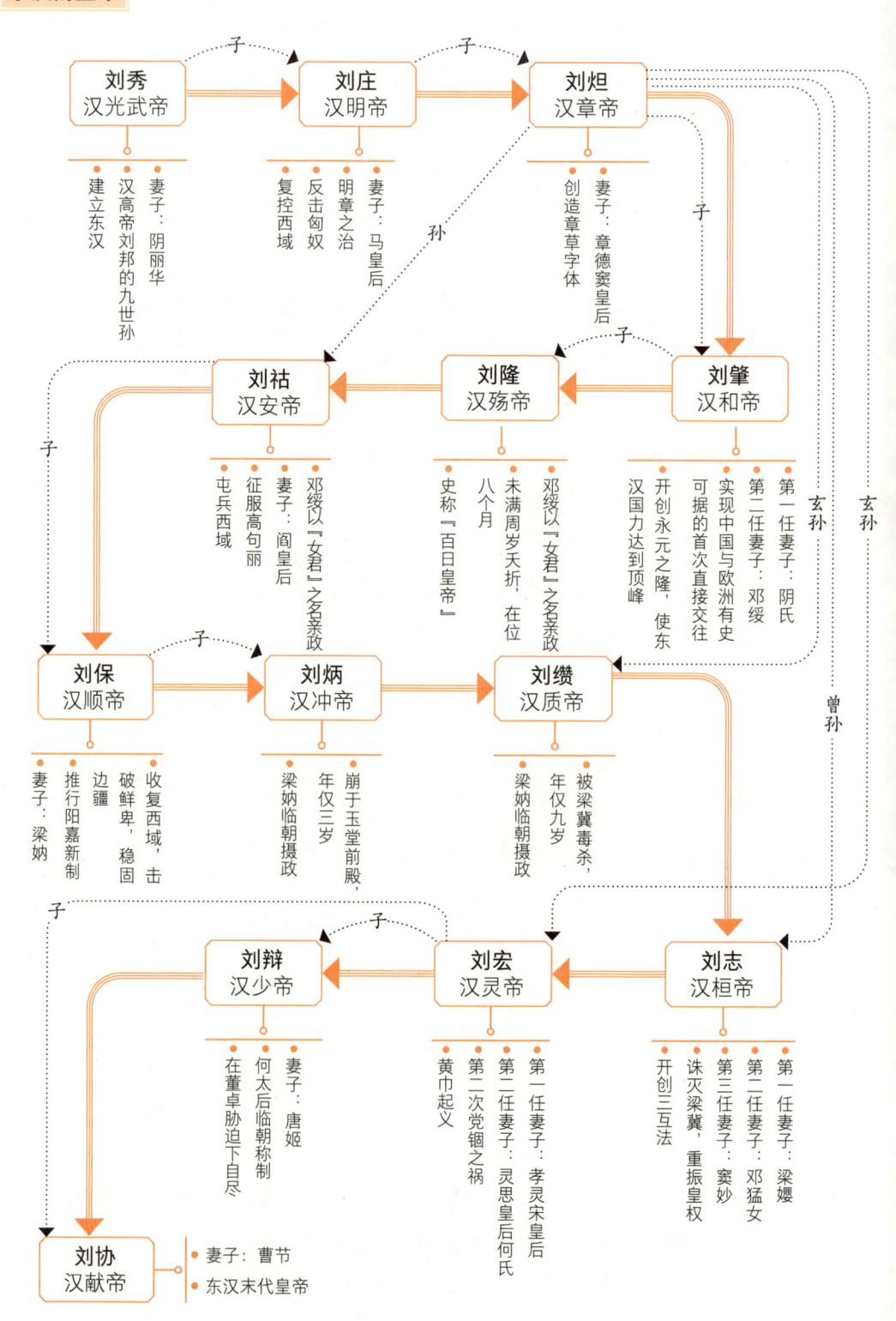

```
刘秀              刘庄              刘炟
汉光武帝    —子→  汉明帝    —子→  汉章帝
```

**刘秀 汉光武帝**
- 建立东汉
- 妻子：阴丽华
- 汉高帝刘邦的九世孙

**刘庄 汉明帝**
- 复控西域
- 反击匈奴
- 明章之治
- 妻子：马皇后

**刘炟 汉章帝**
- 创造章草字体
- 妻子：章德窦皇后

**刘祜 汉安帝** ← **刘隆 汉殇帝** ← **刘肇 汉和帝**

**刘祜 汉安帝**
- 屯兵西域
- 征服高句丽
- 妻子：阎皇后
- 邓绥以「女君」之名亲政

**刘隆 汉殇帝**
- 史称「百日皇帝」
- 在位八个月
- 未满周岁夭折
- 邓绥以「女君」之名亲政

**刘肇 汉和帝**
- 开创永元之隆，使东汉国力达到顶峰
- 实现中国与欧洲有史可据的首次直接交往
- 第二任妻子：邓绥
- 第一任妻子：阴氏

太后临朝：通往巅峰之路（第1册）

**刘保 汉顺帝** → **刘炳 汉冲帝** → **刘缵 汉质帝**

**刘保 汉顺帝**
- 妻子：梁妠
- 推行阳嘉新制
- 破鲜卑，稳固边疆
- 收复西域

**刘炳 汉冲帝**
- 崩于玉堂前殿，年仅三岁
- 梁妠临朝摄政

**刘缵 汉质帝**
- 被梁冀毒杀，年仅九岁
- 梁妠临朝摄政

**刘辩 汉少帝** ← **刘宏 汉灵帝** ← **刘志 汉桓帝**

**刘辩 汉少帝**
- 在董卓胁迫下自尽
- 妻子：唐姬
- 何太后临朝称制

**刘宏 汉灵帝**
- 黄巾起义
- 第二次党锢之祸
- 第二任妻子：灵思皇后何氏
- 第一任妻子：孝灵宋皇后

**刘志 汉桓帝**
- 开创三互法
- 诛灭梁冀，重振皇权
- 第三任妻子：窦妙
- 第二任妻子：邓猛女
- 第一任妻子：梁女莹

**刘协 汉献帝**
- 妻子：曹节
- 东汉末代皇帝

子健康成长，后来再生子嗣时特意改变他们的生长环境，秘密将其安置在民间养育。尽管如此，汉和帝临终前，只有长子刘胜和少子刘隆存世，他们的母亲是谁史书并未记载。因为刘胜"少有痼疾"，做皇帝有损形象，邓绥与大臣们商量后，决定将刘胜排除在新皇帝人选之外，后来只将其封为平原王。这样，还在襁褓之中的刘隆就被从民间迎入宫中，当日先被立为皇太子，当夜即皇帝位，是为汉殇帝。同日，尊皇后邓绥为皇太后，太后临朝执政，其年邓绥只有24岁。

邓绥临朝后曾在诏书中说，"皇帝年幼，继承大业，朕暂且辅佐政事，兢兢业业，不知怎样才能把事情做好"。这也是秦始皇将"朕"确定为皇帝自称的专用词后，第一位自称"朕"的非皇帝女性。邓太后虽然是一介女子，却对政治十分精通，这得益于她少时即博览群书。

《后汉书》"殇帝纪"和"安帝纪"中保存大量皇太后诏书原文，其中不少诏书内容朴实，文辞优美，意蕴深刻，这些都是邓绥的手笔，冠以"才女"名号毫不为过。邓绥在名义上只是临朝听政的皇太后，实际上是真正的一国之君，她在临朝之初就实行了一系列善政。

邓太后将汉和帝宠幸的周贵人、冯贵人以及一些宫女都送出深宫，让她们去过自由自在的生活。她专门赐给两位贵人"王青盖车，采饰辂、骖马各一驷，黄金三十斤，杂帛三千匹，白越四千端"。对不能再担当杂役的老年宫女则实行自愿原则，让园监核实上报后，邓绥亲自检阅询问。她表示愿意留下的由后宫供养，愿意出宫的请她们同族亲属扶养，确保她们都能衣食无忧。同时，她要求各官府、郡国、王侯参照执行该政策。政策宣布以后，当时表示愿意出宫的老年宫女就有五六百人。这些做法与吕雉以"人彘"来残害戚夫人相比，与窦氏构陷宋贵人和梁贵人两对姐妹相比，简直是天使与恶魔之别。

当时盛行祭祀鬼神，以求福佑，邓太后认为祭祀不一定得福，明令禁止，并将主管祭祀的官员一概罢免。光武帝以来，朝中一批显官曾被诬陷罢免，或是被杀，亲族受到株连，邓太后下令实行大赦，将其一律恢复为平民身份。她认为浪费太多，下令除了祭奠先帝陵庙外，吃米不准择选，每餐只准一饭一肉，不得随意添加。仅此一项，就使皇宫每年减少数千万费用。

邓太后还命令将郡国贡献减掉一半，将皇宫中豢养的专供皇帝游玩的鹰、犬全部卖掉，不准再从外郡收罗珍贵的特产，遣散皇宫中的39位画工，为皇宫服务的织室不再制造金银、珠玉等雕镂玩弄之物，将关押失宠宫女的离宫别馆改为储米备薪的仓库。种种善政，不仅获得满朝公卿拥护支持，就连平民百姓也对其歌功颂德。

邓太后临朝以后，考虑到自己不过是20来岁的年轻女子，与大臣们共议朝事不太方便，于是沿袭前朝皇后临朝引用外戚的先例，将兄长邓骘任命为车骑将军、仪同三司。凭良心说，邓绥自入宫以后，对邓氏亲族的要求一直非常严格。邓绥被立为贵人时，邓骘只不过担任郎中小官。邓绥被立为皇后，邓骘官职三次超迁，也才担任虎贲中郎将。以前还没有"仪同三司"这一官职，邓骘新任车骑将军并非三公。邓太后让他享受与三公同等的待遇，主要还是从工作方便考虑。此后，邓骘即往来于皇宫与朝堂之间，协助太后处理政务。

## 心中有民

延平元年（106年）八月，汉殇帝不幸早夭，因其百日登位，在位8个月夭折，去世时还未满周岁，故以"殇"为谥。在选择继承人时，汉和帝唯一在世的儿子平原王刘胜再次因"痼疾"被排除在外。邓太后与其兄邓骘定策，并征求朝廷几位主要官员同意后，决定拥立清河王刘庆之子刘祜继位，是为汉安帝。

刘庆是被汉章帝废黜的皇太子，虽然自己与皇位擦肩而过，但还是活着看到儿子成为皇帝。年底刘庆去世，被谥为"清河孝王"。刘祜是汉殇帝的堂兄，登基时年仅13岁，"太后犹临朝"，邓

勤勤苦心，不敢以万乘为乐——汉和帝皇后邓绥

| 图例 | |
|---|---|
| ◎ | 都城 |
| ⊙ | 郡级驻所 |
| ○ | 其他居民点 |
| | 东汉时期中国各族活动范围 |
| | 政权部族界 |
| | 今国界（未定） |
| 成都 | 今地名 |
| ● | 不同时期都城（陪都） |

绥继续以皇太后的身份临朝听政。

邓绥心中有民，由于接连遭受和帝、殇帝两次国丧，老百姓又苦于差役，便下诏，要求将汉殇帝的康陵建于其父和帝慎陵中，不再单辟陵园，事事减省节约，只保留常规帝陵的十分之一。

邓太后临朝16年，几乎年年发生灾害。据统计，16年间有8年发生水灾，6年发生旱灾，4年发生蝗灾，4年发生地震，其中风灾、雹灾还未包括在内。严重的自然灾害已经发生了三次，导致了"人相食"或"民相食"的惨状。

邓太后从执政伊始，就以民生为本。邓绥每当听到老百姓遭受饥荒的消息，经常彻夜不眠，亲自减少和撤除生活供给，用以救助灾难困苦民众。她还曾诏令二千石长吏及各州郡据实核报灾害损失，以免除百姓田租，遣使赈济受灾郡县百姓，以公田赋税接济贫民，减损百官及各州郡县官员的俸禄，并且将上林苑中一部分荒地赐给贫民开垦，以与百姓共度灾荒。通过采取强有力的救灾措施，"天下复平，岁还丰穰"。

永初二年（108年）夏，京师发生旱灾。古人迷信，认为灾异有时候与冤狱有关。于是邓太后亲自到洛阳官舍，审阅记录是否有冤狱情况。有一个囚徒并没有杀人，被严刑拷打后屈打成招，承认杀了人。以后只要一翻供，就必遭酷刑，使得他再也不敢轻易喊冤。邓太后查看狱囚时，由于该囚犯瘦弱困顿，被衙役们抬着来见太后。这个囚犯被打怕了，不敢申诉，只是隐隐表示出悲苦之情。在将要离去时，他又抬起头欲言又止。这个细微举动被邓绥察觉，她马上招呼其回来详细询问，果然问清是一场冤狱。

在完全掌握他含冤负屈的所有事实后，邓太后下令为他平反，释放出狱，并将造成冤狱的洛阳令逮捕下狱以抵罪。史载，邓太后当天察看冤狱还未回到皇宫，洛阳城及周围地区就"澍雨大降"。"澍雨"就是暴雨，洛阳城"澍雨大降"本来是天气物候的自然变化，但是史家将其与邓太后查辨冤狱的事情联系在一起，认为邓太后平反冤狱的好事被老天爷看到了，因此降下了一场大雨，这说明不仅是当时的老百姓，就连后世的史官都对邓太后充满了敬意。

邓太后善于明断是非。汉和帝刚去世时，皇宫中法规禁条还没有完备，有人乘乱偷走一箧大珠。左右建议太后对宫女仆役——拷问，而太后认为她们都是无辜之人，没有必要这样兴师动众，如果加以拷问，必定会伤及无辜。表面上，她对此事未加追查，实际上却在察言观色，最终迫使盗珠者自首服罪，"左右莫不叹服，以为圣明"。

仆役吉成一直忠心耿耿地服侍汉和帝，皇帝驾崩后，几个为皇帝驾车的御者却与他作对，合谋诬陷他行巫蛊之术诅咒皇帝。于是吉成被下狱拷问，重刑之下，被迫违心承认。邓太后认为，皇帝平时对待左右恩宠有加，左右平时都没说什么，现在皇帝死了却再行巫蛊之术，从情理上说不通。最后邓太后详细过问，弄清楚吉成果然是被人诬陷，因此其冤枉也被洗清。

邓太后执政以后，深知"至治之本，道化在前，刑罚在后"，如果要实现中和，必须"广施庆惠，与吏民更始"，于是宣布大赦天下，"自建武以来诸犯禁锢，诏书虽解，有司持重，多不奉行，其皆复为平民"。

邓太后执政16年，前后六次宣布大赦。废皇后阴氏曾准备将她置于死地，阴氏族人原已被汉和帝流放到南方瘴疠之地，邓绥也不计前嫌，赦免阴氏族人回归原籍。邓绥临终前一个月，病入膏肓，还不忘最后一次"赦天下"。

## 贬抑亲族

外戚政治在封建王朝统治时期不可避免，作为开国功臣之后的邓氏家族的势力在当时无疑也很强大。但从邓禹开始，邓氏的家教就十分严格，邓绥更是以窦氏的失败作为告诫，对娘家人的管束特别严格，下令宗族闭门静居。

根据其听政之初一份诏书内容推测，邓太后执政以后，还经常保持读书的良好习惯，每当浏览到前代外戚宾客，假借皇亲威权，轻薄虚浮，以

邓骘系汉和帝皇后邓绥之兄，历和帝、殇帝、安帝三朝，历世外戚，无与为比。出自明宣德《御制外戚事鉴》

太后临朝：通往巅峰之路（第1册）

致奉公不徇私情的官吏陷入混乱，给人民带来痛苦的古例时，她都要深深思考，认为这都是执法怠惰松懈、不及时执行惩罚的缘故。

为此她专门给邓氏家族族居地都城洛阳的最高行政长官司隶校尉和祖居地行政长官河南尹、南阳太守等下发"检敕宗族"诏书："邓氏宗族广大，子弟众多，姻亲不少，宾客中也有奸诈狡猾者会干出违反禁令宪章之事。这样的事情一旦发生，所在地官员应该明白加以监察整饬，不要因为与邓氏有关而宽容庇护。"

"检敕宗族"诏书无形中取消了邓氏外戚的各种特权，这对邓氏满门都是一个巨大的约束，邓氏亲属也都十分注意收敛自己的行为，因此史书中没有出现邓氏宗亲为非作歹的记载。

邓骘作为邓太后的兄长，非常体谅太后的苦衷。同时他对前代外戚吕氏、霍氏、上官氏、窦氏因位尊权重而身败名裂的教训也格外注意吸取，处处持家以正。

邓骘之子邓凤官任侍中，中郎将任尚曾经给邓凤送过马。后来任尚因使军粮断用而获罪，被囚车运至廷尉受审。邓凤害怕与任尚交往的事情泄露，于是主动向邓骘交代。邓骘担心遭到邓绥重处，于是割去妻子和邓凤的头发以谢罪，受到天下人的称赞。这比曹操因乘骑受到惊吓而践踏农田，以发代首、自行处罚的故事要早100多年。

汉安帝即位后，邓骘继续辅政。这时邓骘几个弟弟中，邓悝仅升任城门校尉，邓弘为虎贲中郎将，邓阊为郎中。在邓骘辅政期间，进贤士、罢力役，政绩有所建树，在历朝历代参与辅政的外戚中非常难得。

邓太后欲封邓骘为上蔡侯，邓悝为叶侯，邓弘为西平侯，邓阊为西华侯，食邑各1万户，此外邓骘因定策之功，加邑3000户。邓骘兄弟拼命辞谢，想方设法躲避前来宣读诏命的使者。邓太后坚持要将他封侯，以致邓骘屡次上书，反复谦让，最后竟要求远避荒土，邓太后这才收回成命。

邓骘兄弟极力辞谢封爵，说明他们并不贪恋权位，政治头脑极为清醒。另外有一个事例更能说明问题。永初四年（110年），邓氏兄妹的母亲新野君阴氏病重，邓骘兄弟一齐上书请求回家侍养新野君。邓绥亲自服侍母亲，直至十月新野君去世。邓绥哀毁忧损，超过以往。邓绥为给母亲治丧，准备赠予只有皇帝女儿长公主才能享受的赤绶、东园秘器、玉衣绣衾等治丧用品，又赐布三万匹、钱三千万作为丧葬费用，但邓骘兄弟坚辞不受钱、帛。

办理丧事期间，邓骘等人又连续上奏，请求辞官为母服丧。邓绥临朝执政，切实需要兄长支持，准备拒绝邓骘的请求，于是征求班昭的意见。班昭上疏说："臣听闻最高尚的品德莫过于谦让，所以历代盛赞，神灵赐福。先贤伯夷、叔齐互让国君，天下佩服他们的高风亮节；太伯让位给季历，孔子再三称赞。因此他们的美德盛传，扬名于世。《论语》说：'能用礼让治国，从政还有什么可为难的呢？'由此可见，礼让的美德影响深远。如今四位国舅坚守忠孝，主动辞官归隐，如果以边关未宁而拒绝，日后国舅或有微小过失，只怕谦让之名不可复得。尽妾之愚见，陈言于此。妾自知言不足取，聊表虫蚁之心，以报皇太后之恩。"

结果邓太后听从班昭的建议，同意了邓骘兄弟四人辞官还乡的请求。班昭上疏的抬头就是"伏惟皇太后陛下"几个字，因此邓绥既是第一个自称"朕"的皇太后，也是第一个被他人称为"陛下"的皇太后。这也说明，至少在两汉时期，皇太后只要临朝称制，其各方面待遇与皇帝等同。

服丧期满后，邓太后下诏命令邓骘等重新回来辅佐朝政，并再次授予他们以前曾试图加封的爵位。邓骘等一再叩头，坚决辞让，邓太后这才罢休。于是邓氏兄弟全都被任命为奉朝请——一种属于闲散高级官员的荣誉待遇。只有在国家遇到大事要事时，他们才能接受邀请前往朝堂，与三公九卿一同参政议政。

## 倡导教化

邓绥之所以能听从班昭的建议，因为她与班昭是亦师亦友的关系。班昭是东汉著名的女性史学家和文学家，父亲班彪和哥哥班固在历史上都很有名。受父兄影响，班昭自幼博学多才，爱好历史。她14岁时嫁给曹世叔为妻，后来丈夫不幸早逝。班彪、班固父子同著《汉书》，汉和帝诛灭窦氏，班固因为随同窦宪北征匈奴，为窦宪"勒石燕然"书写铭文，受牵连而死。班固被害时，《汉书》尚未完成，班昭受汉和帝之命，在东观藏书馆续修《汉书》，完成《异姓诸侯王》《古今人物》等八表。后来马续又撰写了《天文志》，中国第一部纪传体断代史《汉书》终得以问世。

班昭续修《汉书》期间，汉和帝多次召班昭入宫讲学，并让皇后和贵人们将其视为老师，号"大家"，因其丈夫姓曹，故称"曹大家"。邓绥是位饱读诗书的才女，初入宫就有机会与班昭接触。她勤奋好学，跟着班昭学习经书，兼习天文、算术，不仅掌握了不少新的知识，也与班昭结下深厚友谊。邓太后临朝后，经常邀请班昭参与政事。班昭为政勤奋，邓太后非常满意，破格加封班昭之子曹成为关内侯，官至齐国国相。

受班昭影响，邓太后对国家的文化建设非常重视。她白天勤理政务，晚上诵读诗书。她担心传统典籍发生谬误，对朝廷典章制度产生负面影响，便博引广选儒者、博士、议郎、掾史等50余人，聚诣东观校对审核传记。

> 勤勤苦心，不敢以万乘为乐——汉和帝皇后邓绥

班昭像

班姬辞辇。汉成帝约班婕妤乘车游玩，班婕妤说："我从古画上看到，圣贤君主都由名臣作陪，只有夏商周末代帝王的身边才有宠爱的女子作陪。您让我乘辇同往，岂不和亡国之君没有两样了吗？"成帝觉得有理，便放弃了这一念头。班昭以姑祖母班婕妤为典范创作的《女诫》成为中国古代女子的行为准则。出自南宋摹《女史箴图》

校审结束后上奏邓太后，邓绥还分别给予赏赐。邓太后还诏令中官近臣在东观受读经传，进而教授宫人、左右学习诵读，早晚济济一堂。她招选的儒者中就有东汉史学家刘珍，在东观校书期间，刘珍曾作《建武以来名臣列士传》，还作《东观汉记》22 篇，使该书具有了国史的规模。

邓绥认为，要想使皇室外戚子弟不招破败之祸，最重要的是加强对他们的教育，让他们读书。元初六年（119 年），邓太后诏令征召汉和帝弟弟济北王、河间王子女年龄在 5 岁以上的 40 余人，以及自家近亲子孙 30 余人，特地为他们开设邸舍，教学经书，并亲自监督考试。她还专门为年龄幼小的孩子设置了保育人员。这些孩子入宫后，邓太后亲自抚育、勉励、告诫、劝导，对孩子们的教育非常严格，对他们的恩爱亲情也很浓厚。

后来她以饱含深情的诏令对亲属解释说："之所以引进接纳这些孩子，

勤勤苦心，不敢以万乘为乐——汉和帝皇后邓绥

设置学官进行教育，实在是因为现在继承了过去所有的弊端，时尚世俗浅薄，淫巧虚伪普遍存在，《五经》之义衰落缺乏，没有教化开导，将会一天一天衰微下去，所以想褒扬崇尚圣人的道义，用以匡救挽回失去的淳朴世风。孔子不是说过'饱食终日，无所用心，难矣哉！'这样的话吗？处在衰亡时期的皇亲贵戚，享受优厚俸禄，穿好的吃好的，乘坐好车驱策良马，而面墙向学，分不清善恶得失，不晓得品评褒贬，这就是一切祸害失败的由来。明帝永平年间，外戚樊、郭、阴、马四姓子弟小侯都要入学，就是用以矫正砥砺浅薄的风气，返回到忠孝的轨道。我先祖既以武功书之竹帛，又以礼乐教化子孙，所以能约束修整自己，不触犯法律身陷罗网。应让儿孙们上要继承先祖父亲的美德和武功，下要体会诏书的根本意义，那就很满足了。大家互相勉励啊！"

这件事在历史上很有影响，清代宫廷画家焦秉贞的著名画作《历朝贤后故事图》即取材自历代有良好德行的7位皇后、皇太后的12个故事，记录了这些皇后、皇太后的事迹和对她们的评价。《历朝贤后故事图》中的第四幅就是描绘和熹皇后邓绥的"戒饬宗族"图。

## 恋政遗祸

邓太后以其美德和善政在当时就得到赞颂，东汉宗室平望侯刘毅曾向汉安帝上疏《请著太后注记》，赞誉邓太后"孝悌仁慈，勤俭节约，主张杜绝奢侈自满的根源，防止抑制安逸贪婪的征兆。她正位于内朝，教化流布天下"，她的事迹可以与虞舜二妃娥皇、女英齐平，也可以与周文王的母亲太任、周武王的母亲太姒媲美。

刘毅接着以大量篇幅叙述了邓太后的政绩，然后说："她宏大的功德广为流布，充满整个宇宙；她宏大的恩泽如丰美的雨露，漫衍四面八方。华夏之域乐意服从教化，戎、狄之地统一归附。她伟大的功业在大汉的历史上彰明昭著，巨大的恩惠带给当今的百姓。崇高的功业，可闻而不可即；丰伟的功勋，可以称颂而无法用语言来表达。"最后刘毅建议史官著录《长乐宫注》《圣德颂》，"用以广泛宣扬其光辉荣耀，并且将她的功勋刻在金石上，让它像日月一样悬挂在天上，使之无限地推广延续"。刘毅这个建议后来被汉安帝采纳。

但邓太后临朝听政似乎与班昭教导女性做人道理的《女诫》相背离，因此在当时也遭到一些人的反对，司空周章就是其中一位。他曾密结同党，谋诛邓骘兄弟，试图废去太后和皇帝，改立汉和帝那个患了痼疾的儿子刘胜。此举显然不得人心，结果被人告发。司空周章无奈，决定服毒自杀。

永宁元年（120年），汉安帝已经26岁，郎中杜根上奏邓太后，说汉安帝已经成年，应该独立处理政务。邓太后闻奏大怒，命令用布袋将杜根蒙头盖脸套起，在大殿上用棍棒活活打死，然后抛尸城外。幸亏行刑者敷衍，杜根才侥幸留得一命。

勤勤苦心，不敢以万乘为乐——汉和帝皇后邓绥

孝事周姜。周文王之母太任孝顺侍奉周文王的祖母太姜（古公亶父之妻）。出自清·焦秉贞《历朝贤后故事图》，现藏于故宫博物院

麟趾贻休。周文王的王后太姒仁厚，所以她和她的儿子周武王如同麒麟一样，也是仁厚的。出自清·焦秉贞《历朝贤后故事图》，现藏于故宫博物院

123

邓太后系东汉开国功臣邓禹的孙女，为邓氏子孙30余人开设邸舍教学经书，并监督考试，对他们的教育非常严格。出自清·焦秉贞《历代贤后图册》

太后临朝：通往巅峰之路（第1册）

　　另一名官员成翊世也由于同样的原因而被邓太后罢官。邓太后堂弟邓康也因邓绥长期临朝听政，心里害怕，假托有病不能入宫朝拜。邓太后派宫婢去查问原委，宫婢原是邓康家婢女，结果见到故主竟然颐指气使，被邓康责骂了一番。宫婢还宫后，说邓康诈言称病且出言不逊，结果邓太后一怒之下，不仅将邓康免官，而且还除去了他的宗籍。

　　邓绥也有一个致命的弱点，就是临朝以后，不再愿意将权柄轻易假于人。安帝即位时年仅13岁，太后临朝也确实是必要之举。但随着时间的推移，安帝逐渐长大，邓绥却因恋政而迟迟不愿归政于皇帝，这于情于理都有些说不过去。汉安帝十分不满，于是在他周围逐渐聚集形成一个与邓氏相抗衡的集团，为覆灭邓氏培植了力量。

　　永宁二年（121年）三月，正当虚岁41岁盛年的邓太后病死。至此，她前后临朝时间已长达16年，汉安帝也已29岁。邓绥临终前颁下一道诏书，对自己临朝执政过程进行总结回顾："朕以无德之身而寄身于天下之母的位置，而福薄不受上天保佑，过早地遭到孝和帝去世的不幸。在汉殇帝延平年间，国家没有君主，百姓连遭厄运，国家面临的危险超过累卵。当时朕只有勤苦之心，不敢以万乘之国为乐，对上想要不欺上天和有愧于先帝，对下不违背民众和辜负其心愿，诚心诚意地救助百姓，来使刘氏国家安定。"最后她勉励"公卿百官应忠诚恭谨，辅助朝廷"。邓绥去世后，汉安帝将她与汉和帝合葬，上谥号为"和熹皇后"，按照古代谥法"有功安人曰熹"，这样的谥号对邓绥来说还是恰如其分的。

邓绥之兄邓骘虽然参与辅政，但后期因西北边患严重，太后临朝期间史籍记载的边患就有十多次。羌族滇零、零昌父子先后在西北称帝，扰乱关中、西北、川蜀的头十年，邓骘奉命长期西征北讨，疲于奔命，边将也舍命防御，虽未取胜，但羌人也并未对东汉统治形成威胁。

邓太后去世之后，汉安帝表面上先将邓骘加封上蔡侯，暗中却与乳母王圣、宦官李闰、江京合谋，又给邓氏兄弟加上曾经图谋废立的莫须有罪名，将邓氏子弟全部免官，遣回原籍。邓骘的家财、田宅全部被查抄入官，邓骘与其子邓凤被迫绝食而死，邓氏亲族中不少人也被迫自杀，由此形成东汉历史上一大冤案。

邓骘虽死，但公论自在。大司农朱宠曾抬棺肉袒上朝，为邓氏鸣冤，洛阳百姓也纷纷请公卿上书。汉安帝为平息内外汹汹的舆论，只得派人谴责逼迫邓氏亲族自杀的郡县官吏，又将邓骘遗棺归葬洛阳，派人祭祀。幸免于难的邓氏子弟也被迎回都城洛阳居住，舆论才渐渐平息。

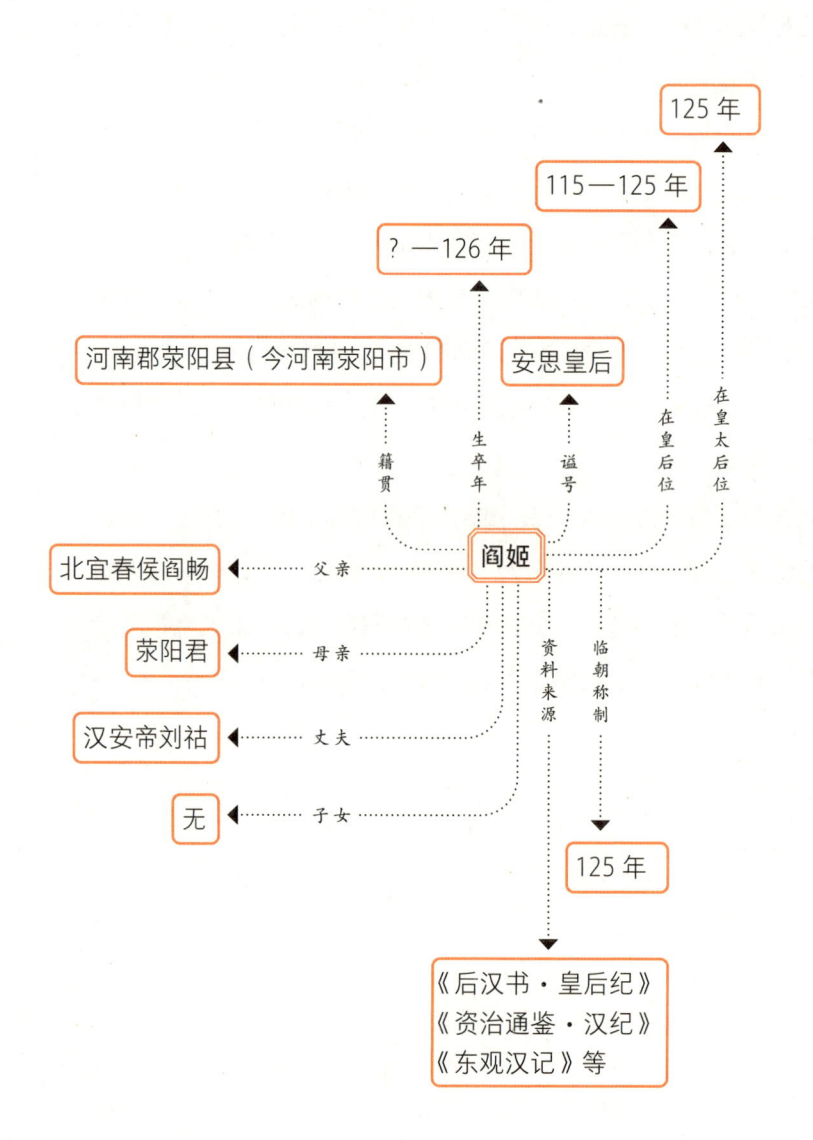

```
                                          125 年
                                           ↑
                                    115—125 年
                                     ↑
                          ?—126 年
                           ↑
   河南郡荥阳县（今河南荥阳市）    安思皇后
            ↑                ↑        ↑      ↑
           籍贯  生卒年      谥号    在皇后位  在皇太后位
                    ↘       ↑    ↙      ↙
  北宜春侯阎畅 ◄---父亲--- 阎姬
  荥阳君    ◄---母亲---  ↙  ↘
  汉安帝刘祜 ◄---丈夫--- 资料来源  临朝称制
  无       ◄---子女---            ↓
                                  125 年

                        《后汉书·皇后纪》
                        《资治通鉴·汉纪》
                        《东观汉记》等
```

# 骄痴妒悍总招尤
## ——汉安帝皇后阎姬

汉安帝皇后阎姬性格善妒，她靠算计别人临朝称制，又被人算计失去权势，造成家毁人亡的惨剧。民国著名历史小说作家蔡东藩在《后汉通俗演义》中对阎姬十年皇后、皇太后生涯进行总结时，曾为她写诗一首："乾道主刚坤道柔，骄痴妒悍总招尤。机关算尽徒增慨，十载雌风一旦休。"

## 江京集团

阎姬是河南荥阳人，祖父阎章在汉明帝时担任尚书，因为妹妹在后宫为贵人，阎章遂贵为国戚。但汉明帝对外戚多加限制，"权无私溺之授"，以致阎章虽然精晓国家典章制度，本应升任要职，却仅任步兵校尉，相当于中级军官。阎姬的父亲阎畅官任长水校尉，职位与阎章相当。阎姬被立为皇后之后，阎畅被封为北宜春侯。

阎姬之母与邓绥之弟西平侯邓弘的夫人是同胞姐妹，依靠这层关系，阎姬于元初元年（114年）被选入皇宫，因其"有才色"，入宫后就受到汉安帝宠幸，被册封为贵人。次年，阎姬被立为皇后，但数年间一直没有子嗣。阎姬"专房妒忌"，皇子刘保出生后，其母李氏竟被阎姬以毒酒鸩杀，汉安帝惧内，也不敢过问。

永宁元年（120年），年仅6岁的刘保被汉安帝立为皇太子。当时无论是阎姬立后还是刘保立储，都由临朝称制的邓太后主导，所以刘保立储，虽然阎姬如鲠在喉，但也无可奈何。

邓太后去世汉安帝亲政以后，在汉安帝周围迅速形成一个以宦官江京、李闰和安帝乳母王圣母女为首的利益集团。江京原本是供奉内廷杂役的小黄门，在宦官中等级最低。汉殇帝死后，邓太后与邓骘兄妹定策拥立刘祜为皇帝，江京随钦差至清河王府邸，迎接刘祜入京。这一趟美差成为江京人生的转折点，竟因迎立之"功"他被封为都乡侯，食邑300户。

汉安帝"少号聪明"，年长以后，"多不德"，经常惹邓太后生气。邓太后诏令济北王与河间王子女进京设邸舍教学时，河间王之子刘翼因"美仪容"，受到邓太后偏爱。邓太后本意是想让刘翼过继给没有生育的平原王，以便日后继承平原王爵位，因此在学业结束后将刘翼继续留在了京都。王圣、江京、李闰等人却认为，邓太后此举是在为废黜汉安帝做准备，于是他们联合在汉安帝面前日夜蛊惑，以危言耸听来刺激汉安帝的神经。汉安帝听了既担心又害怕，但面对强势的邓太后又深感无力。

邓太后去世后，刘翼已经继位为平原王。江京、李闰与王圣等指使几位曾受过太后责罚的宫人出头，诬告邓氏兄弟曾谋立平原王刘翼。汉安帝原本就对邓氏兄弟抱有成见，听到宫人的诬告后更是大怒，遂以大逆不道的罪名造成邓氏冤案。平原王刘翼也被汉安帝贬为都乡侯，遣回河间，刘翼从此谢绝宾客，闭门自处，才得以保全。刘翼之子刘志后来成为东汉皇帝，是为汉桓帝。

邓氏亲族被清洗后，同为小黄门出身的李闰则因诛杀邓氏之功被封雍乡侯，食邑也是300户。江京、李闰同时升迁为中常侍，江京还兼任大长秋，专门负责宣达皇后旨意。汉安帝的乳母王圣则被封为野王君。

王圣及其女儿王伯荣从此受到汉安帝宠爱，她们生活奢侈，贪污受贿，干预政事，无恶不作。汉安帝即位不久，其父清河王刘庆病薨，安葬在今河北清河县南，刘庆之妻耿贵人在封国为刘庆守陵。刘庆后来被追尊为孝德皇，其墓地也随之被尊为甘陵。刘庆作为藩王，妻子是没有资格称为"贵人"的，但因刘庆被尊为"皇"，所以耿氏的地位才被抬升为"贵人"。

汉安帝亲政后，派王圣、王伯荣母女为使，前往甘陵探望耿贵人。这母女俩一路上威权显赫，震动朝野，甚至连刘氏王侯也要像拜见皇帝一样叩见她们。有些郡守县令怕慢待了她们，甚至征发民夫，整修车道，修缮馆驿，充作仆役，有的郡县征发民夫人数过万。王圣母女沿途还收受贿赂，一趟差使除了出尽风头，还满载而归。

汉安帝亲政以后，以江京为首的宦官集团迅速壮大，不仅中常侍樊丰、黄门令刘安、钩盾令陈达等宦官陆续加入，樊丰还逐渐成为这个集团的核心人物之一，甚至连外戚耿宝也甘愿与宦官为伍。

耿宝之妹就是刘庆之妻耿贵人。汉安帝虽非耿氏所生，但因耿氏是嫡母，耿宝便以汉安帝嫡舅的身份担任监羽林左骑，后又升任大鸿胪，主要负责掌管诸侯王与藩属国的事务。耿宝身为国戚，却阿附宦官，结党营私，弄权乱政，后来还升任大将军秉政。

## 阎显集团

与江京宦官集团并存的，还有一个以汉安帝皇后阎姬之兄阎显为首的外戚集团。汉安帝亲政以后，虽然江京、李闰等宦官集团掌握大权，但阎显兄弟的势力也在迅速发展。阎父阎畅去世后，阎显继承了北宜春侯的爵位。

汉安帝亲政后，阎显兄弟四人并为卿校，共同执掌禁兵。延光元年（122年），阎显获封长社县侯，食邑多达13500户。阎氏兄弟已故的母亲也被追封为荥阳君，规格与公主等同。阎氏兄弟们的孩子都还幼小，也都被授以黄门侍郎的官职。

樊丰、王圣等人与阎氏兄妹虽然不是一派，经常明争暗斗，时而却又因共同的利害关系而相互勾结，在对待太子刘保的问题上就是如此。樊丰不喜太子刘保的乳母王男和厨监邴吉，最后双方矛盾发展到剑拔弩张的程度。樊丰与王圣一起以"莫须有"的罪名构陷王男和邴吉，在阎姬的支持下，王男、邴吉蒙冤横死。

刘保虽然年幼，但已经懂事，经常为两人无辜冤死而叹息。樊丰、王圣等人知晓后，他们害怕太子继承帝位之后会对此事进行清算，索性一不做二不休，欲废去太子而后快。皇后阎姬曾害死太子的生母李氏，也担心日后遭到报复，与樊丰等人一拍即合。宦官与外戚两大集团的利益纠缠在一起，他们与阎皇后在汉安帝面前轮番轰炸，数说刘保的不是，鼓动汉安帝废黜太子。

汉安帝不敢轻易答应，就将废储问题摆在桌面上，请朝堂大臣讨论。虽然有一些官员极力反对，执政的大将军耿宝却一口赞成。最终王圣、樊丰和阎皇后等人的阴谋得逞，刘保的皇储资格于延光三年（124年）被废黜，刘保被降封为济阴王，当时仅有10岁。

诋毁杨震也是这两个集团的共同目标。杨震是弘农华阴（今陕西华阴市）人，自幼好学，博览群经，被时人称为"关西孔子"，历任荆州刺史、东莱太守、涿郡太守、司徒、太尉等职。杨震为人正直，不阿私党，中国历史上著名的廉政"四知"典故就出自杨震。

杨震从荆州刺史转任东莱太守，赴任途中经过昌邑县（今山东昌邑市），县令王密正是杨震在荆州举荐的秀才。当夜，王密带着10金赠送给杨震。杨震说："我了解你，你却不了解我，这是为什么呢？"王密说："送金这件事在夜里没有人知道。"杨震说："上天知道，神明知道，我知道，你知道。怎么说没有人知道呢？"王密感到羞愧离去。

杨震在朝任太尉后，为抵制无法无天的王圣母女，曾向汉安帝连上《上疏请出乳母王圣》《复诣阙上疏谏刘瑰袭爵》《谏为王圣修第疏》三疏，请求汉安帝迅速将王圣礼送出宫，并阻断她女儿同宫内的往来；请求不允许刘瑰袭其已故远房堂弟刘护的朝阳侯爵位；请求汉安帝下诏停止为王圣建造豪华府第。汉安帝对杨震的上疏不仅不采纳，有的还直接交给王圣去看，这当然会引起王圣母女的强烈愤恨。

耿宝为李闰兄长向杨震说情求职，软中带硬地说："李常侍为皇帝所器重，他想请您给他兄长安排一个官职，而且皇帝也曾同意过，我只不过传达一下皇帝的意思罢了。"杨震正色回答："如果朝廷真想让他为官，那皇

杨震像

骄奢妒悍总招尤——汉安帝皇后阎姬

帝应该发下敕书，仅凭您的私下嘱托，我是不敢从命的。"屡次三番，杨震始终没有松口。

宦官樊丰更是为所欲为，他竟敢诈称皇帝诏书，擅自征发国家钱粮材木，起冢舍，建园池，修庐观，所费工役多得无法计算。阎显也经常向杨震举荐自己的亲信为官，但都被杨震断然拒绝。

杨震还向汉安帝上疏，希望他能"奋乾坤之德，弃骄奢之臣"，而汉安帝对杨震的忠心只是置之不理，这也助长了宦官集团和外戚集团联手扳倒杨震的气焰。延光三年（124年），杨震终于被诬害免官，在返故乡途中自杀。直到汉顺帝刘保即位，杨震的冤案才得到昭雪。

## 阎姬临朝

延光四年（125年）二月，汉安帝心血来潮，带着阎皇后与阎显兄弟，以及樊丰、江京等宦官南巡。途中，汉安帝身染重病，在叶县（今河南叶县）驾崩。阎氏兄妹及樊丰、江京二宦官经密商认为，皇帝在路上驾崩，而废太子济阴王刘保正在都城洛阳，一旦朝内公卿得悉皇帝的死讯，有可能拥立济阴王继位。

如果形成这样的事实，他们这帮人还有好日子过吗？经过商量，他们决定隐匿汉安帝的死讯，只是托言皇帝病势沉重，一路上还装模作样地照常起居问候，并星夜往洛阳赶路。其所作所为，与秦始皇在出巡途中病逝，秦二世胡亥、丞相李斯、宦官赵高匿丧不报，联手发动沙丘政变的过程惊人地相似！

奔驰四天后，车驾回到洛阳，都城竟无一人知晓安帝已死的消息。阎显等人还故意安排官员，代表皇帝到郊外社稷举行告天请命的礼仪。当晚回到宫中，他们才宣布皇帝驾崩，公开发丧，同时宣布阎皇后进位皇太后，临朝听政，并任命阎显为车骑将军，仪同三司。济阴王刘保听闻丧事，当时就要入宫哭灵，却被阎太后指令内侍坚决阻挡，不准其进入皇宫。刘保无奈，只得在宫外痛哭遥祭。

阎氏兄妹认为，要专朝政，只有拥立幼小的皇帝，而汉安帝除了刘保，没有其他儿子。于是他们从皇族中选择了汉章帝之孙、济北王刘寿之子北乡侯刘懿为新皇帝。论起辈分，北乡侯是汉安帝的从弟，阎皇后则是新皇帝的嫂子，称皇太后于情于理似乎不通。但是他们贪图新皇帝年幼，阎皇后临朝听政的理由充足，因此决计而行。于是北乡侯刘懿即位为新皇帝，是为汉少帝，此时距离汉安帝去世正好20日。因为刘懿即位后没有改元，所以无论是正史记载还是野史杂说，都未将刘懿作为一个皇帝看待。

阎太后临朝之后，阎氏外戚集团与樊丰宦官集团的矛盾逐渐突出。阎显原本就对投身宦官集团的大将军耿宝位尊权重而耿耿于怀，此时更是处心积虑地设法擢去。太后临朝，阎显揽政，此时不为，更待何时？于是阎显奏闻太后，进太尉冯石为太傅，司徒刘熹为太尉、参录尚书事，并起用前司空李郃为司徒。

这三人对阎显当然是感恩戴德，于是阎显授意三人同奏一本，弹劾大将军耿宝及其党羽中常侍樊丰，虎贲中郎将谢恽，侍中谢笃、周广，长史谢宓，野王君王圣及其女儿王伯荣、女婿黄门侍郎樊严等人，说他们结党营私，作威作福，探刺皇宫，更为唱和，皆犯有大逆不道之罪。

结果，樊丰、谢恽、周广三人都被下狱论死，家属流放；樊严、谢宓虽被免死，但被髡钳为奴；耿宝被贬为则亭侯，立遣就国，迫不得已而自杀；王圣母女则被远徙雁门。宦官集团中的江京、李闰、刘安、陈达因为平时没怎么得罪过阎氏而得以幸免，未被追究。

与此同时，阎显的弟弟阎景升任卫尉，统率卫士守卫宫禁，掌南军；阎耀升任城门校尉，执掌京师城门守卫；阎晏升任执金吾，负责京城内巡察禁暴督奸等任务，掌北军。当年，东汉开国皇帝光武帝刘秀最初的志向并不远大，"仕宦当作执金吾，娶妻当得阴丽华"，其人生目标不过如此。而阎氏兄弟中一下就有人当上执金吾，其他人的官职甚至更高，东汉都城洛阳的军事大权就这样被阎氏兄弟完全掌握。阎氏兄弟四人"并处权要，威福自由"，东汉王朝俨然成为阎氏天下。

阎姬临朝时间短暂，只有7个月。其间除了樊丰宦官集团被铲除，可

东汉洛阳城平面图

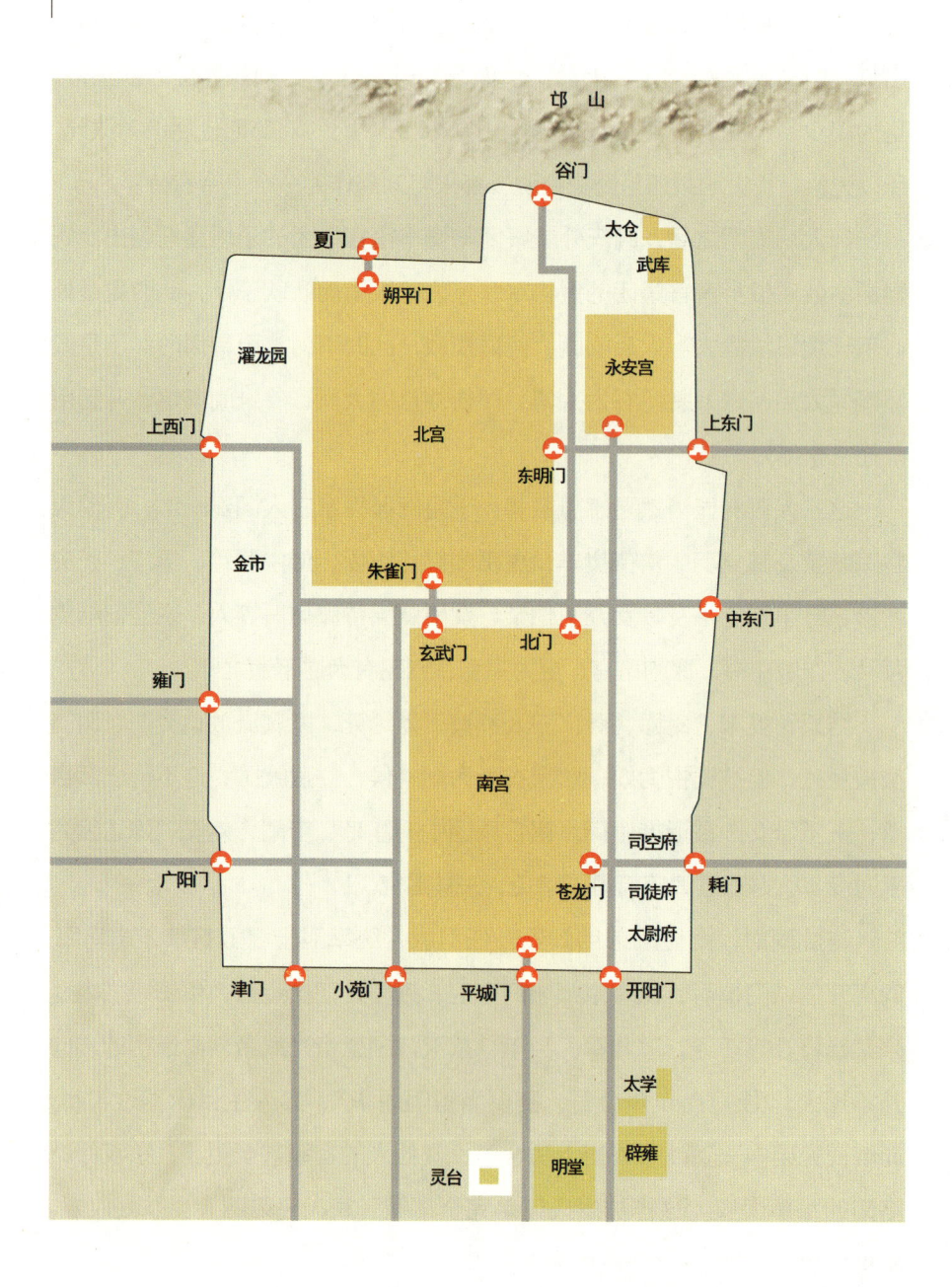

班勇像

班超像

骄痴妒悍怠招尤——汉安帝皇后阎姬

圈可点的就是西域长史班勇（东汉名臣班超少子）调集敦煌、张掖、酒泉等郡 6000 名骑兵和属国鄯善、疏勒、车师前国军队，进击投靠匈奴并发动叛乱的车师后国国王军就，斩首俘获 8000 多人，马畜 5 万多匹（头），并将军就和匈奴持节使者两人的首级传送至京都洛阳。此役使东汉王朝继续保持了对西域地区的有效统治。

## 十九 宦侯

以樊丰为首的一伙宦官集团遭到阎氏集团的毁灭性打击，其残余势力宦官江京等人虽以身免，但再也无力与阎氏抗衡。阎氏外戚集团在弹冠相庆之余，却没想到以孙程为首的另一伙宦官势力逐渐崛起，并对他们构成致命威胁。

孙程原任长乐宫中黄门，专门为太后服务，地位略高于小黄门。孙程与江京、樊丰等存在矛盾，但由于实力较弱，虽然企图与江京、樊丰争权，但尚未形成气候。

汉少帝刘懿即位仅七个月，就于这年十月患了重病，转瞬不治。孙程于是私下里对济阴王刘保的属官长兴渠说："济阴王本来就是先帝之子，又无失德之处，而先帝相信谗言，以致被废去皇储。现在北乡侯一病不起，如果除去江京、阎显，就可以将济阴王迎立为皇帝了。"长兴渠等人当然极力赞同。于是孙程又在皇宫中联络了长乐太官丞王国、中黄门王康、黄龙、彭恺、孟叔、李建、王成、张贤、史汎、马国、王道、李元、杨佗、陈予、赵封、李刚、魏猛、苗光共18位宦官，加上自己共19人，积极谋划起事。

十月底，汉少帝刘懿死去，但阎太后与阎显并不悲伤，他们考虑的头等大事是如何再选择一个小皇帝以便继续控制政权。阎显向阎太后建议，将宗室诸王子弟征召到洛阳，从中选择合适的再继嗣为新皇帝。于是阎太后立即安排使者分赴各处宣达太后旨意。路途往返需要时间，使者出去，三两天当然带不回人来，结果此事被孙程知道了。

十一月初，孙程约集王康、王国等18位宦官，撕下衣襟，共同盟誓，商定了具体行动计划。十一月初四凌晨，19位宦官手持兵器于崇德殿会齐，直奔章台门。坐守宫门的江京、刘安、陈达、李闰等人蓦然见孙程等人气势汹汹而来，尚不知何故，江京、刘安、陈达已被众人砍倒毙命。

考虑到李闰是宫中宦官之首，颇有影响力与号召力，孙程认为如果将李闰推为主谋者，成事的可能性更大，因此就饶了李闰性命，并举刀威胁李闰说，"今天应当拥立济阴王为皇帝，没有其他选择。"李闰被迫答应配合他们行动，于是孙程将李闰扶起来，赶紧商讨下一步行动方案。最后，他们一面派人把守宫门，封锁消息，一面迎入济阴王，将其拥上御座。刘保即位称帝，是为汉顺帝。同时又将尚书令、仆射以下官员全部召入皇宫，在新皇帝身边做侍从。

阎显当时正在皇宫中，听说汉顺帝即位的消息，惊慌失措，不知如何是好。小黄门樊登建议他，立即组织兵力反击，以太后的诏旨召集越骑校尉冯诗、虎贲中郎将阎崇率兵屯于宫门之外，静观事态发展。阎显听从樊

**十九宦侯**

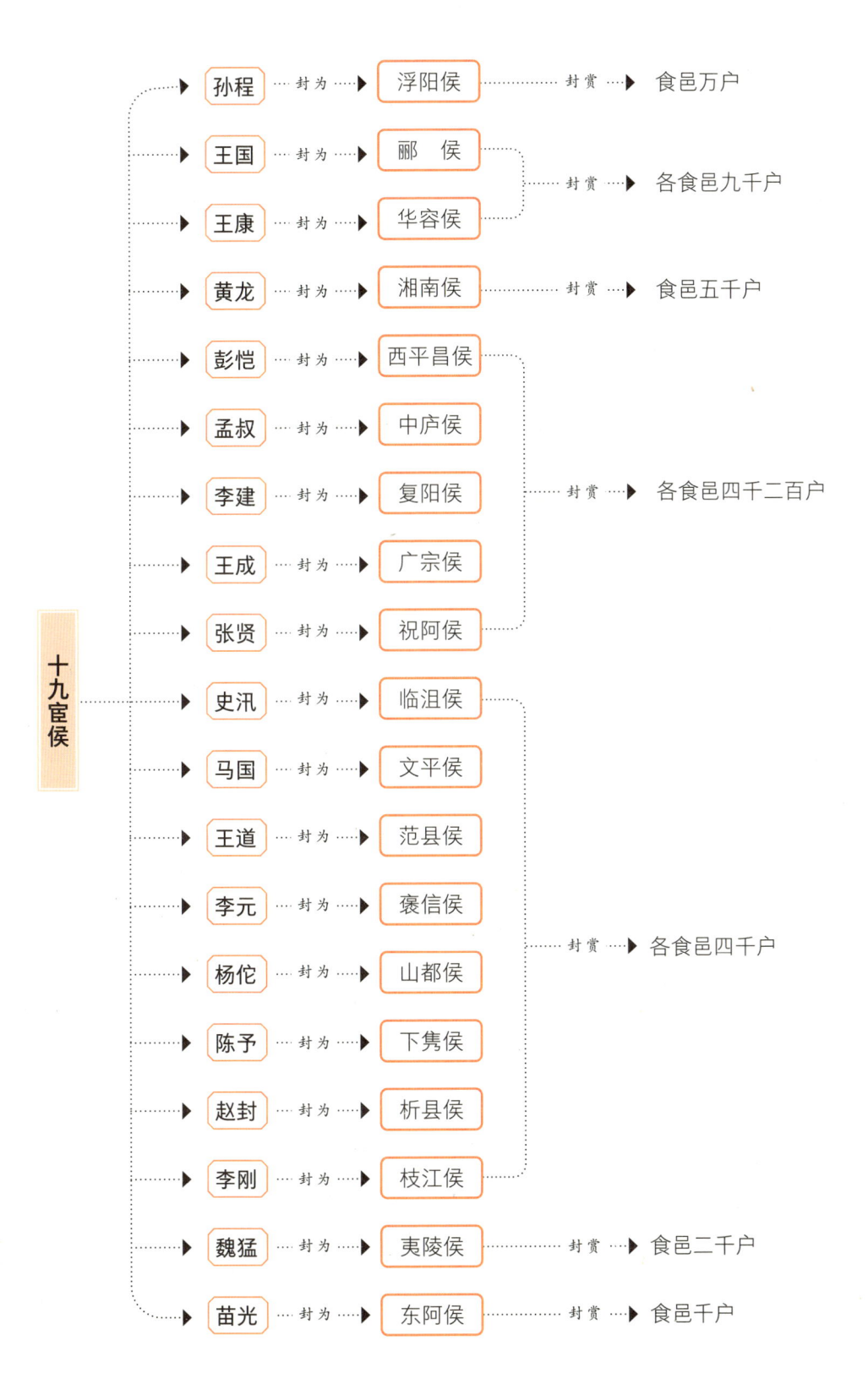

- 孙程 —封为→ 浮阳侯 —封赏→ 食邑万户
- 王国 —封为→ 郦侯
- 王康 —封为→ 华容侯  —封赏→ 各食邑九千户
- 黄龙 —封为→ 湘南侯 —封赏→ 食邑五千户
- 彭恺 —封为→ 西平昌侯
- 孟叔 —封为→ 中庐侯
- 李建 —封为→ 复阳侯 —封赏→ 各食邑四千二百户
- 王成 —封为→ 广宗侯
- 张贤 —封为→ 祝阿侯
- 史汛 —封为→ 临沮侯
- 马国 —封为→ 文平侯
- 王道 —封为→ 范县侯
- 李元 —封为→ 褒信侯
- 杨佗 —封为→ 山都侯  —封赏→ 各食邑四千户
- 陈予 —封为→ 下隽侯
- 赵封 —封为→ 析县侯
- 李刚 —封为→ 枝江侯
- 魏猛 —封为→ 夷陵侯 —封赏→ 食邑二千户
- 苗光 —封为→ 东阿侯 —封赏→ 食邑千户

汉安帝刘祜像

汉顺帝刘保像

登建议，立即以太后名义颁诏去召冯诗、阎崇，冯诗先到，孙程故意让他入宫。

太后见到冯诗后，立即授给符印，并且悬赏说："能得济阴王者，封万户侯；得李闰者，五千户侯。"阎显见冯诗所带兵众甚少，担心他不敌孙程等人，就派樊登协同冯诗出宫召集人马。但冯诗入宫后，见新皇帝已经登基，就打起小算盘来。他一离开皇宫，就立即将樊登杀死，回到兵营中去了。

阎氏集团中只有阎显的弟弟卫尉阎景反应较快，他一听说宫中发生变故，急忙从外府召来一批兵众进至盛德门（有些宫门出现于史册中，但尚无法考证其具体位置）外。孙程立即传示顺帝诏旨，召各部尚书收捕阎景。尚书郭镇正卧病在床，一听说新皇帝的旨意，立即起床，率领值宿的羽林军去捉阎景。

路上恰巧碰上阎景，郭镇心生一计，大声喊道："不要动兵器。"自己立即跳下车来，持节对阎景说有诏书。阎景没有中计，他不愿下车，并反问道："哪里来的什么诏书？"说着话，就挥刀砍向郭镇，但没砍中。郭镇眼疾手快，急忙拔剑来刺阎景，阎景中剑，栽下车来，羽林军士手中的长戟一齐叉住阎景前胸，将其生擒，押入狱中。当夜，阎景伤重而死。

天明后，孙程又命令侍御史将阎显兄弟收捕入狱。随后附从阎显的党羽与他们的主子全部被杀，临朝听政仅七个月的阎太后被撵入离宫，阎氏亲族全部被流放到最南方的比景县（古代行政区，汉时属日南郡下辖县，故治在今越南境内宋河下游高牢下村）。不久阎姬忧郁生病，两个月后病逝，被汉顺帝追谥为"安思皇后"。

局势安定之后，汉顺帝立即下诏，宣示阎显兄弟及江京、陈达、刘安等人的罪恶，而拥立有功的孙程等19位宦官全部封侯，食邑多则万户，少则千户，时人称之为"十九宦侯"，此外还加赐车、马、金、银、钱、帛，各有高低多寡。为首的孙程封爵为浮阳侯，食邑万户。李闰未参与预谋，只是事发之后被裹胁参加，封赏没有他的份。

当初汉和帝受宦官支持诛灭窦氏外戚集团，只不过封宦官郑众一人为侯，食邑1500户。如今汉顺帝一下子就封宦官19人为侯，为后世做了一个很坏的样子，助长了宦官势力，将东汉王朝的宦官政治推向一个新的高峰。

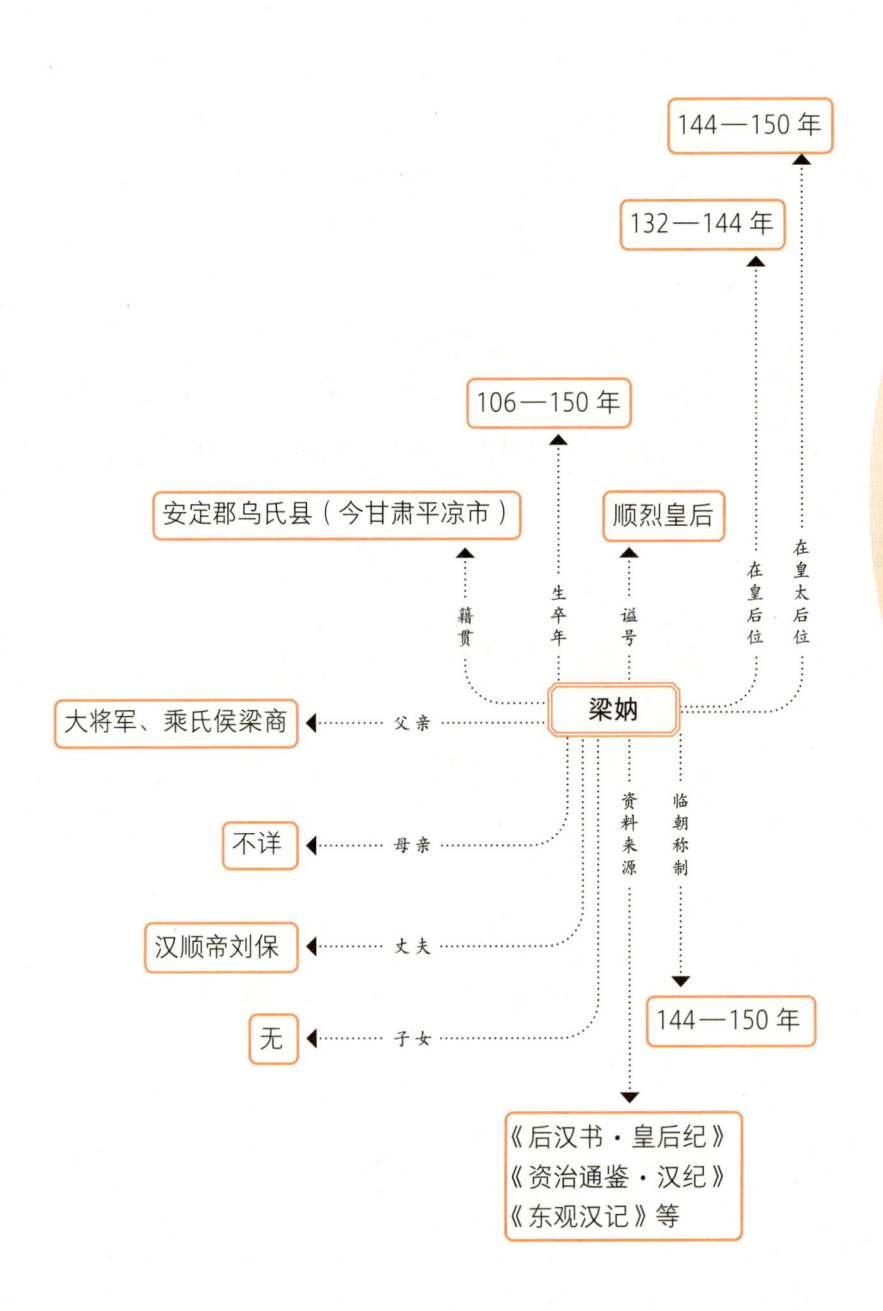

```
                                                    ┌──────────────┐
                                                    │ 144—150 年   │
                                                    └──────▲───────┘
                                                           │
                                      ┌──────────────┐     │
                                      │ 132—144 年   │     │
                                      └──────▲───────┘     │
                                             │             │
                      ┌──────────────┐       │             │
                      │ 106—150 年   │       │             │
                      └──────▲───────┘       │             │
                             │               │             │
   ┌──────────────────────┐  │  ┌──────────┐ │             │
   │安定郡乌氏县(今甘肃平凉市)│ │顺烈皇后 │ │             │
   └──────────┬───────────┘  │  └────┬─────┘ │             │
              │              │       │    在皇          在皇
           籍 生           谥       后          太
           贯 卒           号       位          后
              年                                位
              │  │           │       │         │
              ▼  ▼           ▼       ▼         ▼
┌──────────────────┐      ┌──────┐
│大将军、乘氏侯梁商│◀─父亲─│ 梁妠 │
└──────────────────┘      └──┬───┘
                             │
       ┌──────┐              │
       │ 不详 │◀───母亲──────┤
       └──────┘              │
                             │
    ┌──────────┐             │
    │汉顺帝刘保│◀──丈夫──────┤
    └──────────┘             │
                             │
       ┌────┐                │
       │ 无 │◀───子女────────┤
       └────┘                │
                          资料    临朝
                          来源    称制
                             │     │
                             │     ▼
                             │   ┌──────────────┐
                             │   │ 144—150 年   │
                             │   └──────────────┘
                             ▼
                   ┌──────────────────┐
                   │《后汉书·皇后纪》│
                   │《资治通鉴·汉纪》│
                   │《东观汉记》等   │
                   └──────────────────┘
```

# 不能裁抑兄弟，终酿成梁冀之祸
## ——汉顺帝皇后梁妠

汉顺帝皇后梁妠临朝称制虽然只有6年时间，却相继辅佐了汉冲帝刘炳、汉质帝刘缵、汉桓帝刘志三位小皇帝。她虽然能"夙夜勤劳，推心杖贤""拔用忠良，务崇节俭"，以至"海内肃然，宗庙以宁"，得到史家比较正面的评价，但仍因"不能裁抑兄弟，终酿成梁冀之祸"而收场。

## 梁氏家族

建康元年（144年）八月，汉顺帝驾崩，两岁的皇太子刘炳嗣位，是为汉冲帝。皇太后梁妠临朝称制，东汉的外戚、宦官轮流专政又开始了新一轮循环。史书记载，东汉梁氏一门"前后七侯，三皇后，六贵人，二大将军，夫人、女食邑称君者七人，尚公主者三人，其余卿、将、尹、校五十七人"。梁氏权势如此显赫，因此有必要弄清楚梁氏的家族关系。

梁妠家庭世代官宦，门第显赫。梁氏祖先原为嬴姓，秦国君秦仲少子嬴康于西周后期被周宣王封为梁伯，建都于今陕西澄城县境内。后来梁国又被秦国兼并，一部分宗室成员流落晋国，其后人梁益耳曾担任晋国大夫，后来在国内政见之争中被杀，其后裔在晋国繁衍成河东梁氏。战国时期，河东梁氏中梁恪赴秦国任卿大夫，入居关中。西汉末年，梁氏后人梁统的父亲梁延举家迁居安定郡乌氏县（今甘肃平凉市）。梁统后来成为东汉开国功臣，封成义侯，并不包括在前文所说的梁氏"七侯"之内。

汉和帝刘肇的母亲小梁贵人（后来被追尊为"恭怀皇后"，是梁氏三皇后中的第一后）姐妹是梁统的两个孙女。梁氏两贵人被窦太后迫害自杀后，他们的父亲梁竦也受牵连死于狱中。汉和帝亲政后，梁竦被追封为褒亲愍侯，后来由其长子梁雍袭爵封乘氏侯，官任少府，梁雍成为梁门"七侯"中第一侯。

梁雍之子梁商袭乘氏侯爵，梁雍的女儿梁茱入宫成为汉顺帝贵人（梁氏第三贵人）。梁商即梁妠父亲，生三子四女。梁商的三个儿子分别是梁冀、梁不疑和梁蒙。长子梁冀官任大将军，初封襄邑侯，后袭封乘氏侯，其子梁胤袭封襄邑侯，梁胤子梁桃封城父侯。次子梁不疑官任河南尹，封颍阳侯，其子梁马封颍阴侯，幼子梁蒙封西平侯。梁商的四个女儿中，次女梁妠为汉顺帝皇后，三女梁嬛为汉桓帝皇后，与追尊的"恭怀皇后"合为梁氏三皇后。

梁妠自幼精于女红，好读史书，据说其9岁即能背诵《论语》，并钻

## 人物关系图谱

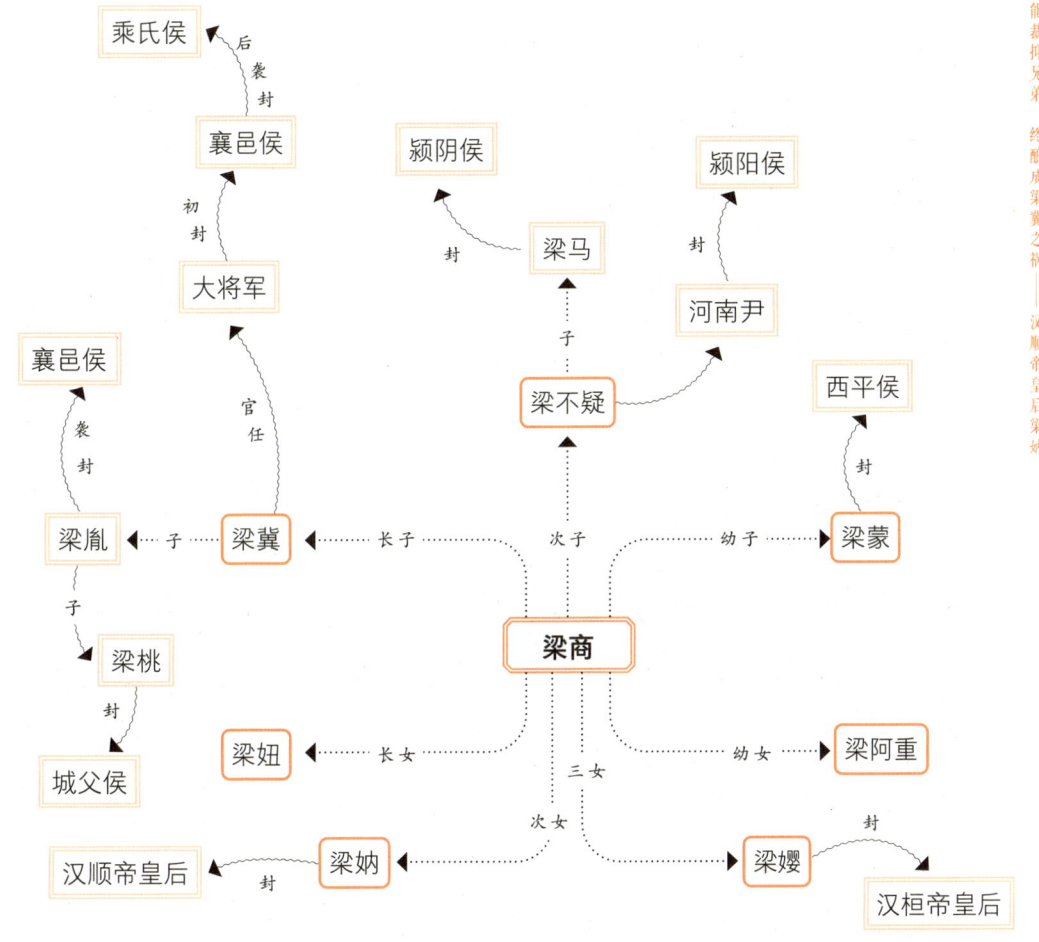

不能裁抑兄弟，终酿成梁冀之祸——汉顺帝皇后梁妠

```
乘氏侯 ←后袭封— 襄邑侯 ←初封— 大将军
                                ↑官任
颍阴侯 ←封— 梁马 —子→ 颍阳侯 / 河南尹
                    ↑
                   梁不疑
                    ↑次子
西平侯 ←封— 梁蒙（幼子）

襄邑侯 —袭封→ 梁胤 —子→ 梁桃 —封→ 城父侯
              ↑子
              梁冀 ←长子— 梁商

梁妞 ←长女— 梁商 —幼女→ 梁阿重
           三女／次女
汉顺帝皇后 ←封— 梁妠 ← 梁商 → 梁嫈 —封→ 汉桓帝皇后
```

研韩婴所注的《诗经》。她还将《列女图》悬挂于闺阁之内，以历代烈女为榜样。梁商对此十分惊异，曾私下与兄弟们说："我们的祖先成全赈济了河西，存活的百姓数不胜数。虽然当时皇上没有过问表彰，但积了阴德必然得到好的报应。假若吉庆恩惠子孙后代，或者会让这个孩子富贵吧！"梁商所云即当年梁统与窦融共保河西五郡、归顺东汉刘秀的往事，其语言与邓禹预示其孙女邓绥必然会发达的感慨惊人地相似。

永建三年（128年），梁妠与其姑母梁芙同时被选入皇宫。传说梁妠入宫时，相工茅通看到她后十分惊讶，再行拜礼祝贺说："这正是所谓日角偃月之相，这种极尊贵的面相，是臣所从未见到过的。"梁芙、梁妠被汉顺帝册封为贵人，梁商亦因此成为国戚而迁官侍中、屯骑校尉。

143

东晋·顾恺之《列女仁智图》（局部），根据汉代刘向《列女传》仁智卷所绘

　　封建时代不少女子被纳入皇宫后，都盼望能得到皇帝的专宠，梁妠却似乎与众不同，顺帝选她陪宿，她却从容推辞说："帝王要像温暖的阳光一样广泛地施舍才是德，后妃不妒忌不专宠独占才是义，要像螽斯（一种专吃农作物的害虫）一样子孙众多，幸福就由此兴起。希望皇上将云雨之恩泽均匀地洒在所有后妃身上，使后妃像鱼一样按先后轮次以进，使得小妾

不能裁抑兄弟，终酿成梁冀之祸——汉顺帝皇后梁妠

我免遭诽谤之罪。"这番话出自妇女之口，古今未闻，梁妠因此赢得了汉顺帝的敬重。

阳嘉元年（132年），梁妠顺理成章地被汉顺帝立为皇后。梁妠因为熟读史书，对前代兴废得失知之颇深，因此虽然被立为皇后，但丝毫没有骄横专宠之意，一旦觉得有了什么过失，经常扪心自问，这与她若干年后临朝听政时的所作所为相比，很难认定她到底是不是伪装。

梁妠被立为皇后之后，梁氏一门更加显贵。其父梁商初进为执金吾，后又进位大将军，参与辅政。梁商具有自知之明，他知道因为自己是皇帝的老丈人才能居于高位，因而更要谦虚谨慎。他推荐几位贤者为官，没有一人与梁氏有瓜葛，倒也博得一片赞扬之声。

发生灾害引发饥荒时，梁商经常将府中的租谷置于城门口，赈济贫困百姓，又不宣传自己的恩惠。梁商对宗亲的约束也比较严格，不准他们倚仗权势违法乱纪。同时梁商又十分谨慎，他知道宫中宦官用事，特地让两个儿子梁冀和梁不疑去结交宦官，以图保住梁家的地位。

梁商在世时，梁家在世人的心目中完全是正面形象，《后汉书》作者范晔称梁商是汉顺帝之世的"贤辅"。永和六年（141年），梁商去世，其长子梁冀袭爵并担任大将军，次子梁不疑担任都城洛阳的地方官河南尹，朝廷追赠梁商谥号为"忠"。

梁商的丧礼规制非常高，除了宫廷御赐丧器和钱帛，梁皇后还私下赠钱500万、布1万匹。安葬那天，不仅皇后梁妠亲自送丧至墓地，汉顺帝也亲自送丧至洛阳城南门外宣阳亭，随后又伫立目送梁商灵柩远去不见，方才返回宫中。

## 重用李固

李固，字子坚，汉中郡南郑县（今陕西汉中南郑区）人，是东汉中期著名的忠直大臣。汉顺帝驾崩、梁太后临朝的第七天，李固就被梁太后任命为太尉。东汉时以太尉、司徒、司空为"三公"，太尉负责军事，司徒负责民政，司空负责工程，但太尉不能直接指挥军队，其行使的职权已经相当于丞相。李固任太尉后，与太傅赵峻、大将军梁冀共同参录尚书事，此后李固一直受到梁太后倚重。

李固自幼好学，曾多次不远千里投奔名师，终于遍览各种古本秘籍，成为名重一时的学者。"四方有志之士，多慕其风而来学"，州郡官吏也多

梁商系汉顺帝皇后和汉桓帝皇后之父，以外戚居百官之首，未尝以权盛干法，时人称其为「社稷良辅」。出自明宣德《御制外戚事鉴》

不能裁抑兄弟，终酿成梁冀之祸——汉顺帝皇后梁妠

次举荐他做官,他都推辞不就。

汉顺帝被宦官十九侯拥立后,其乳母宋娥亦步汉安帝乳母王圣的后尘,倚势专横,多行不义。汉顺帝因京城洛阳南郊发生强烈地震,召集文武官员保荐"敦朴"人才回答"天神示警"的原因。李固被保荐后,趁机指陈时弊,提出"权去外戚,政归国家"和"罢退宦官,去其权重"等建议。

汉顺帝看了众人对策,以李固为第一名,并接受了他的建议,将倚势弄权的乳母宋娥驱逐出皇宫。那些把持朝政、不可一世的宦官也吓得向皇帝叩头,请求宽恕罪过,朝廷一片肃然。李固被任命为议郎,相当于皇帝的顾问。后来,乳母宋娥和宦官对李固进行报复,捏造匿名黑信,罗织罪状,诬陷李固,汉顺帝竟然下令查办。真相查明后,李固辞官回到家乡汉中。

梁商执政后,征辟李固作为属官。荆州地区和泰山地区农民起义此起彼伏,经年不息,朝廷任命李固先后担任荆州刺史和泰山太守,李固采取安抚起义农民、惩治贪官污吏等办法,阶级矛盾得以缓和,地方局势也趋于安定。汉顺帝派八位使节按察天下,李固政绩"天下第一"。不久,李固升任将作大匠,负责皇室的工程建设。

梁冀与其父梁商截然不同。他长相丑陋,鸢肩豺目,两眼直视,还是个结巴。梁冀少时就游荡无度,酒色自娱,别的没什么本事,但博弈、蹴鞠、驰马、斗鸡、玩鹰、放狗样样精通。因为妹妹做了皇后,梁冀的官职也屡次升迁,从黄门侍郎、侍中、虎贲中郎将、越骑步兵校尉、执金吾,直至河南尹,也就是京都的"一把手"。

梁冀做官,行为不轨。梁商的朋友洛阳令吕放曾向梁商谈及梁冀的不轨之事,梁商仅仅责备了梁冀一番,梁冀就对吕放怀恨在心,后来竟然派刺客暗杀了吕放。事后他为了避免父亲追查,又散布谣言说吕放是被仇人

李固像

所杀，并建议请吕放的弟弟吕禹担任洛阳令来处理此事。

吕禹知道自己做官是由梁冀推荐的，当然不会想到杀兄之事就是梁冀所为，结果反将吕氏的宗亲宾客作为怀疑对象，严加拷问，平白无故杀了100多人，才算为亡兄报了"仇"。

与邓太后亲力亲为不同，梁太后处理政务比较"超脱"，她将朝廷大权放手交给三公等辅佐大臣。三位辅政大臣中，太傅赵峻只是个摆设，权力运行主要由李固与梁冀负责，而且梁太后清楚其兄的品行，因此多倚重李固。李固所提出的建议，梁太后大多能够采纳。

李固对汉顺帝时代依靠不正当手段获取官职的官员予以查究，奏准免职的一次就有100余人。后宫中凡是作恶的宦官，一律被排斥和遣退。李固举荐的官员也有不少被梁太后提拔使用。因此梁太后临朝初期由李固执政，这时东汉朝廷中政治还是比较清明的。

永嘉元年（145年）正月，三岁的汉冲帝刘炳即位仅5个月就告夭崩。

汉顺帝再无其他子嗣，梁太后担心外界一旦知道皇帝的死讯会引起更大的变乱，想等继立的皇帝人选确定之后再宣布为汉冲帝治丧。

汉冲帝刘炳驾崩后，李固向太后建言，列举了秦朝赵高隐匿秦始皇死讯和前代阎显隐匿汉安帝死讯均招致灭亡的教训，并向梁太后陈述了利害关系。梁太后采纳了李固的建议，在宣布汉冲帝死讯的同时，将汉章帝的两个玄孙，与汉冲帝平辈的清河王刘蒜与渤海王刘鸿之子刘缵征召到洛阳，准备从中选择一人继承帝位。

刘蒜年长有德，李固的建议是拥立清河王刘蒜。李固对梁冀说：现在选择皇帝，应该选择年龄大些、高明有德，并且能够亲理政事者立之。他还援引了西汉周勃拥立汉文帝、霍光拥立汉宣帝之后使汉朝兴盛的事迹，以及东汉邓太后拥立汉殇帝和汉安帝、阎太后拥立北乡侯使自己的家族败亡的教训，以此来告诫梁冀。结果，李固的建议不仅被梁冀拒绝，同时也遭到梁太后否决。年仅8岁的刘缵被梁太后封为建平侯，同日即皇帝位，是为汉质帝，梁太后继续以皇太后的身份临朝听政。刘蒜无缘帝位，只得返回封国。

对汉冲帝的治丧规模，李固建议道，如今"处处寇贼"，军费成倍增加，汉顺帝宪陵也是新建，向民间征收的赋税非止一项。因为汉冲帝年纪幼小，可以依照汉殇帝康陵的规制，于宪陵茔内起一小陵。此建议被梁太后采纳，参照汉殇帝先例，在汉顺帝陵寝宪陵旁边附筑一座小陵为汉冲帝怀陵，陵制规模减损，只有其他帝陵的三分之一。

太后对李固的信任又引起梁冀的不满，于是梁冀处处与李固作对。被李固免职的那些官吏心怀不满，同时为迎合梁冀，共同书写匿名信诬告李固。奏章呈上后，梁冀亲自面见梁妠，在一番添油加醋的描述后，请求皇太后批准，将奏章交给梁冀指定的官员去查办。梁太后明白梁冀在其中发挥的作用，因此不予采纳。

## 重用滕抚

梁太后执政期间，另一位受到重用的是地方官员滕抚。

东汉中期以后，外戚和宦官轮流执政，导致豪强地主势力膨胀，土地兼并加剧，阶级矛盾尖锐。汉顺帝末年，扬州、徐州一带频频爆发农民起义，国内形势严峻。

适逢汉冲帝去世，于是滕抚受到重用并出现在平定"盗贼""寇贼"的战场上。滕抚"有文武才用"，初任涿县（今河北保定涿州市）县令，郡太守"以其能，委任郡职，兼领六县"。任职期间，滕抚"风政修明，流爱于人，在事七年，道不拾遗"，很快就被朝野周知。

扬、徐农民起义群起之时，九江郡（治今安徽定远县永康镇）范容、周生等相聚反乱，屯据历阳（今安徽和县），为江淮巨患，扬州刺史尹耀和九江太守邓显均战败被杀。徐凤、马勉等再次袭击郡县，杀害官吏和百姓。徐凤穿着绛色衣服，系着黑色绶带，自称"无上将军"；马勉头戴皮冠，身着黄衣，腰系玉印，自称"黄帝"，在当涂（今安徽怀远县）山中筑立营寨。他们还建年号，设立百官，并派遣别帅黄虎攻打合肥。广陵人张婴等又聚集了数千人起义，占据了广陵（今江苏扬州市）。

面对严峻的形势，李固等力举滕抚之才，滕抚被朝廷拜为九江都尉，以数万州郡之兵平乱。梁太后担心滕抚力不能胜，还安排李固前往督战，结果李固还未成行，捷报已经频传，滕抚斩马勉、范容、周生等，徐凤也于败逃途中被地方武装斩杀。

不久，华孟自称"黑帝"，攻打九江，杀害郡守，也被滕抚乘胜追剿。于是东南地区均被平定，滕抚振旅而还，被任命为左冯翊，成为东汉陪都西京（今陕西西安市）三辅地区最高行政长官之一。

滕抚之外，被李固举荐的官员中比较著名的还有黄琼。黄琼是东汉名臣，后被唐人推崇，"洛阳推贾谊，江夏贵黄琼"。黄琼出身官宦世家，起初不愿入仕，后来由众多公卿推荐入京应召。到达洛阳附近的嵩阳县时，黄琼装病不去，于是李固给他写信，劝他应聘做官。信中说："《阳春》之曲，和者必寡，盛名之下，其实难副。"此信激起了黄琼的雄心，他决心用行动证明自己"名副其实"。这事发生在汉顺帝在位时期。梁太后临朝时，黄琼担任魏郡太守，后来经李固举荐，入朝担任太常，位列九卿，负责皇室宗庙礼仪。梁太后归政之后，黄琼曾位列宰辅，执掌朝政。

## "跋扈将军"

本初元年（146年），梁太后诏令郡国举明经，诣太学受业，岁满课成，分别拜官，于是公卿皆遣子弟入学，太学生有3万余人。这段时间国内局势稍稍安定，这与梁太后推心杖贤、夙兴夜寐、崇尚节俭是分不开的。

汉质帝在位也仅一年半的时间。汉质帝虽然年幼，却也知道宫中的一些事情，尤其是对梁冀的专横跋扈，他心中非常清楚。有一次朝会，公卿俱在，汉质帝目视梁冀说："此跋扈将军也！"梁冀听后深感恼怒。这年闰六月，梁冀命令左右将汉质帝爱吃的煮饼里放上鸩毒，然后呈送给皇帝。

汉质帝吃了之后，腹中疼痛，急忙将李固召入皇宫。李固惊问皇帝患了什么病，质帝痛苦地说，只因为吃了几块煮饼，胸中觉得闷得慌，喝点水也许能保住性命。这时梁冀也跟到皇宫，听说皇帝想喝水，他急忙插嘴说，喝了水恐怕会呕吐的，不能喝水。

话音刚落，汉质帝已经死去，时年仅9岁。李固抚着汉质帝的尸首痛哭一番，请梁太后追查皇帝暴亡的原因。可能梁太后也知其中缘由，只是含糊其词，未置可否。而梁冀早已溜出皇宫，准备安排新皇帝人选。

李固担心梁冀再拥立年纪幼小的皇帝，就与闻讯而来哭灵的司徒胡广、司空赵戒联名致书梁冀，请他急速召来公卿议论新皇帝人选，梁冀当然求之不得。在公卿会议上，李固、胡广、赵戒以及大鸿胪杜乔等大臣再一次提出拥立清河王刘蒜，理由是刘蒜是皇族中较近的一支，而且刘蒜"明德著闻"，他们的观点得到大臣们的普遍拥护。梁冀见大家意见与自己想法相去甚远，但是又没有站得住脚的理由反对，只得愤愤然离席而去，择君之议因之告吹。

那么梁冀想拥立什么样的人选呢？他想拥立的是蠡吾侯刘志。刘志是汉章帝曾孙，年方15岁，是梁太后与梁冀的准妹夫。兄妹俩早已商定，将妹妹梁嫒许配给刘志。这时刘志正好被梁太后征到都城洛阳准备完婚。碰上汉质帝的丧事，梁妠兄妹当然想拥立刘志为新皇帝，这样梁冀就成为双重国舅。

梁冀回府后，当夜就有中常侍曹腾来拜访。曹腾说："将军累世有椒房之亲，秉摄万机，宾客纵横，多有过差。清河王严明，若果立，则将军受祸不久矣。不如立蠡吾侯，富贵可长保也。"曹腾此说，正中梁冀下怀。他们商定后，决定次日在朝堂强行拥立刘志。

次日天明，公卿大臣重聚朝堂，再议继嗣问题。梁冀气势汹汹，声色俱厉，大有不立刘志决不罢休之意。朝廷大臣，包括胡广、赵戒都吓呆了，只有诺诺连声："唯大将军令！"而李固、杜乔仍然坚持原来的意见。梁冀气得强令罢会，李固、杜乔还不肯走，指望大臣们继续支持他们，然而形势已经无法逆转。

李固、杜乔只得再次言辞恳切地致书梁冀，希望他改变意见。梁冀执意不听，反认为李固、杜乔碍手碍脚，鼓动太后将李固罢免。李固极力阻挠准妹夫刘志成为新皇帝，梁太后本来已经极度不满，梁冀一说，梁太后

梁冀系汉顺帝皇后和汉桓帝皇后之兄，顽嚚凶暴，贪乱跋扈，荡覆汉室，后被诛。出自明宣德《御制外戚事鉴》

梁冀

不能裁抑兄弟，终酿成梁冀之祸——汉顺帝皇后梁妠

立即下诏将李固免官。蠡吾侯刘志得以被立为新皇帝，是为汉桓帝。

从这个结果来看，即使汉质帝没有指责梁冀是"跋扈将军"，梁冀也会将汉质帝置于死地，然后将汉桓帝拥立上位的，这只是时间问题。汉桓帝比汉冲帝和汉质帝都要长一辈，所以梁太后既是汉桓帝的大姨姐，又是他的堂嫂，但仍然被尊为皇太后，继续临朝称制。

梁冀的目的虽然达到，但对李固仍然余怒未消。汉桓帝也对李固阻挠自己即位不满。不久，又有人谋划拥立刘蒜为天子，梁冀乘机将李固牵扯在内，下于狱中。由于李固在当时很有名望，朝中大臣和都城百姓中都有不少人为他辩诬抱屈。梁太后对李固的一腔孤忠也非常了解，既然拥立刘志为皇帝的目的已经达到，也就不想再继续追究。因此梁太后下令将李固释放出狱，此举竟使京师满城百姓高呼万岁。

梁冀听说李固如此深得人心，心里更加担心，认为这对自己终将不利，于是他又将李固重新收捕进了监狱，并最终将其杀害，这才算了却自己一块心病。

对始终支持李固与自己作对的杜乔，梁冀也不肯放过。他派人威胁杜乔说，早点自杀，还可将妻子儿女保全。杜乔未加理睬。第二天，梁冀派人到杜乔家打听结果，却没有听到哭丧的声音，他马上入宫去见梁太后，要求除去杜乔，之后也不管太后同意还是不同意，就将杜乔收捕入狱。当夜，杜乔被梁冀遣人暗害。

## 恶贯满盈

李固、杜乔被害后，梁冀行事再无掣肘，更是为非作歹。在梁太后的默许下，他将自己的食邑增加到1.3万户，又增设大将军府第，规格超过三公的标准。他所置属官，是三公的3倍。梁冀又让桓帝封弟弟梁不疑为颍阳侯、梁蒙为西平侯，儿子梁胤为襄邑侯，食邑各1万户。

不久，梁冀又将自己的食邑增加1万户，总数达到3万户，甚至连妻子孙寿也被封为襄城君，兼食阳翟（今河南禹州市）租岁。这样，孙寿一年就可以搜刮到 5000 万钱。至于其他的服饰待遇，都与长公主同等。

梁冀还倚仗权势巧取豪夺。他暗中派人了解属县富户，然后罗织罪名将他们陷于狱中，严刑拷打后，又准其出钱自赎，但是出钱少的仍然难免一死，侥幸活命的则被流放。扶风人士、富户士孙奋家境富裕却很吝啬，梁冀先赠送他 4 匹马，然后以买马为借口向他借钱 5000 万；士孙奋只借给他 3000 万。梁冀勃然大怒，向郡县告状说，士孙奋的母亲原来是梁家守库的奴婢，后来偷窃了白珠 10 斛、紫金千斤逃走，结果士孙奋兄弟全部被抓捕拷打，死于狱中，他们家的财物全部被梁冀鲸吞。

当时，四方调发，岁时贡献，都是先进贡梁府，剩下的才供奉朝廷，以至于带着礼物求见、带着财物求官、带着钱物求赎的人都排着长队，等待进入梁冀府中。来客经常到了门口却进不去，只得向守门人求情拜谢，守门人也因此大发横财。

梁冀夫妇生活糜烂，夫有姘妇，妇有姘夫。梁冀的姘妇友通期原是其父梁商献给汉顺帝的嫔妃，后来因犯过错被汉顺帝逐出后宫，归返梁家。皇帝宠幸过的女子一般人是不敢染指的，梁冀却在守父孝期间和友通期在城西同居，后来还生了儿子梁伯玉。

梁冀惧内，孙寿探知这些情况后，派人将友氏全家杀光。梁冀担心孙寿杀害梁伯玉，经常把他藏在夹壁之中。梁冀的亲信秦宫担任梁府管家，可以自由出入孙寿住所，孙寿却与秦宫勾搭成奸，秦宫在梁、孙两边都是红人，威名权力也自然产生，一些外任官员离京前都要向他辞行。

不仅如此，夫妻俩还大兴土木，两人对街建筑宅第，互相攀比，竞争夸耀，一名大将军府，一名襄城君第。两处豪宅的大堂寝室都有暗道通往内室，

汉桓帝刘志像

各个房间都可相通。柱子墙壁雕镂图案，并镀上铜漆；大小窗户都镂刻成空心花纹，装饰着宫廷式样的青色连环纹饰，并画上云气缭绕的仙灵图案。台阁四通八达，相互呼应。长桥凌空高悬，石阶横跨水上。金玉珠宝，四方进献的珍奇怪物，堆满仓库。

梁冀夫妇在都城住腻了，又去郊外广开园囿，采土堆山。园内有深林绝涧，犹如自然生成，并置奇禽异兽，飞走其间，不知耗费了多少工钱役夫。梁冀还强行霸占了一块规模可比宗王的林苑，林苑西至弘农，东面以荥阳为界，南面直通鲁阳，北面到达黄河、淇河。其中有深山，也有丘陵和荒野。林苑所包围的区域，长将近千里，堪比皇家园林。梁冀和孙寿一同乘坐辇车，打着鸟羽伞盖，伞盖用金银装饰，在宅第内游玩观光，后面还跟着许多歌伎，钟鼓齐鸣，一路酣歌，尽情狂欢。

梁冀还修建了绵延数十里的兔苑，移檄州郡，调征兔子，并在这些兔子身上刻上标记，谁侵犯了他家的兔子，谁就有被杀的可能。有一位西域

梁冀妻孙寿像。史书称其色美而善为妖态，作愁眉、啼妆、堕马髻、折腰步、龋齿笑，以为媚惑

到此经商的胡人不知规矩，误杀一兔，竟株连数十人致死。梁冀的弟弟曾私下派人出猎，梁冀担心误伤了他的兔子，竟然将出猎的30多人一一杀死，可见他残忍得连亲弟弟的面子也毫不顾忌。他还在城西另筑别墅，收纳奸诈亡命之徒，有时还抢来良家子女，将其充作奴婢，称其为"自卖人"。

梁冀在朝中广结党羽，培植个人势力，官吏升迁调动，必须先到他的府中谢恩，之后才能去尚书台办理正式手续。梁冀为了取悦太后，凡是梁太后宠信的宦官，都要安排他们的亲属子弟到地方州郡做官。至于梁氏宗族和孙寿的宗亲当上大官的更是不计其数，仅冒充孙寿的亲戚而骗取功名的就有数十人之多。

## "厕所政变"

梁太后对梁冀的胡作非为不可能不知道。或者说，正是梁太后的纵容默许，才助长了梁冀的嚣张气焰。梁妠本人并不像前代窦太后、邓太后、阎太后那样贪恋权势，和平元年（150年）正月汉桓帝19岁时，主动"诏归政于帝，始罢称制"，准备回到深宫颐养天年。但仅一月后，梁太后即因重病而亡，时年仅45岁，后来被谥为"顺烈皇后"。

梁太后虽死，汉桓帝身边还有梁冀之妹梁皇后，因此梁冀在朝中继续有恃无恐。汉桓帝虽已亲政，但仍然受制于梁氏。朝臣外官，只要得罪过梁冀，甚至只要不依附于梁冀的，迟早都会遭到报复。荆州刺史吴树因为惩治过梁冀的党羽而被梁冀在酒中下毒而死，辽东太守侯猛因为没有拜望过梁冀而被捏造罪名腰斩，郎中袁著因为上书劾奏梁冀的不法行为而被笞杀，受他们株连而死者有60多人。

梁氏穷极满盛，威行内外，百僚侧目，莫敢违命，连汉桓帝在梁冀面前也只能唯唯诺诺。作为当朝皇帝，汉桓帝当然不甘心陷于这样的境地，但周围又没有心腹之人可以吐露心声。又过了9年多，直到延熹二年（159年）七月，梁冀的妹妹梁皇后去世，梁冀在皇宫中的臂膀终于折断，汉桓帝也觉得时机将要到来，尽管松了一口气，但是汉桓帝因为一直没有培养亲信，还是不敢与人相商，生怕事情泄露而惹来祸患。

机会竟然来自"厕所政变"。那天，汉桓帝到厕所小解，只有小黄门唐衡一个人跟随相侍。汉桓帝认为唐衡可以信赖，于是悄悄询问唐衡，有哪些人与梁冀合不到一块。唐衡当然知道皇帝的用意，但他与朝臣并无接触，只能将偶有对梁冀表达过不满的小黄门左悺，中常侍单超、具瑗、徐璜等几个宦官的名字告诉了汉桓帝。汉桓帝心里有了主意。

由此可以看出，所谓的"厕所政变"，是指在厕所里酝酿的"政变"。根据唐衡的指点，汉桓帝命他将这几人悄悄召来密谋定议，决心除去梁冀。桓帝担心这几个人不同心，还亲口咬破单超的胳膊，以单超之血书写了盟书，并对行动方案进行了周密策划。

梁冀见单超等五位宦官经常聚到一块议事，也害怕他们暗算自己，即派中黄门张恽入宫宿卫，以防不测。宦官们见梁冀有了警觉，决定立即行动，具瑗命令官吏将张恽收捕，说他擅入宫卫，图谋不轨。汉桓帝紧急到御前殿，命人持节召来大小官员，各持兵械，保卫皇宫。又迅速调集虎贲、羽林、都侯及主剑戟士千余人包围梁冀府邸，迫其缴出大将军印绶，改封其为比景都侯，令其即日外迁。

梁冀自知罪恶深重，只得与妻子孙寿一道自杀，梁冀的亲族党徒被杀者数十人，被黜者300余人，朝廷几乎为之一空。因为事起仓促，朝臣百姓都为之愕然，街谈巷议尽是此事，数日后方才安定下来，大家无不拍手称快。后来汉桓帝派人将梁冀府中财物变卖充公，价值竟超过30亿。

梁冀势力被铲除后，单超、徐璜、具瑗、左悺、唐衡五个宦官被汉桓帝在一日内同时封侯，单超封新丰侯，徐璜封武原侯，左悺封上蔡侯，具瑗封东武阳侯，唐衡封汝阳侯，时人称为"一日五侯"，东汉外戚政治再度转为宦官政治。后来，左悺与具瑗等骄横贪暴，兄弟亲戚都为州郡刺史、太守，被有司劾奏后，左悺自杀，具瑗、单超、徐璜、唐衡一起被降为乡侯。

梁氏一门多年显贵，控制东汉朝政20多年，声威显赫，最终却败亡于

十侍乱政。汉桓帝为铲除外戚梁冀，重用宦官，导致十侍乱政，为东汉倾覆埋下种子。出自明·张居正《帝鉴图说》

不能裁抑兄弟，终酿成梁冀之祸——汉顺帝皇后梁妠

五名宦官之手，实在可悲可叹。梁太后临朝听政期间，基本上做到"夙夜勤劳，推心杖贤"。她能"拔用忠良，务崇节俭"，使得朝政有所改善，贪官污吏受到一定程度的惩治，社会治安有所好转，故"海内肃然，宗庙以宁"，充分展示了梁太后的治国才干。但对其兄梁冀把持朝政、飞扬跋扈所造成的恶劣影响，梁太后作为妹妹也负有坐视默许的直接责任。

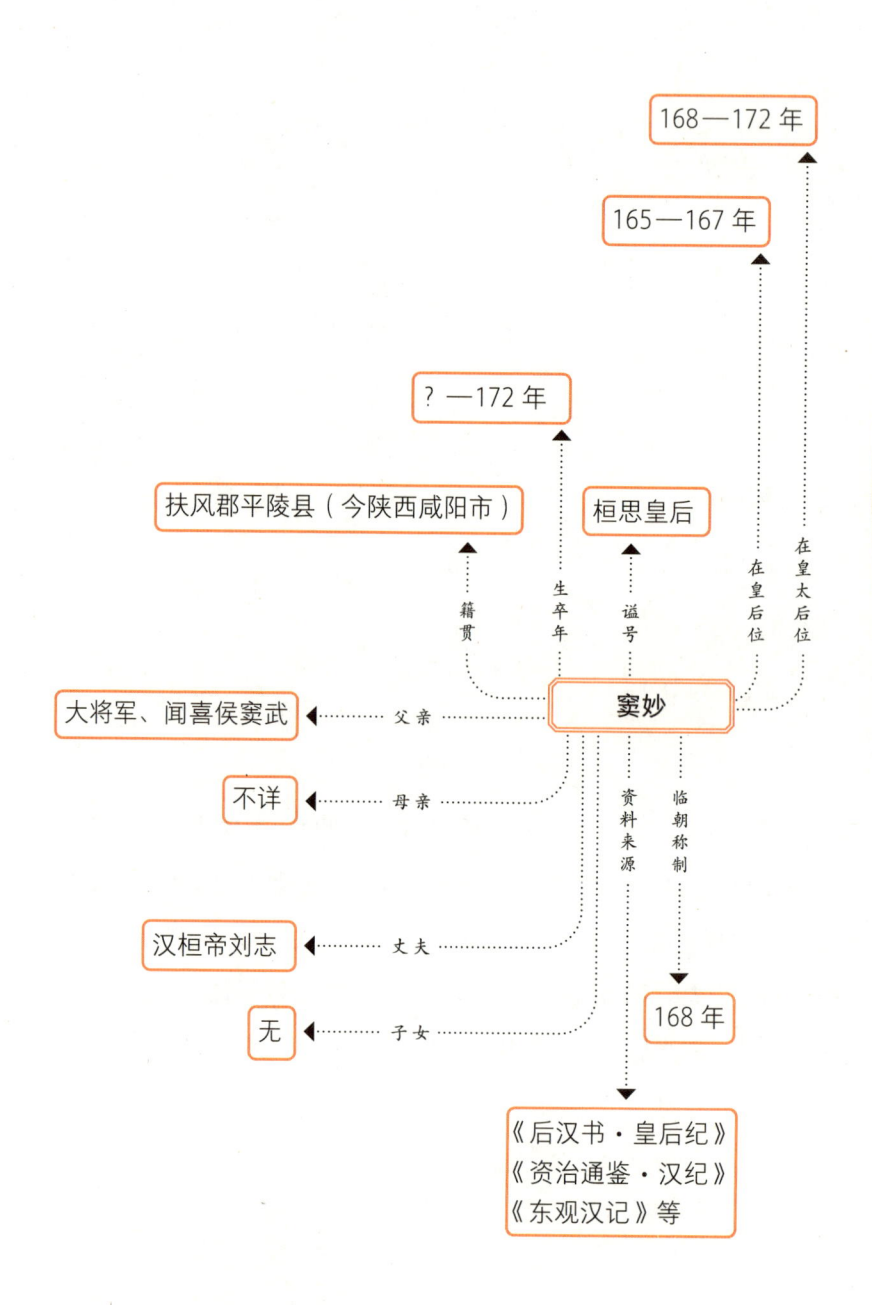

```
                                                    168—172 年
                                                        ↑
                                            165—167 年
                                                ↑
                    ?—172 年
                        ↑
    扶风郡平陵县（今陕西咸阳市）    桓思皇后
                ↑                    ↑          在    在
                │                    │          皇    皇
                籍                生  谥         后    太
                贯                卒  号         位    后
                                  年                   位
                                                       │
  大将军、闻喜侯窦武 ←──父亲── 窦妙
      不详 ←──母亲──           │        │
                              资       临
                              料       朝
                              来       称
                              源       制
  汉桓帝刘志 ←──丈夫──          │        │
      无 ←──子女──             │       168 年
                              ↓
                        《后汉书·皇后纪》
                        《资治通鉴·汉纪》
                        《东观汉记》等
```

# 以盛德良家，母临天下
## ——汉桓帝皇后窦妙

汉桓帝皇后窦妙身为皇太后，临朝称制只有一年多，后来因其父窦武冤案被打入冷宫，死后处境也很悲惨。宦官们不准备将她与汉桓帝合葬，想将她草草埋葬在别处。廷尉陈球据理力争："皇太后以盛德良家，母临天下，宜配先帝，是无所疑。"最终窦妙得以与汉桓帝合葬。"盛德良家"准确地反映出窦武窦妙父女的忠良品行。

## 窦妙立后

汉桓帝在位期间共立过三位皇后，窦妙能够被立为皇后纯属偶然。汉桓帝的第一位皇后梁女莹是梁冀、梁妠的妹妹，本初元年（146 年），大将军梁冀与皇太后梁妠兄妹定策，他们的准妹夫汉桓帝被拥立即位。次年，梁女莹如愿被立为皇后。延熹二年（159 年），梁皇后病故，梁氏外戚集团随后轰然垮台。同年，后宫贵人邓猛女被继立为皇后。

邓猛女是东汉开国功臣邓禹玄孙女，汉和帝皇后邓绥侄孙女。其父邓香官任郎中，为尚书属官。邓香很早去世，邓猛女母亲宣（姓氏不详）改嫁梁冀妻舅梁纪，邓猛女随之改姓为梁。梁冀之妻孙寿见邓猛女"貌美"，于是将这位并无血缘关系的表妹送入皇宫成为采女。"采女"是对采选自民间宫女的通称，其地位非常低。不承想邓猛女入宫后却获得汉桓帝的宠爱，不久就被册封为贵人。

梁氏集团覆灭后，邓猛女竟被意外封后。汉桓帝因为厌恶梁氏，于是将邓猛女改姓薄氏，后来又恢复其本姓邓氏。汉桓帝多纳宫女，宫女有五六千人。邓猛女仗恃皇后地位骄横妒忌，与汉桓帝宠幸的郭贵人争风吃醋，互相诽谤。汉桓帝一怒之下，于延熹八年（165 年）正月下诏，将邓猛女的皇后名号废黜，送往掖庭暴室，不久邓猛女忧郁而死。

邓猛女被废后，窦妙被选入掖庭，受封为贵人。同年十月，窦妙被汉桓帝立为皇后。其实窦妙并非汉桓帝心目中的皇后人选，其立后过程也颇为曲折。最初，汉桓帝打算册立他所宠幸的田贵人为皇后。太尉陈蕃说，"田氏卑微，窦族良家"，极力争辩。汉桓帝不得已，"乃立窦氏"。

因为窦妙是在陈蕃"争之甚固"，而汉桓帝又"不得已"的情况下才被立为皇后的，所以虽然贵为皇后，但并未受到汉桓帝的宠爱，"御见甚稀"。汉桓帝的真爱是田贵人，田贵人名田圣，当时的身份还是贵人，因此陈蕃认为她地位"卑微"。窦妙虽然成为皇后，但是对田圣一直嫉妒并怀恨在心。

## 汉桓帝的三位皇后

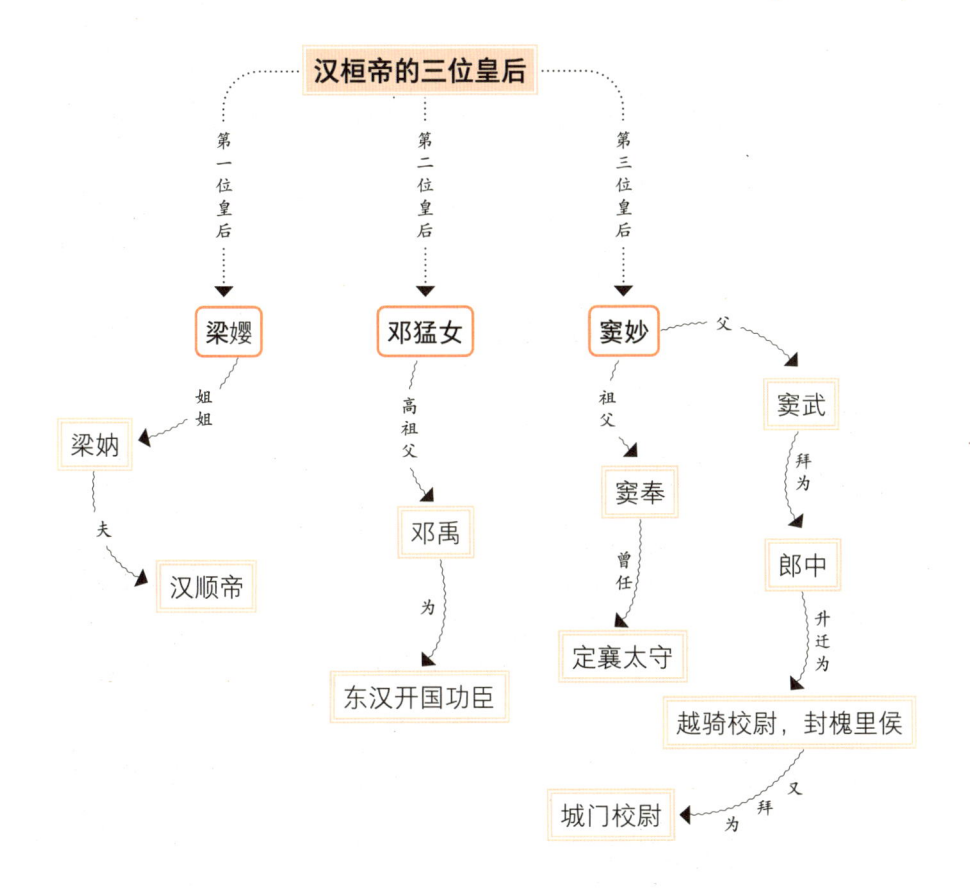

- 第一位皇后：**梁女莹**
  - 姐姐 → 梁妠 → 夫 → 汉顺帝
- 第二位皇后：**邓猛女**
  - 高祖父 → 邓禹 → 为 → 东汉开国功臣
- 第三位皇后：**窦妙**
  - 祖父 → 窦奉 → 曾任 → 定襄太守
  - 父 → 窦武 → 拜为 → 郎中 → 升迁为 → 越骑校尉，封槐里侯 → 又拜为 → 城门校尉

　　窦妙与东汉第一位临朝的皇太后即汉章帝皇后窦氏具有血缘关系，按辈分，窦妙比窦氏晚两辈。窦妙的父亲窦武是东汉开国功臣窦融的玄孙。祖父窦奉曾任定襄太守。传说窦武出生时，其母亲还同时生下一条蛇，窦奉命人将蛇送入山林中放生。后来窦武的母亲去世，埋葬时还未下棺，就有一条大蛇自林中出来，爬行到坟墓跟前，用头击柩，涕血双流，俯仰盘屈，表现出极尽哀泣的样子，好一会儿才游离而去，时人都认为这是窦家今后将有祥瑞的征兆。

　　窦武少年时以善习经术有德行而著称。他经常收学生讲授于大泽之中，潜心治学，不问世事，在关西（函谷关以西）一带很有名望。皇后邓猛女被废的那一年，他的女儿窦妙被选入皇宫，先封为贵人，窦武亦得拜为郎中。窦妙被立为皇后之后，窦武又升迁为越骑校尉，负责管理宫禁警卫部队，封

*以盛德良家，母临天下——汉桓帝皇后窦妙*

窦武系汉桓帝皇后窦妙之父，有美名，以忠谨著称，尽心于朝廷，后谋诛宦官，事败身灭。出自明宣德《御制外戚事鉴》

太后临朝：通往巅峰之路（第1册）

槐里侯，食邑5000户。次年又拜城门校尉，执掌京师的城门守卫。

窦武在职期间，喜欢辟召名士，洁身自好，尤其痛恨送礼、贿赂等恶习。家中衣食，仅够妻、子食用而已。他得到的两宫赏赐，全部分给在太学学习的学生，家中有多余的粮食就放在路边，施舍给贫困人家。

窦武对亲族的要求也非常严格。侄子窦绍担任虎贲中郎将，办事马虎，还讲求奢侈，被窦武多次严厉训斥，但未加悔改。于是窦武上书给汉桓帝，在请求将窦绍降职的同时，还检讨自己不能训导好亲族的责任，应该首先接受处罚。窦武言辞恳切，窦绍深受感动，以后就注意多了，大事小事都能谨守节度，非法之事更不敢做。

## 解禁党锢

东汉后期汉桓帝、汉灵帝在位期间，曾经发生过两次"党锢之祸"。因对宦官乱政不满，贵族和士大夫们组成的反宦官集团与宦官发生过两次党争，都以失败告终，最终为黄巾之乱和东汉灭亡埋下伏笔。第一次党锢之祸就是在窦武斡旋下得以解禁的。

在党锢之祸中，太学生把敢于同宦官进行斗争的清流人物冠以"三君"（君者，言一世之所宗也）、"八俊"（俊者，言人之英也）、"八顾"（顾者，言能以德行引人者也）、"八及"（及者，言其能导人追宗者也）、"八厨"（厨者，言能以财救人者也）等称号，表示对反宦官集团的崇敬。

"三君"属于反宦官集团的三位领军人物，具体所指的就是窦武、刘淑和陈蕃。窦武、陈蕃已经在前文有所涉及。刘淑是宗室中的贤者，年轻时学习《五经》之后就隐居不仕，自立精舍讲学，学生常有数百人。州郡多次举荐，但刘淑一直拒绝入仕，后来被汉桓帝强行抬到京师。刘淑多次向皇帝陈述时政得失，一些忠言得到采纳，历任尚书、侍中、虎贲中郎将等职务。

延熹九年（166年），宦官党羽张成预测朝廷可能即将实行大赦，因此纵容儿子杀人。名列"八俊"之首的河南尹李膺立即敦促收捕张成之子。

党锢之祸。东汉后期，昏聩的汉桓帝宠信宦官，宦官以诽谤朝廷为名，罢免大臣两百多人，这是东汉朝纲混乱的开端

不久朝廷果然宣布大赦，张成之子获释，张成为之趾高气扬。李膺拍案大怒，将张成之子重新捕获并在审问明白罪状后立即处死。

殊不知张成早已与宦官交结，张成将此事告诉宦官，宦官借题发挥，怂恿张成弟子牢修上书，诬告李膺等人"养太学游士，交结诸郡生徒，更相驱驰，共为部党，诽讪朝廷，疑乱风俗"。

此外，南阳太守成瑨、山阳太守翟超、汝南太守刘质、东海相黄浮等也处理了一批与宦官有牵连的类似案件。

汉桓帝本已受到宦官控制，他听信宦官们的一面之词，于是诏令全国，逮捕李膺、陈寔等200余名"党人"。被诬为"党人"而又尚未被捕获者，则悬以重金通缉，各处要道均派人把守，严加盘查。位列三公的太尉陈蕃先与司空刘茂共同向桓帝进谏，接着又独自上书，要求汉桓帝清算宦官乱政的邪恶之风。

汉桓帝不加理睬，但宦官们怀恨在心，虽然不敢加害名臣陈蕃，但对其他人则大肆报复。太尉陈蕃认为党人们的罪名不成立，拒绝连署诏书。

汉桓帝干脆将陈蕃的太尉之职罢免，让宦官直接在北寺狱进行审理。宦官们乘机用酷刑对党人进行迫害。

同年年底，窦武担任城门校尉。窦武名列"三君"，同情士人，随即向汉桓帝上书求情，汉桓帝的怒气稍稍缓解。同时负责审理此案的宦官王甫等人也为党人的言辞所感动，取消了对他们的酷刑。李膺等人在狱中也故意供出宦官子弟，宦官们害怕牵连到自己身上，只得向汉桓帝进言，说天时到了大赦天下的时候了。

汉桓帝便于永康元年（167年）六月宣布大赦天下，党人等随即被释放出狱，宦官们将党人放归田里，终身罢黜，并将党人的名字记录在案。第一次党锢之祸在窦武等人的努力下结束，党人们虽然不再遭受牢狱之灾和皮肉之苦，但在政治上完全进入"另册"。

李膺虽然在第一次党锢之祸中得以保全性命，两年后却在第二次党锢之祸中被迫害致死。李膺为"八俊"之首，敢于同专擅朝政的宦官势力进行斗争，并对他们的不法行为加以严惩，被当时的太学生们誉为"天下模楷"。当时，太学生们有"天下模楷李元礼（李膺，字元礼），不畏强御陈仲举（陈蕃，字仲举），天下俊秀王叔茂（王畅，字叔茂，历任南阳太守、司空，以任职守正严明著称）"之说。

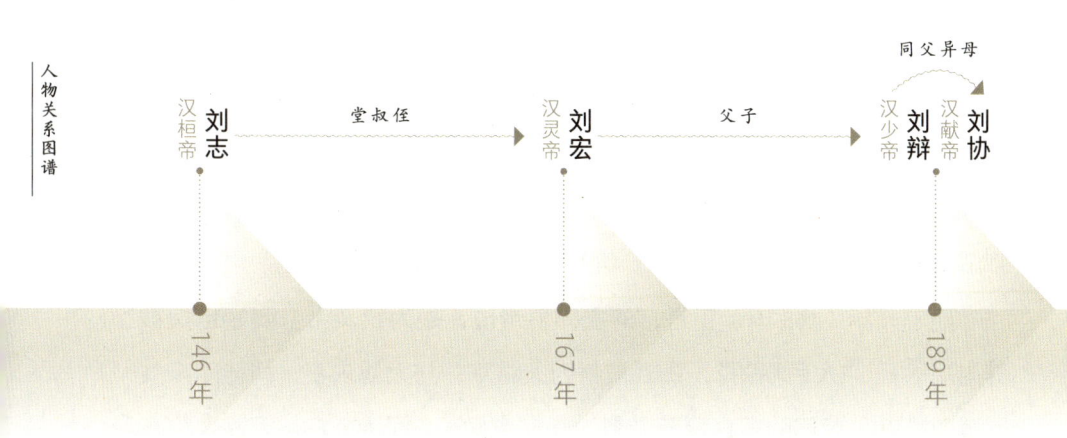

## 人物关系图谱

汉桓帝 刘志（146年） —堂叔侄→ 汉灵帝 刘宏（167年） —父子→ 汉少帝 刘辩 / 汉献帝 刘协（189年，同父异母）

## 窦妙临朝

窦妙虽然贵为皇后，但由于是朝臣"强加"于汉桓帝的，汉桓帝对她并不中意。桓帝所中意的是田圣等9名宫女，因此窦妙与皇帝接触的机会很少。永康元年（167年）冬天，汉桓帝已经身患绝症，仍然将田圣等9名宫女一并封为贵人。十二月，汉桓帝病死，时年36岁。汉桓帝的灵柩还停在前殿，窦妙就毫不犹豫地将与她争宠的田贵人立即处死。窦妙还想将其他贵人一并诛杀，由于宦官们的竭力劝阻方才作罢。

当时新遭国丧，皇位继承人还未确定，朝廷许多官员害怕触怒权臣，都假称有病居家观望。为稳定形势，窦妙果断任命陈蕃为太傅并管理尚书台事务。陈蕃写信责备那些不负责任的官员说："古人讲究节操，侍奉去世的君主的态度如同他还活着一样。现在皇嗣还没有定下来，政事日益紧迫，诸君为什么抛弃国家苦难不管，在家躺着休息呢？在义上已经很亏缺了，哪能还谈得上仁呢？"一番责备之后，这些官员惶惶不安，都前往尚书台办公，国家机器也随之恢复正常运转。

汉桓帝虽然前后立了三位皇后，数十贵人，竟然没有一人诞下子嗣。汉桓帝驾崩，继嗣乏人，窦妙召其父窦武相商，窦武转而向侍御史刘儵咨询，打算在刘氏宗族中选择一位较有贤名的王侯。刘儵提出一个人选，即解渎亭侯刘宏。刘宏是汉章帝玄孙，汉桓帝堂侄，年方12岁。

刘儵之所以提议将未成年的刘宏作为皇帝人选，出发点当然是认为东汉王朝幼主即位、太后临朝已成惯例。岂知这正中窦皇后下怀，她立即派刘儵为使节，偕同中常侍曹节，带着中黄门及虎贲羽林军士千余人去河间郡解渎亭（今河北保定安国市），将刘宏迎至都城洛阳。

建宁元年（168年）正月，刘宏即皇帝位，是为汉灵帝。窦妙自然被尊为皇太后，"太后临朝"，窦武被封为大将军，与太傅陈蕃、司徒胡广共同辅政，参与迎驾的宦官曹节受封为长安乡侯，食邑600户。窦武、陈蕃名列"三君"，他们同心尽力辅政，原来由于党锢之祸而被钦定终身不许为

列肆後宮

以盛德良家，母临天下——汉桓帝皇后窦妙

列肆后宫。汉灵帝于宫中搭建店铺，自己扮作商贾，与宫人买卖货物交易，以皇宫作市集，饮宴为乐。出自明·张居正《帝鉴图说》

官的党人陆续起复，李膺被任命为长乐少府，杜密被任命为太仆。

杜密，字灵周，与李膺齐名，被太学生们誉为"天下良辅杜灵周"。他俩与汉顺帝时期的李固、杜乔一样，也被时人并称为"李杜"。另有"贤相"之名的高节之士刘矩担任太尉，刘矩任职后"所辟召皆名儒宿德"，并且从来"不与州郡交通"。他们与窦武、陈蕃等一班清流同列朝班，共参政事，天下之人引为幸事，翘首延颈以望太平。

接着太后又加封窦武为闻喜侯，弟弟窦机为渭阳侯，从兄弟窦绍为鄠侯、窦靖为西乡侯。因为陈蕃当年的力挺，窦妙才得封后，她知恩图报，

169

还要加封陈蕃为高阳侯，但陈蕃以"君子不以其道得之，不居也"之语固辞不受。太后不许，陈蕃连续10次上书，最终拒绝了高阳侯的封爵。

窦太后虽然倾心委政于一班忠臣，在皇宫中却又宠信另一班人，其中一个是汉灵帝的乳母赵娆。东汉中后期皇帝继位时都很年幼，一般情况下都与自己的乳母感情比较深厚，这为皇帝乳母干政提供了客观条件。汉安帝乳母王圣、汉顺帝乳母宋娥都在此之前开了先例，赵娆也紧步她们的后尘。

赵娆随从汉灵帝入宫后，服侍于窦太后身边。中常侍曹节、王甫等人勾结赵娆，谄事太后，太后对他们言听计从。只要是他们举荐的人，不管品行优劣，一概封拜为官。有时当他们将封官的诏书发出后，连朝廷中窦武、陈蕃等人都不知道。可想而知，他们所推荐的人，不是亲戚，就是朋党。

## 平定羌乱

汉代羌乱持续时间长，范围广，破坏性大，几乎贯穿整个东汉历史，东汉王朝平定羌乱的过程也是严重消耗其国力的过程。窦妙临朝时间虽然不足一年，朝廷却能将羌乱彻底平定，这不能不算是窦太后临朝期间的一项政绩。

羌，是古人对中国西部地区游牧部族的泛称。《史记·六国年表》中就有"禹兴于西羌"之说。《诗·商颂·殷武》中有"昔有成汤，自彼氐羌，莫敢不来享，莫敢不来王"的诗句，说明在殷商时期氐人、羌人就曾臣服于商。周武王灭纣时，羌国是《牧誓》中的八方国之一。两汉时羌人分化为东羌和西羌。东羌主要分布于陕北和内蒙古河套地区，西羌主要分布在陇西和河西走廊一带。

西汉专设护羌校尉，驻凉州令居县（今甘肃永登县），持节领护西羌，主要目的是镇压羌人部落叛乱，隔绝西羌与匈奴的往来。北匈奴被窦宪打击后西逃，羌乱逐渐成为影响东汉王朝西北边疆区域安宁的根源。东汉与羌人的战争持续百余年，战乱最严重时，"始自凉、并，延及司隶，东祸赵、魏，西钞蜀、汉"，造成"五州残破，六郡削迹，周回千里，野无孑遗"的惨况。汉桓帝时，在号称"凉州三明"的段颎（字纪明）、皇甫规（字威明）、张奂（字然明）等铁血镇压下，羌乱终于接近尾声。

段颎是武威郡姑臧县（今甘肃武威市凉州区）人，少时学习骑射，有文武智略。汉桓帝时进入军旅，屡立战功。"凉州三明"中，皇甫规、张奂主"抚"，段颎主"剿"。段颎从延熹二年（159年）开始指挥平羌战争，辗转征战，屡建奇功。建宁元年（168年）春，正是窦太后临朝执政时期，段颎因之前桓帝曾下诏问其平定羌乱之策，便上疏，决心扫灭羌乱，得到窦太后的支持。

段颎带1万多兵，携15天粮草，从彭阳（今甘肃镇原县东南）直往高平（今宁夏固原市原州区），与先零羌战于逢义山（在今甘肃镇原县北）。羌兵众多，汉军害怕，段颎命令兵士们拉紧弓弦，磨快刀枪，长矛三重，挟以强弩，并在左右两翼布置轻骑。他激励将士说："现在我们离家几千里，前进，事业就成功；逃走，死路一条，大家努力共取功名吧！"于是振臂大呼，将士们应声跳跃上阵，段颎驰马上阵，突然发起袭击，羌军溃败。汉军共斩首8000余级，获牛马羊28万余头。

窦太后听闻战报，非常高兴，随即下诏说："先零东羌历年为害，段颎从前陈述情况，认为必须扫灭。他履霜冒雪，白天晚上快速行军。身当矢石，使战士感奋。不到十天，敌寇便逃跑溃散，尸体相连，活捉不少，掳获无法统计。洗雪了百年来的败绩，安慰了忠将的亡魂，功劳显著，朝廷极为嘉赏他。等到东羌完全平定，应当一起铭记他的功勋。现在暂时赐段颎钱二十万，用他家一人为郎中。"窦太后任命段颎为破羌将

"凉州三明"之一皇甫规像

以盛德良家，母临天下——汉桓帝皇后窦妙

军，同时下令中藏府调拨金钱财物，增助军费。

至夏天，段颎亲自披甲，率轻骑部队乘胜追击，连续在走马水（今陕西北部无定河支流淮宁河）、奢延泽（在今内蒙古鄂托克前旗东南）、洛川（今地不详，疑为陕北洛河）、令鲜水（一说约在今内蒙古鄂托克前旗或陕西定边县一带，一说在今甘肃张掖市境内）、灵武谷（位于贺兰山南麓，在今宁夏银川市西北）等战中获胜。段颎率军一直追到泾阳（今甘肃平凉市西北），羌人余部瓦解，分散逃亡至汉阳郡（治所在今甘肃甘谷县）山谷之间，此后再也无力对东汉西北边境造成威胁。

## 陈窦死节

窦太后之前，东汉政治由外戚与宦官轮番控制，外戚从没有想到过诛除宦官，却频频败亡于心狠手辣的宦官之手。这个教训引起外戚的注意。从窦武开始，外戚与宦官两股力量势如水火，争斗激烈，剪灭宦官成为外戚巩固力量、保存自己的手段，然而他们的努力还是以失败告终。

在陈蕃的支持下，窦武向女儿反复进言，请求太后将宦官一概诛废，以扫清宫廷。窦太后却为宦官辩解说："汉朝故事，世有宦官，要杀就杀那些有罪的宦官，怎么能将他们全部废去呢？"宦官曹节"操弄国权，浊乱海内"，窦武反复恳求女儿诛杀曹节，但太后坚决不同意。作为折中，窦太后只允许将中常侍管霸、苏康二人以挟权专制的罪名处死。

窦武无可奈何，陈蕃却沉不住气，他向窦太后上疏说："现在京师舆论沸腾，道路喧哗，说侯览、曹节、公乘昕、王甫、郑飒等人与赵娆夫人等各位宫中女官一起扰乱天下，追随他们的就升官，反对他们的就受到惩罚……大恶大奸，没有比他们更厉害的。如果现在不马上处决他们，一定会发生变乱，危害国家和社稷的后果实在难以预料。"陈蕃慷慨陈词，原以为当初有恩于太后，太后会感念此情而准奏。但窦太后未加采纳，曹节等一班宦官却因此对陈蕃切齿痛恨。

168年八月，侍中刘瑜致书窦武、陈蕃，希望他们当断则断，早定大计，不能迁延。窦武、陈蕃经过深思熟虑，决定先在人事上做好安排，任命朱寓为司隶校尉，刘祐为河南尹，虞祁为洛阳令，并奏报太后，同时免去宦官魏彪的黄门令之职，改由他们比较信任的小黄门山冰接替，并由山冰出面继续向太后进言，称宦官中平素最狡猾无行者乃是长乐宫尚书郑飒。

得到太后首肯之后，郑飒立即被收捕关押在北寺狱中。窦武命山冰会同尚书令尹勋、侍御史祝瑨去狱中审问郑飒，郑飒在供词中提及曹节、王甫的罪行。尹勋、山冰根据供词草拟奏书，请求收捕曹节、王甫，安排侍中刘瑜进宫奏报太后及窦武。可惜窦武已经离宫归府，刘瑜无法入宫，即请内官将奏本上送太后。

刘瑜的疏忽铸成大错，内官本来就是他们所痛恨的宦官，刘瑜却将如此重要的奏章委托宦官传递。内官立即将此事告知长乐宫内五官使朱瑀，朱瑀迅即将奏章取来阅读，读后大骂窦武说："中官放纵者，自可诛耳。我曹何罪，而当尽见族灭？"随后又大声喧哗煽动说："陈蕃、窦武奏白太后废帝，为大逆。"朱瑀随后将平素关系比较密切、体格比较强健，且一道侍奉长乐宫的17名宦官召集起来，歃血为盟，共谋诛除窦武、陈蕃。

曹节听说后惊慌万分，急忙跑去胁迫汉灵帝说："外间切切，请出御德阳前殿。"这时小皇帝还不知道发生了什么事，就被宦官们簇拥着进了德阳殿，宦官们拔剑相随，赵夫人不离左右。汉灵帝进殿后，曹节立即命令将宫门紧闭，并召来尚书官属，以刀刃逼迫对方写下诏书，伪称皇帝意思，拜王甫为黄门令，并派王甫去北寺狱中捕杀尹勋、山冰，将郑飒从监狱中放出，又与郑飒一道回到长乐宫，胁迫太后交出玺绶。窦太后平素

以盛德良家，母临天下——汉桓帝皇后窦妙

陈蕃像

陈蕃
公元89—168年

「凉州三明」之一张奂击破南匈奴,稳定边郡,诸羌部落送金银马匹给他,张奂倒酒于地说,使马如羊,不入于怀,使金如粟,不入于厩,并将金银马匹退还。诸羌感佩他正身洁己。出自清·丁日昌《百将图传》

对宦官的纵容，最终迫使自己喝下了这杯自酿的苦酒。

王甫、曹节等命令郑飒带着诏书收捕窦武等人，窦武当然不会受诏，他立即奔入侄儿窦绍的步兵营中，与窦绍一道射杀使者，并召来北军五校将士数千人，屯守都亭。窦武命令军士说："黄门常侍等宦官造反，军士尽力除奸者封侯重赏。"陈蕃听说宫中变乱，连夜召集府中官属生徒80余人，各带兵械去援助窦武，路上被王甫捕获，当即被北寺狱宦官杀害。

曹节、王甫见窦武拒捕，立即矫诏令少府周靖行车骑将军事，与护匈奴中郎将张奂率五营将士讨伐窦武。张奂刚从外地回到洛阳，不明就里，奉"旨"平"叛"，王甫还召集皇宫虎贲、羽林军士千余人支援张奂。

天明后，窦武与张奂两军对阵，双方都不敢轻易动手，但王甫不断调来士兵，使张奂的兵力不断增加。王甫对窦武的军士策反说："窦武造反，你们都是禁兵，应该宿卫宫省，怎么能跟着造反呢？谁先投降，谁就有赏。"各营将士平时就惧怕宦官，听王甫一煽动，当时就有不少人偷偷溜走。

窦武、窦绍逃脱无路，双双自刎而死，窦武的宗族宾客姻亲都被一体诛戮，妻妾虽被免死，但皆被远徙南方。陈蕃的亲戚友人也全部被斥免禁锢。窦武、陈蕃被杀后，宦官们任意株连，李膺、杜密等党人被再次贬逐，后来又陆续被害。东汉历史上外戚对宦官的第一次主动进攻就这样以失败告终。

事后，宦官曹节迁长乐卫尉，封育阳侯，王甫官迁侍中，其他宦官都有封赏。张奂助纣为虐亦得封侯，官拜大司农。后来张奂得知自己受了宦官愚弄，深为悔恨，特地向灵帝上书要为窦武、陈蕃平反，但在汉灵帝面前无法通过。皇太后窦妙临朝仅九个月就被剥夺执政权力，并被迁至南宫软禁。

熹平元年（172年）六月，窦妙抑郁而死。窦妙虽死，但宦官们依然怀恨窦氏，用衣车载着窦妙尸体置于城南市舍数日，准备用贵人的礼节草草安葬，不让她与汉桓帝合葬。由于朝廷忠正大臣的坚持，汉灵帝"良心"发现，感念窦妙迎立自己，最终窦妙才得以与汉桓帝合葬宣陵，谥号"桓思皇后"。

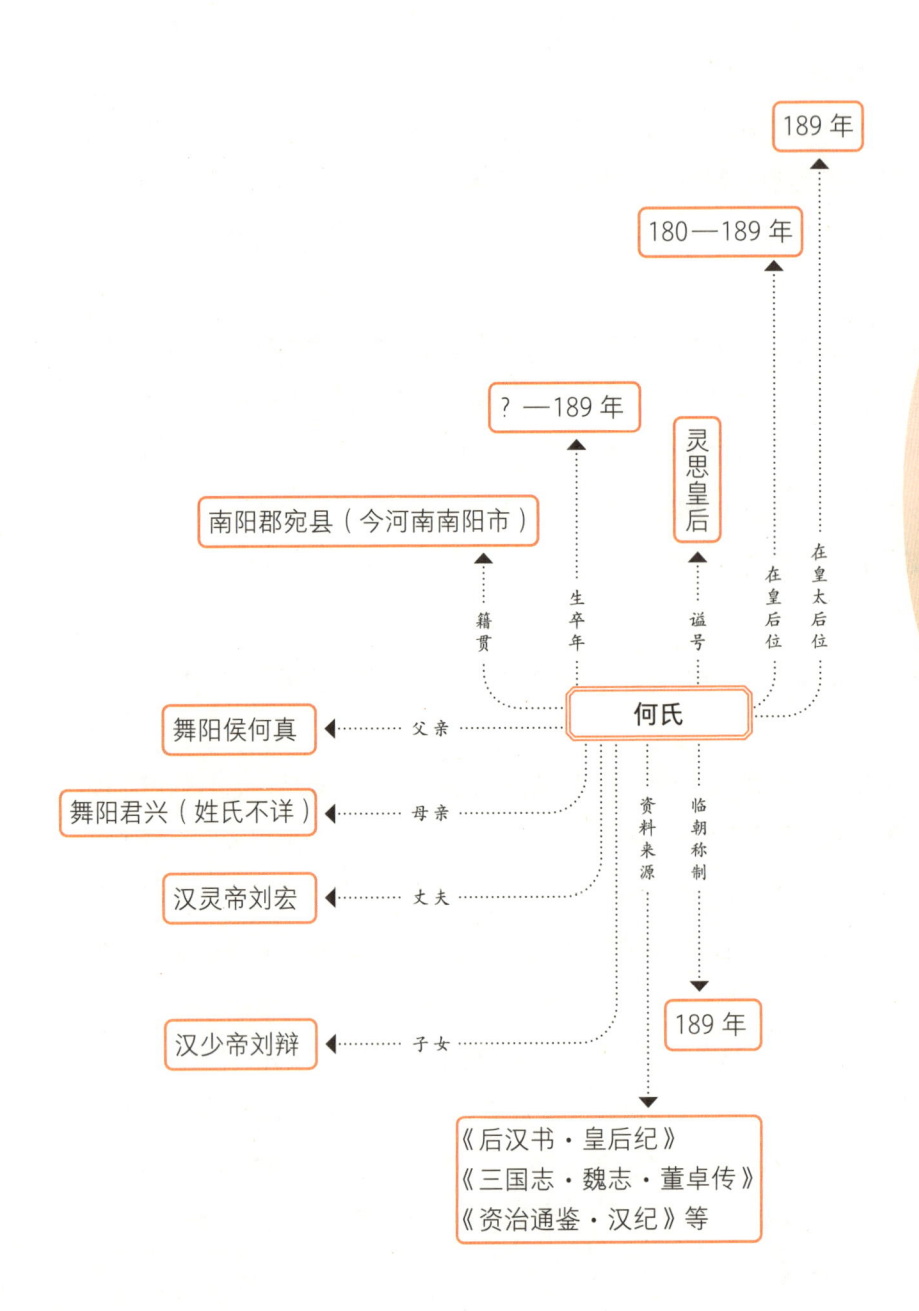

```
                                                    189 年
                                                     ▲
                                                     ┊
                                            180—189 年
                                                ▲    ┊
                                                ┊    ┊
                                                ┊    ┊
                                ?—189 年         ┊    ┊
                                   ▲     灵      ┊    ┊
                                   ┊     思      ┊    ┊
              南阳郡宛县(今河南南阳市)  ┊     皇      ┊    ┊
                        ▲          ┊     后      ┊    ┊
                        ┊          ┊     ▲   在  在
                        ┊          ┊     ┊   皇  皇
                        ┊   生     ┊     ┊   后  太
                        籍   卒     ┊     谥   位  后
                        贯   年     ┊     号       位
                        ┊   ┊      ┊     ┊   ┊   ┊
  舞阳侯何真  ◀----父亲---- ┌─────┐
                        │ 何氏 │
  舞阳君兴(姓氏不详)◀--母亲--└─────┘
                         ┊   ┊
  汉灵帝刘宏  ◀---丈夫----  资   临
                         料   朝
                         来   称
                         源   制
                         ┊   ┊
  汉少帝刘辩  ◀----子女---- ┊   ▼
                         ┊  189 年
                         ▼
                《后汉书·皇后纪》
                《三国志·魏志·董卓传》
                《资治通鉴·汉纪》等
```

# 何后之立，天正以危汉室也
## —— 汉灵帝皇后何氏

《天史》是明末清初小说家丁耀亢从史书中撷取因果报应之事而写成的一部专著，共10卷195案。卷一"大逆二十九案"收录了"何后弑董太后"一案。在叙述案情后，丁耀亢发表评论说："汉之微也，实由何进。何后之立，天正以危汉室也。荼毒弑母，当其收协之时已不两立矣，卒之。何后虽诛，汉室亦微，虽诛百何进，何益哉！后生屠家，故母仪不可不慎也。"

## 屠家皇后

光熹元年（189年），东汉王朝开始了最后一个皇太后即何太后的临朝称制。然而其执政不到半年，外戚和宦官两股势力又发生激烈冲突，结果是两败俱伤，同时灭亡。持续了整整100年的外戚与宦官相互争斗、轮流干政的局面也宣告结束。此后政权由军阀掌握，东汉王朝进入覆灭前夜。

何氏是南阳郡宛县（今河南南阳宛城区）人，"家本屠者"，是东汉出身最低微的一位皇后。春秋战国直至两汉时期，狗肉是人们主要的肉食来源之一，屠者的主要职业是屠狗。屠者中也出了不少名人：为报严仲子知遇之恩而刺杀韩相侠累的聂政，信陵君窃符以后击杀魏军主将晋鄙的朱亥，与荆轲、高渐离等为生死之交的无名氏狗屠，在鸿门宴上"瞋目视项王，头发上指，目眦尽裂"的樊哙……下一个就是何皇后的兄长何进了。

何氏身高七尺一寸，在当时可以算是偏高。何氏是以民间海选的形式进入掖庭的，不久因生子刘辩被立为贵人。刘辩并非汉灵帝第一位皇子，在他之前有几位皇子都已夭折，所以刘辩出生后，汉灵帝没有将他养在深宫，而是寄养在一位姓史的道人家里，称他为"史侯"，指望史道人能够凭借道术保护刘辩。

何氏入宫时，汉灵帝的皇后是宋氏。宋氏虽然贵为皇后，但在皇帝面前并不受宠，在后宫也没有人缘。宋皇后的姑姑是汉灵帝的叔叔渤海王刘悝的王妃。刘悝被人弹劾谋反，汉桓帝不忍心诛杀弟弟刘悝，将他由渤海一国之主贬为瘿陶（古县名，在今河北宁晋县南）一县之主。后来刘悝与中常侍王甫联络，希望能恢复自己的渤海封国，并且承诺王甫，只要助其复国，可以答谢5000万钱。

汉桓帝驾崩，遗诏命刘悝复为渤海王。刘悝认为这并非王甫出力，而是其兄遗愿，因此拒绝给付5000万钱，王甫怀恨在心。熹平元年（172年）

七月，王甫指使他人诬陷刘悝谋反，刘悝入狱自杀，王妃宋氏同时遇害。王甫担心宋皇后怨恨报复，索性与太中大夫程阿共同捏造谎言，诬说宋皇后巫蛊惑众，祝诅于神，欲降祸于人。汉灵帝竟然相信，于是在光和元年（178年）将宋皇后废黜，软禁在暴室，最终宋皇后郁郁而亡。

两年后，因为何氏生下皇子并年龄居长，母以子贵，何氏被继立为皇后，填补了中宫的空缺，此后一直得到汉灵帝的专宠。何氏立后之后，何家立即从低微的屠家"蜕变"为高贵的国戚，她已故的父亲何真被追赠为车骑将军，追封舞阳侯；尚健在的母亲被封为舞阳君。何皇后的异母兄弟何进由颍川太守晋升为侍中、将作大匠、河南尹。何进的弟弟何苗也被任命为车骑将军，封济阳侯。

后来何进由于镇压黄巾起义有功，又进为大将军，封慎侯，开始在朝中执政，很快就成为炙手可热的人物，连汉灵帝都要让他三分。后来，汉灵帝在都城洛阳专门招募壮丁，设置西园八校尉，以分割何进兵权，并对他进行限制。

可能是看惯了宰牛杀狗的血腥残忍，何皇后练就了强悍的性格，后宫妇女对她都十分害怕，不敢为皇帝生育皇嗣。偏偏王美人却怀上了汉灵帝的龙种，王美人不但不高兴，反而整天愁眉苦脸，担心自己会因此丧命，于是决定堕胎。但是她肚里胎儿的生命力十分顽强，无论她如何吃堕胎药，胎儿依然发育良好。从那以后，王美人经常梦到自己背着太阳行走，这又给她带来生活的希望，于是她打消堕胎念头，决定拼死也要让孩子出生。

光和四年（181年），皇子刘协出世，比何皇后生的刘辩小五岁。王美人的命运如同她自己预想的那样，在刘协出世不久，就

汉灵帝皇后何氏像

被何皇后"赠送"的一杯毒酒鸩杀。这时候何皇后立后才一年时间。王美人不仅"丰姿色",而且"聪敏有才明,能书会计",同样受到汉灵帝宠爱。王美人被害,汉灵帝"大怒,欲废后",因为宦官们的一再请求,何氏的皇后之位才得以保留。这样在何皇后的眼中,宦官都成为"正面人物"。

汉灵帝怀念王美人,还专门作《追德赋》《令仪颂》以寄托哀思。他担心刘协遭遇不测,便让自己的母亲董太后亲自抚养,刘协才幸免于难,被称为"董侯"。何皇后与刘辩这对母子则被汉灵帝逐渐边缘化。

## 常侍乱政

汉灵帝时有个乱政的"十常侍"宦官集团,将东汉政治推向最黑暗的时期。十常侍的首脑人物张让是从宫中杂役太监逐渐成为太监首领的。

张让有个管家狐假虎威,作威作福。关中巨富孟佗想做官,主动同管家结交,竭尽所有,馈赠管家,以致自己都没有剩下一点所爱之物。管家感动之余,奇怪地问孟佗:"你有什么要求?我都能为你办到。"孟佗说:"我只希望你在人多的时候拜我一下。"这对管家来说是小事一桩。当时求见张让的宾客众多,府门外经常停着成百上千辆车。孟佗那天也在求见张让之列,排在队伍最后面,于是管家率领奴仆们在路上迎拜孟佗,共同抬着他的车子进了府门。

排队等候的宾客们见此情景一片哗然,认为孟佗和张让的关系一定很铁,都争着用珍宝奇玩贿赂孟佗,希望孟佗在张让面前多多美言。孟佗只将其中的一小部分送给张让,结果张让便安排孟佗担任了凉州刺史。孟佗不但收回了投资成本,还如愿以偿,当了大官。如此之事足可窥见汉灵帝时代的宦官是何等嚣张,东汉朝政腐败到何种程度。

普通人不仅可以通过贿赂宦官中的权势人物当官,还可以向国家买官。与战国和秦朝、西汉时期卖官的收入进入国家财库不同,东汉的卖官收入直接成为皇帝的私产。汉灵帝即位前是位侯爷,可用财力有限,当了皇帝之后还是这样，他便责怪汉桓帝没留些钱财给自己。在宦官们的蛊惑下，汉灵帝决定通过卖官来增加皇室的收入。

为此，汉灵帝专门在西邸设立了卖官机构。官职标价为：俸禄为二千石的官职2000万钱，俸禄为四百石的官职400万钱；如果德行好一些的可以打5折或者3折。已经在职的官员、准备升迁的官员，或者还没做官但已决定要任用的准官员，都要去西邸与皇帝议价，并被要求赞助修建宫殿。出钱多的官就做得大，升得也快，没有钱的就被遣散回家。后来汉灵帝又扩展到卖爵位，500万钱就可以买到关内侯爵位。

新任巨鹿郡太守司马直因有清名，费用减免之后还被责令交300万钱。

西邸鬻爵。汉灵帝于西邸中开设邸舍如市店般鬻卖官爵，正所谓"一人贪戾，一国作乱也"。

出自明·张居正《帝鉴图说》

司马直惆怅地说："为民父母，反而搜刮百姓，以满足当今所需，我心不忍啊！"于是托病辞官，上面不准，只得吞药自杀。

三公太尉、司徒、司空的标价是1000万钱。时任廷尉崔烈本来很有名望，但是他通过汉灵帝的保姆只花了500万钱就买来司徒一职。拜官之日，汉灵帝还懊悔地说："我后悔没坚持一下，本来可以卖到1000万钱的。"崔烈心中不安，一天问儿子崔钧："我位居三公，现在外面的人是怎么议论我的？"崔钧回答："父亲年少时就有美好的名望，又历任太守，大家都议论你应该官至三公。而如今你已经当了司徒，天下人却对你很失望。"崔烈追问何故。崔钧回答道："议论的人都嫌弃你有铜臭味。"说得崔烈很惭愧，这就是"铜臭"一词的由来。

张让还在汉宫西苑设"裸游馆"，专供汉灵帝淫乐。他甚至僭越规制，将自家庄园建得比皇宫还高，又担心汉灵帝责怪，挖空心思，编造了"天子不可登高，登高必遭大祸"的理由来吓唬皇帝。张让和另一个宦官头子赵忠将汉灵帝玩弄于股掌之间，以至于汉灵帝称"张常侍是我公，赵常侍是我母"，与宦官们须臾脱离不得。

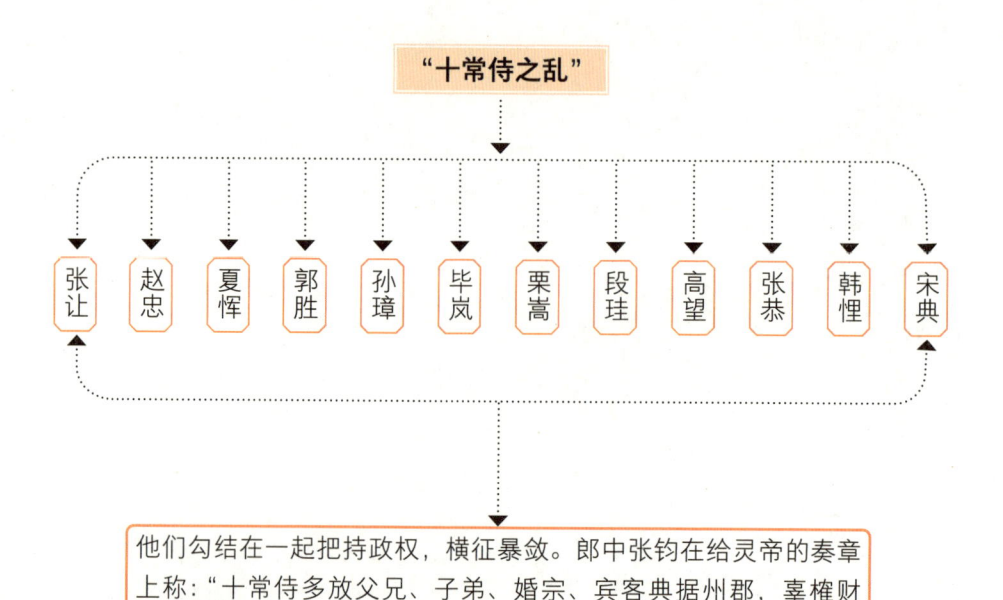

"十常侍之乱"

↓

| 张让 | 赵忠 | 夏恽 | 郭胜 | 孙璋 | 毕岚 | 栗嵩 | 段珪 | 高望 | 张恭 | 韩悝 | 宋典 |

他们勾结在一起把持政权，横征暴敛。郎中张钧在给灵帝的奏章上称："十常侍多放父兄、子弟、婚宗、宾客典据州郡，辜榷财利，侵略百姓，百姓之怨无所告诉，故谋议不轨，聚为盗贼。"

何进谋杀十常侍。出自明《全像三国志通俗演义》

何后之兄，无正以危汉室也——汉灵帝皇后何氏

张让、赵忠与夏恽、郭胜、孙璋、毕岚、栗嵩、段珪、高望、张恭、韩悝、宋典12位中常侍都被封侯，他们勾结在一起把持政权，横征暴敛，史称"十常侍之乱"。他们的父兄子弟遍布天下，横行乡里，祸害百姓，无官敢管。郎中张钧上奏灵帝，称："十常侍多放父兄、子弟、婚宗、宾客典据州郡，辜榷财利，侵略百姓，百姓之怨无所告诉，故谋议不轨，聚为盗贼"。

此处所谓"盗贼"，即指黄巾军。当时不仅宦官专政，横征暴敛，而且豪强大地主也在疯狂兼并土地，使得大量农民破产逃亡，成为流民。冀州巨鹿（今河北平乡县西南）人张角创立了太平道，自称"大贤良师"，与弟弟张梁、张宝同在河北传道，并借治病为名，秘密进行组织串联。中平元年（184年），各地太平道党徒同时起义，史称"黄巾起义"。经过9个月的战斗，黄巾起义才被官军镇压。但是在镇压起义的过程中，各地郡守逐渐掌握武装成为军阀，最终形成割据势力，使得东汉王朝的统治基础彻底动摇。

## 何蹇交锋

何蹇交锋是大将军何进与宦官之间的第一次交锋，结果何进获得胜利。汉灵帝对宦官的信赖已经达到不可理喻的程度，甚至临终前将继嗣大事都嘱托给宦官。汉灵帝有皇子刘辩和刘协，也就是"史侯"与"董侯"。

汉灵帝健在时，大臣们屡次请立太子，刘辩作为何皇后所生嫡长子是当然人选，因此呼声很高。但是汉灵帝因为怀念王美人，属意于刘协，于是屡屡以刘辩"轻佻，无威仪，不可为人主"为借口，将大家的意见驳回。但如果强行立刘协为皇储，这在情理上又说不过去，于是久议不决。

中平六年（189年）四月，年仅33岁的汉灵帝即将撒手人寰，此时皇储人选还未明确。直到临终前，汉灵帝才将刘协托付给担任上军校尉的宦官蹇硕，希望蹇硕在自己死后拥立刘协继位。

汉灵帝设立的西园八校尉中，包括上军校尉、中军校尉、下军校尉、典军校尉、左校尉、助军左校尉、右校尉和助军右校尉。上军校尉蹇硕统领诸校尉，总管各军，直接受命于皇帝，掌握兵权，连大将军何进都要忌惮三分。蹇硕统率的七校尉中，虎贲中郎将袁绍担任中军校尉，议郎曹操担任典军校尉。

蹇硕本来就对出身寒微的何进兄弟十分轻视，皇帝如此信任并亲自向自己托孤，蹇硕当然一口应承。蹇硕认为，何进身为大将军，是拥立刘协的最大障碍，只有将何进除掉，才能实现皇帝的遗愿。因此汉灵帝一死，蹇硕就事先做了安排，他在宫中埋伏甲士，准备借传达皇帝死讯的机会将何进召入皇宫后杀死。

何进听说皇帝驾崩，急匆匆地赶往皇宫，准备与何皇后商议，拥立外甥刘辩为新皇帝。快到皇宫门口时，突然遇见小宦官潘隐。潘隐虽在蹇硕手下担任司马，但平时与何进关系很好。潘隐频频以目示意何进宫中危险。何进猛然省悟，急忙以身体不适为理由退回，这才躲过杀身之祸。蹇硕计谋失败。

两天后，刘辩被何进等拥立即位，是为汉少帝。汉少帝改中平六年为光熹元年，尊母亲何皇后为皇太后。太后临朝，宣布大赦天下，封刘协为渤海王（后来又改封为陈留王）。同时，将军袁隗被任命为太傅，与大将军何进同录尚书事，共同辅政。

当时普天之下的百姓都对宦官非常痛恨，何进早有所知，加上蹇硕企图谋害自己，因此更为气愤，决心铲除宦官。在蹇硕手下担任中军校尉的袁绍出身于四世三公的大官僚家庭，与何进共同执政的袁隗是袁绍的叔叔。

作为名门望族子弟，袁绍耻于在宦官之下为官。他听说何进有除掉宦官的想法之后，立即委派亲信张津去作说客。张津劝何进说："黄门常侍权重已经很久了，又与长乐太后（汉灵帝的母亲董太后）专通奸利，将军应当选拔贤良的人才，整顿天下，为国家除害。"何进非常赞同张津的建议。他出身寒微，认为袁氏累世宠贵，海内众望所归，也希望得到袁氏的支持以巩固地位。

蹇硕听说何进与袁绍准备联合起来暗算自己，心中不安，特致一书向宦官首领赵忠求助，商量除掉何进。信中说："大将军何进兄弟执政专权，现在与天下党人谋划诛杀先帝左右亲近的人，只是因为我统领禁兵，所以暂时犹豫不决。现在应当共同把上阁关闭，抓紧将他捕杀。"送书的宦官郭胜与何进是同乡，何太后兄妹得有今日，郭胜在其中曾做了不少工作。

赵忠看到书信之后还在踌躇，郭胜却力劝他不要与何氏作对，又反手将蹇硕书信交给何进。何进忍耐不住，当即命令黄门令收捕蹇硕。蹇硕没想到何进下手会如此之快，猝不及防，无处可逃，只得束手就擒，结果当然是难逃一死，蹇硕所率领的军队也被何进接管。在与宦官的生死交锋中，何进侥幸获胜。

## 何董交锋

何董交锋即何氏外戚与董太后、董卓的交锋，何太后与董太后交锋先获胜，接着与董卓交锋彻底惨败。

董太后是汉灵帝的母亲。汉灵帝即位后，先追尊父亲解渎亭侯刘苌为孝仁皇，葬地坟茔也随之贵为"慎陵"，母亲董氏相应成为"慎园贵人"，后来又上尊号为"孝仁皇后"，并将她居住的洛阳南宫嘉德殿改称永乐宫，董氏因之称为"永乐太后"。皇太后窦妙死后，董太后作为皇帝的生母，开始干预朝政，其侄董重被任命为骠骑将军。

史书记载汉灵帝"卖官求货"是董太后的主意，后来发展到董氏也"自纳金钱，盈满堂室"。汉灵帝将皇子刘协交给董太后抚养，董太后多次劝汉灵帝立刘协为太子，由此引起何皇后的仇恨。何太后临朝，董重与何进争权，董太后（其实此时应该升格为"太皇太后"）也想干预政事，但是被何太后屡屡压制。

董氏愤怒至极，暗中发狠说："你现在之所以嚣张，只不过仗着你兄长掌权而已。哪一天我非让董重砍下何进的头不可。"何太后听说后，告知何进，于是何进与弟弟何苗以及朝廷其他官员联合上奏："孝仁皇后唆使故中常侍夏恽、永乐太仆封谞等相互勾结州郡，剥夺所在居处珍宝作为贿赂，悉数归入永乐宫。过去藩王之后不得留居京师，乘舆服饰也有一定的章则，饮食有一定的品位。现在应该请使臣将永乐后的宫室迁到她的封国去。"这样的奏章当然被何太后代表皇帝批示通过，于是何进派兵包围骠骑将军董重府邸，将董重拘捕后迫其自杀，永乐太后也在忧惧中"疾病暴崩"。

解决掉权力对手董氏外戚之后，何太后开始与宦官为伍，在皇宫过上了优哉游哉的生活；何进则继续与宦官为敌，在府邸紧锣密鼓地谋划铲除宦官大计。袁绍以窦武想诛杀宦官反为所害的深刻教训，建议何进果断决策，尽诛宦官。何进将自己的打算告诉何太后并寻求支持，谁知却被太后一口拒绝。宦官们得知后，纷纷向何进的母亲舞阳君和弟弟何苗行贿，舞阳君和何苗也帮宦官说话，称何进准备擅杀左右亲信，专权以削弱皇帝的权力，要何太后一定庇护宦官。

何进失去至亲的支持，只得又向袁绍请教。袁绍为何进谋划，召集四方猛将及大批豪杰引兵向京城进发，威胁何太后。本来诛灭宦官是一营武士就能办到的事情，袁绍竟出了这个馊主意，何进却以为是妙计，密诏一批诸侯分驻洛阳周围,既是向宦官示威,也是给何太后施加压力。何太后虽然感觉事态严重,但只是动员宦官们自己去向何进求情,争取赦免。何苗也劝说何进与宦官保持友好关系,以维护好不容易从屠户到贵戚的尊荣。

袁绍催逼,太后调和,使得何进越来越疑忌,难以决断。八月,何进入宫,再次请求太后决断,支持诛灭宦官。以张让为首的宦官决心拼个鱼死网破,等何进一离开何太后所居宫室,便被手执兵器的宦官们包围。宦官们咬牙切齿,责问一番后就将何进斩首,并将他的脑袋扔出墙外。在宫门外等候消息的袁绍、袁术等闻讯立即带兵入宫,将宦官全部杀光。何进的母亲舞阳君、弟弟何苗也因庇护宦官而被忠于何进的部下乘乱杀死。

张让、段珪等劫持汉少帝及陈留王逃出洛阳,在黄河渡口小平津(今河南洛阳市孟津区东北)被朝廷官员追赶,张让、段珪等走投无路,投河而死。汉少帝与陈留王在此巧遇奉何进密诏引兵入京的董卓,董卓参见汉

何后之立,天正以危汉室也——汉灵帝皇后何氏

董卓议立陈留王。出自明《全像三国志通俗演义》

少帝，询问事变经过。汉少帝结结巴巴，语无伦次，倒是陈留王刘协向董卓条理清晰地讲述了事变的前因后果。董卓认为刘协是董太后抚养长大，董太后与自己同姓，因此产生废立之意。汉少帝平安还宫后，改光熹年号为昭宁。

董卓进京以后，以军事实力为后盾，自任司空，强势介入中央政权。四天后，董卓在朝堂上肆无忌惮地说："皇帝暗弱，不可以奉宗庙，为天下主。今欲依伊尹、霍光故事，更立陈留王。"在场官员慑于董卓淫威，敢怒而不敢言。于是汉少帝下殿，被贬封为弘农王，北面称臣；陈留王刘协被立为新皇帝，是为汉献帝，改昭宁年号为永汉。

何太后作为母亲，目睹此情此景，唯有"鲠涕"而已。当然她"鲠涕"中也含有不再临朝、失去权势的悲怆成分。两天后，董卓又在汉献帝面前打亲情牌，追究何太后迫害董太后致死的行为，说是"逆妇姑之礼，无孝顺之节"，责令何太后迁居永安宫。

不久之后，汉少帝与何太后陆续被董卓杀害，何太后被追谥为"灵思皇后"。史书记载，汉少帝刘辩接到董卓送来的毒酒后，与妻唐姬悲伤地诀别，并唱道："天道易兮我何艰！弃万乘兮退守藩。逆臣见迫兮命不延，逝将去汝兮适幽玄！"唐姬也起舞而歌道："皇天崩兮后土颓，身为帝兮命夭摧。死生路异兮从此乖，奈我茕独兮心中哀！"令人痛感万分。

年底，汉献帝"诏除光熹、昭宁、永汉三号"，恢复当年年号，仍为中平六年，这也是汉武帝创制年号规制330年后，首次出现一年之内四改年号的奇葩现象。正是这一年，皇太后临朝称制的政治体制在东汉正式终结。

其后董卓挟天子以令诸侯，关东诸侯群起申讨，董卓焚毁洛阳，迁都长安，东汉尚未灭亡，历史却已拉开三国时代的序幕。因此，明末清初小说家丁耀亢的《天史》将东汉灭亡的责任溯源于何进与何后兄妹亦不为过。

## 临朝瞬间　郭太后由"令"改"制"

魏明帝皇后郭氏是三国后期曹魏政坛上颇具"影响力"的人物。她成为皇太后之后，本已在深宫与世无争地颐养天年，却由于政局动荡，屡屡被人抬出来称"令"。

郭氏出身凉州大族西平郭氏家族，魏文帝时因西平郡反叛被没入皇宫，后来受魏明帝宠爱，被封为夫人。景初二年（238 年）被立为皇后。次年，魏明帝去世，8 岁的太子曹芳继位，由曹爽和司马懿辅政，郭氏虽被尊为皇太后，但基本没她什么事。太后虽非皇帝生母，但与皇帝生活在一起，曹爽担心她对皇帝产生影响，后来将她软禁于永宁宫，隔断她与皇帝的来往。

嘉平元年（249 年）正月，曹爽陪同曹芳祭谒魏明帝高平陵，司马懿发动高平陵政变，"以皇太后令，闭诸城门"，从此曹氏魏国政归司马氏。郭太后此后成为司马氏的工具，需要的时候就抬出来称一回"令"。

嘉平六年（254 年），张皇后父亲张缉等企图除掉司马师，计谋败露后被灭族，司马师强令曹芳将张皇后废黜。司马师犹不解恨，于九月"以皇太后令召群臣会议"，欲废曹芳，改立彭城王曹据。曹据是曹操之子，于魏明帝是叔辈，郭太后抵制说："彭城王，我之季叔也，今来立，我当何之！且明皇帝当绝嗣乎？"在郭太后的坚持下，司马氏只得拥立魏明帝侄高贵乡公曹髦为新皇帝。司马氏向郭太后索要玺绶，郭太后拒绝，直到曹髦亲自来拜见，她才将玺绶授给即将即位的新皇帝。

景元元年（260 年）五月，因"司马昭之心，路人皆知"，曹髦亲讨司马昭被弑。又是司马昭以"皇太后令"，"罪状高贵乡公，废为庶人，葬以民礼"，改立曹奂，是为魏元帝。为了答谢郭太后的"配合"，此后皇太后的令书皆称"诏制"。郭太后第一个"诏制"就是批准"司马昭固让相国、晋公、九锡之命"。

景元四年（263 年）十二月，郭太后去世，谥为"明元皇后"，与魏明帝合葬于高平陵。郭太后既被司马氏作为傀儡，同样也被忠于曹氏的司马氏敌对势力用作工具。正元二年（255 年）正月，镇东将军、都督扬州诸军事毋丘俭和扬州刺史文钦"矫太后诏，起兵于寿春（今安徽寿县），移檄州郡，以讨司马师"。咸熙元年（264 年），魏已灭蜀，郭太后已薨，钟会叛魏，却在成都"为太后发哀于蜀朝堂，矫太后遗诏，使会起兵废司马昭"。

何后之立，天正以危汉室也——汉灵帝皇后何氏

反观蜀、吴，虽有幼主为帝，但无太后称制之说。蜀汉后主刘禅即位时年17岁，直接以诸葛亮为"相父"辅政。东吴会稽王孙亮10岁即位，吴大帝孙权临终前，"征大将军诸葛恪为太子太傅，会稽太守滕胤为太常，并受诏辅太子"。孙亮被权臣孙綝废黜后，继任者吴景帝孙休是孙綝派人迎到建业（今江苏南京市）即位的。

孙休去世，太子年幼，因"蜀初亡"，东吴"国内震惧，贪得长君"，孙休的侄子孙皓成为继任人选，群臣只是象征性地征求一下朱皇后意见。朱氏云："我寡妇人，安知社稷之虑。苟吴国无陨，宗庙有赖可矣。"于是吴末帝孙皓即位。

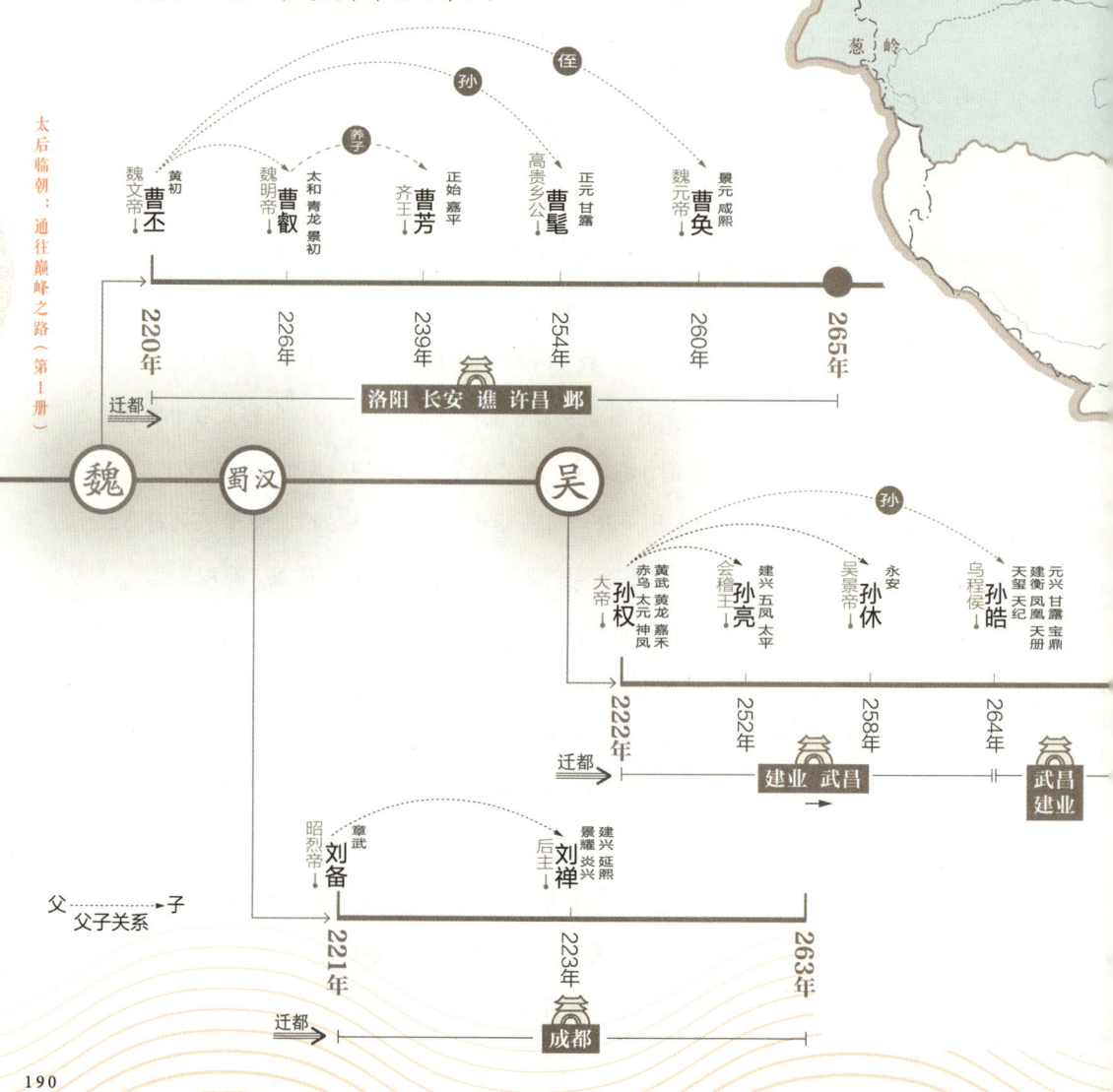

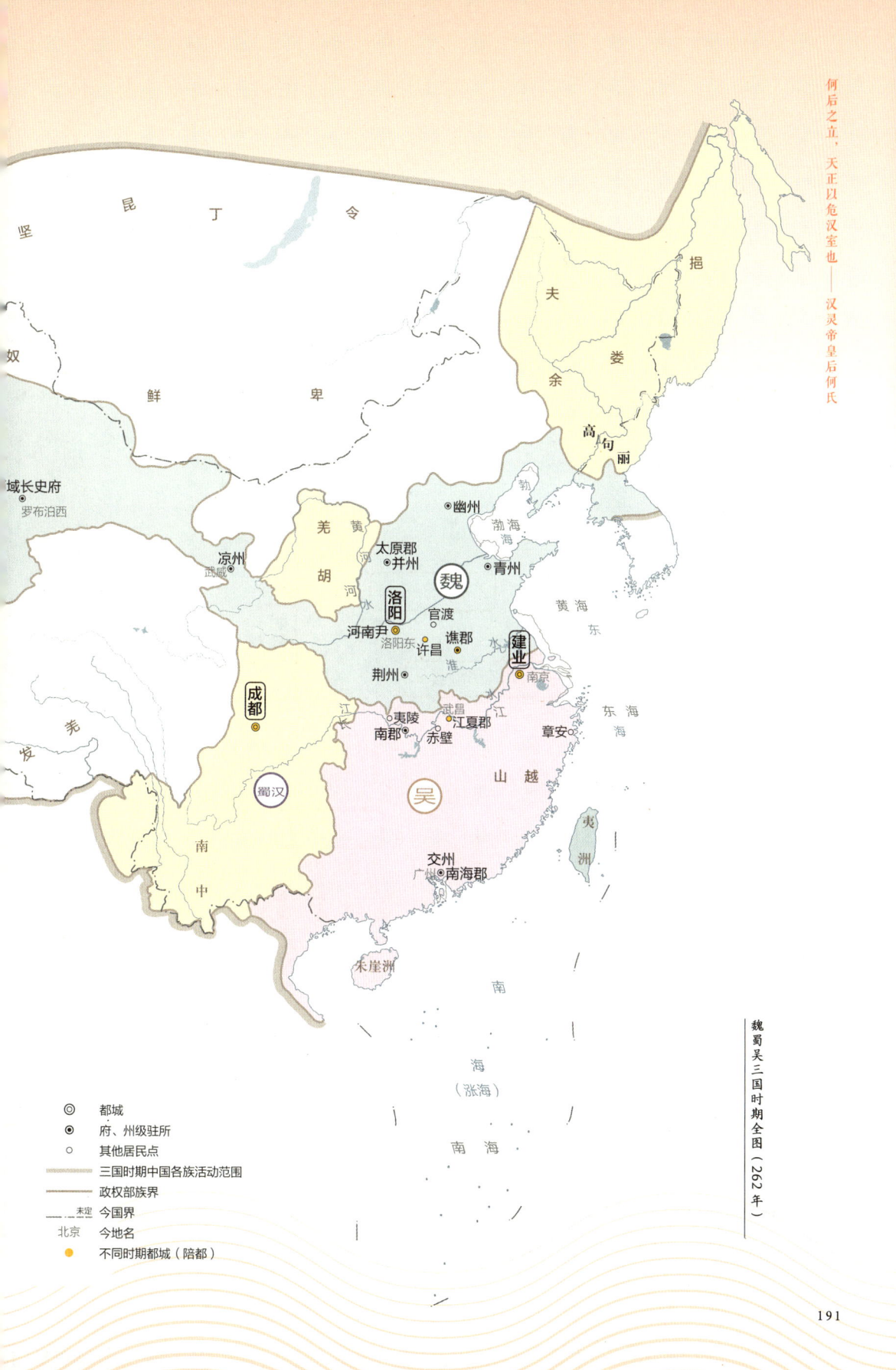

何后之立，天正以危汉室也——汉灵帝皇后何氏

魏蜀吴三国时期全图（262年）

- ◎ 都城
- ⊙ 府、州级驻所
- ○ 其他居民点
- —— 三国时期中国各族活动范围
- —— 政权部族界
- —— 今国界
- 北京 今地名
- ● 不同时期都城（陪都）

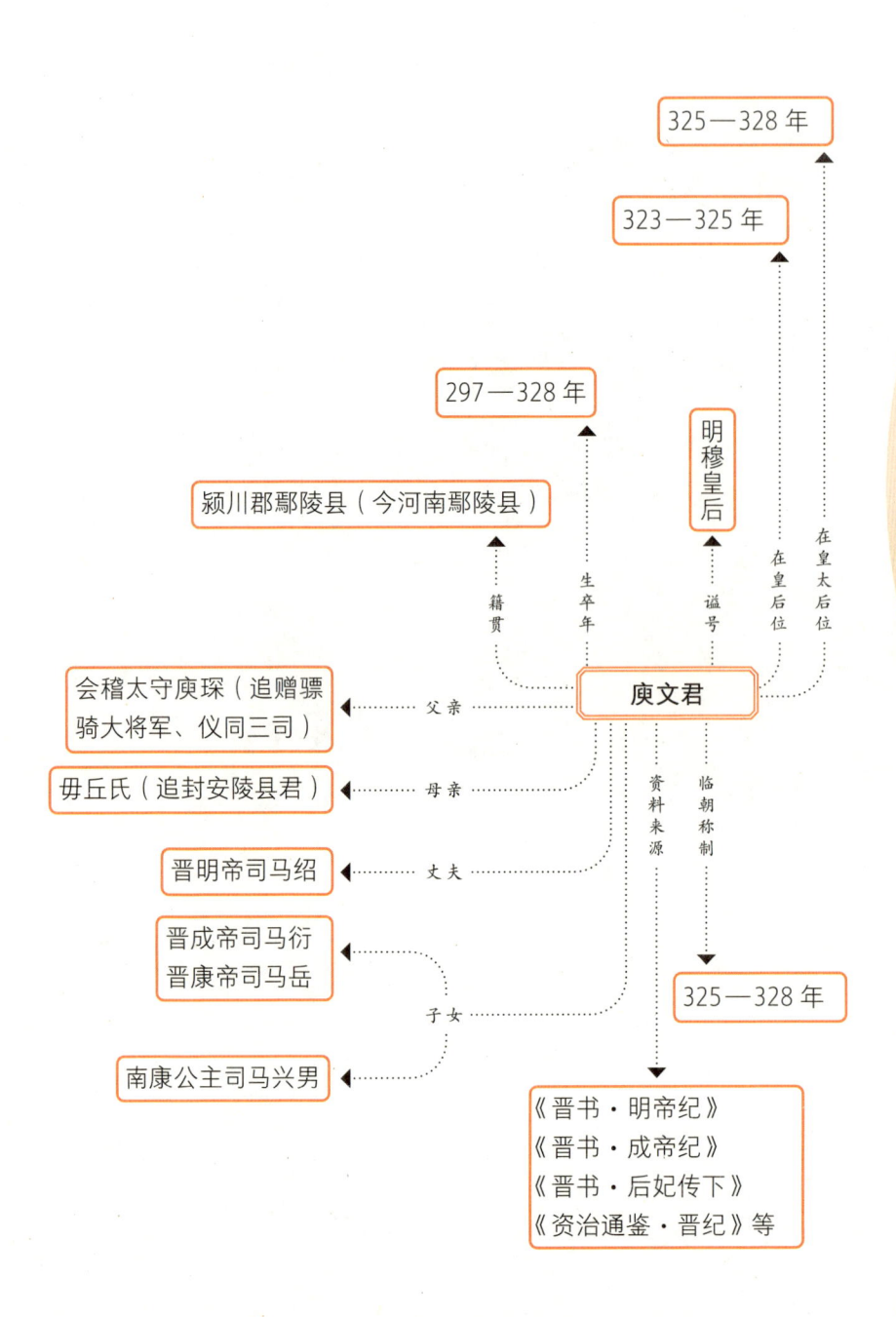

```
                                                            325—328 年
                                                                ↑
                                                                │
                                                       323—325 年
                                                           ↑
                                                           │
                                                           │
                    297—328 年                             │
                         ↑                                 │
                         │        明                       │
       颍川郡鄢陵县（今河南鄢陵县）  穆                      │
                ↑              皇   │                     │
                │              后   │                     │
                │               ↑   │                     │
              籍            生  │   谥  在   在
              贯            卒  │   号  皇   皇
                            年  │       后   太
                                │       位   后
                                │           位
   会稽太守庾琛（追赠骠                                 
   骑大将军、仪同三司）  ←── 父亲 ── 庾文君
                                    ↑
   毋丘氏（追封安陵县君）  ←── 母亲 ──│
                                    │   临
                                    │   朝
   晋明帝司马绍  ←──── 丈夫 ───────│   称
                                    │   制
   晋成帝司马衍                      资
   晋康帝司马岳  ←──── 子女 ──────  料
                                    来
                                    源
   南康公主司马兴男 ←────────────── │
                                    ↓
                                 325—328 年

                                 《晋书·明帝纪》
                                 《晋书·成帝纪》
                                 《晋书·后妃传下》
                                 《资治通鉴·晋纪》等
```

# 辞让数四，不得已而临朝摄万机
## ——晋明帝皇后庾文君

晋明帝皇后庾文君入宫之前是位名媛淑女，成为太后之后，她"辞让数四，不得已而临朝摄万机"，虽有权势却并不使用，虽然临朝却并不执政，因此在身后留给世人的印象仍然是"名媛淑女"。

## 郎才女貌

晋明帝司马绍与皇后庾文君是相当般配的一对夫妻，堪称郎才女貌。他俩结婚的时候，司马绍的身份既不是皇帝，也不是太子，仅仅是琅琊王世子。那时候还是西晋时期，琅琊王只是一个普通藩王，类似他那样的藩王世子在西晋有几十个。

司马绍的父亲司马睿是司马懿的曾孙。西晋建立后，司马睿的祖父司马伷先封东莞王，王都东莞县在今山东沂水县。后来改封琅琊王，王都开阳县在今山东临沂市区。太熙元年（290年），司马睿袭封琅琊王。八王之乱前期，司马睿积极参与，后来因作战失利回到封国。晋怀帝即位，拜司马睿为安东将军，都督扬州诸军事。

司马睿在王导的建议下，南渡建邺（今江苏南京市），晋王朝的政治中心由此逐渐转移到江东。永嘉之乱中，晋怀帝在都城洛阳被掳，晋愍帝在长安即位，司马睿所据的政治中心建邺也因避晋愍帝司马邺之讳而改名建康。晋愍帝拜司马睿为丞相、大都督中外军事，指望司马睿勤王救驾，司马睿却忙着培植自己的势力，哪有心思眷顾朝廷之事。司马睿与庾氏联姻就是其发展壮大个人势力的措施之一。

庾氏祖籍颍川郡鄢陵县（今河南许昌鄢陵县），虽非世家大族，但也具有一定影响。庾文君的父亲庾琛于晋怀帝时担任建威将军，后来卒于会稽太守任上。其兄庾亮年轻时担任司马睿的幕僚。据说最初别人将庾亮引荐给司马睿时，因为庾亮姿容俊美，善谈玄理，且举止严肃遵礼，在仪表、谈吐、学问等方面都超过司马睿对人才的期望，于是深得司马睿信任，"甚器重之"，被任命为王府西曹掾，负责王府内官吏署用，相当于司马家的组织部部长，专门为司马家网罗人才。

后来，司马睿听说庾亮有个妹妹庾文君，由兄及妹，他想此女一定很不错，便做主替儿子司马绍纳聘为妇。司马绍出生于晋惠帝元康九年（299年），庾文君比司马绍大两岁。起初庾亮再三推辞，但是司马睿坚持要聘，婚事就这样定了下来。于是琅琊王世子司马绍娶庾文君为妃。当时太子和世子的正妻都称"妃",太子正妻称"太子妃",世子正妻称"世子妃"。他们结婚的时间应该在西晋灭亡之前。

庾亮"风情都雅",其妹庾文君也是"美姿仪",她在当时堪称江南名媛、世家淑女。司马绍从小聪明过人,深得司马睿宠爱。据说他四五岁时,有一天坐在司马睿膝上嬉耍,正逢都城长安有使者来。司马睿问司马绍:"你说太阳与长安,哪个近哪个远?"司马绍答道:"是长安近。"当被问及原因时,他回答:"从来没听说过会有人从太阳那儿过来。"

第二天,司马睿设宴款待使者,臣僚们陪坐一旁。司马睿召司马绍进殿再次问道:"究竟是长安近,还是太阳近?"司马绍却回答说:"太阳近。"于是司马睿不高兴地问他:"昨天你说长安近,为何今日改口呢?"司马绍从容回答:"抬头就能看见太阳,而如何能见到长安呢?"他巧妙地把父亲比作太阳,司马睿一听,又惊又喜,臣僚们也一致称赞,说他是难得的神童。

西晋灭亡后,司马睿于建武元年(317年)三月在建康即位为晋王,司马绍的身份由琅琊王世子变更为晋王太子,庾文君的身份也由琅琊王世子妃相应成为晋王太子妃。次年三月,司马睿闻晋愍帝死讯,于是在建康即皇帝位,改元太兴,是为东晋第一个皇帝——晋元帝。司马绍成为皇太子,庾文君相

司马懿像

晋元帝司马睿像

应成为皇太子妃。

司马绍与庾文君成婚后，庾亮成为司马绍的大舅哥，庾亮比司马绍年长10岁，两人的共同语言肯定比庾亮与司马睿之间要多。为培养未来的皇帝，晋元帝拜博学多才的庾亮为中书郎，负责著作事务，并在东宫侍讲。这使庾亮与司马绍的交往更为密切，时人说他们是"布衣之交"，这并不是说他们是贫寒朋友，而是形容他们像穷朋友那样经常接触。

当时处于乱世，晋元帝将《韩非子》赐给司马绍，希望他今后能以法家思想治理国家。而庾亮认为，申不害、韩非子的刑名权术之学严厉而苛刻，有伤礼义教化。作为皇储，司马绍不应该以此治国。对此司马绍极为赞同。

## 王敦之乱

永昌元年（322年）闰十一月，时已进入公元323年年初，晋元帝去世，司马绍继位，是为晋明帝。当年六月（已改元太宁元年），庾文君被册立为皇后。

晋元帝之死是王敦之乱的结果。西晋灭吴以后，南方士族遭到排斥，仕进困难，因此对司马皇室很不满意。司马睿初镇建康时，没有名望，所依靠的力量只有琅琊王氏，江南士族以至平民百姓对他并不怎么理会。王导劝司马睿道："顾荣、贺循都是此地颇具名望的人，应当结交他们来收服人心。只要他俩来了，就没有不来的人。"于是司马睿就命王导亲自造访顾荣与贺循，结果二人都应召而至。由此吴地人才归附，百姓归心。

东晋建立以后，王导与其从兄王敦都成为开国功臣，受到重用。王导在朝廷掌握朝政，王敦在建康上游担任荆州刺史控制军事，形成东晋初期"王与马，共天下"的政治格局。

司马睿希望削减琅琊王氏的影响力，不仅有意与王氏疏远，同时还提拔刘隗、刁协等人，对王氏进行制衡，这引起王敦的强烈不满。这年正月，王敦决意举兵叛乱，他以"清君侧"为名，从武昌（今湖北鄂州市）起兵，顺流而下，直捣建康。司马睿大怒，下诏定王敦为"大逆"，表示要亲率六军与其决战。刘隗、刁协等请求司马睿诛杀留在建康的王氏族人，却被司马睿

辞让数四，不得已而临朝摄万机——晋明帝皇后庾文君

庾亮系晋明帝皇后庾文君之兄，晋成帝即位后，以国舅身份辅政，是东晋名臣、名士。出自明宣德《御制外戚事鉴》

拒绝。王导也率宗族子弟 20 多人，每日至台城待罪，最终得到司马睿宽恕。

当时门阀士族对王敦起兵态度暧昧，以致王敦起兵不久就顺利占据了都城外围的石头城，进逼宫阙。司马睿命刘隗等率部反攻，结果大败而回。

太子司马绍亲披战袍，带领数百名禁军登上战车，打算出宫督战，却被部将劝阻："殿下是国家储君，怎能轻易冒死出战，自弃社稷？"司马绍坚持要出兵，部将抽出宝剑砍断了缰绳，司马绍只得下马。刘隗、刁协等兵败后，司马睿只得让他们逃离建康，自寻生路。

"君侧"已清，但王敦继续拥兵石头城，不仅不去觐见晋元帝，反而纵兵四掠，建康大乱。司马睿无奈，只得遣使者向王敦求和，他还带信给王敦说"如不肯撤兵，我当归回琅琊王府邸，让位于卿"，但被王敦拒绝。司马睿命公卿百官到石头城拜见王敦，宣告王敦等人无罪，并以王敦为丞相、都督中外诸军事、录尚书事、江州牧，封武昌郡公，食邑万户。朝政大权于是尽归王敦，司马睿被架空。

因为司马绍一直主战，王敦威胁司马睿废掉司马绍的皇储地位，改立其幼子为皇太子。他在朝堂上责问大臣："皇太子有什么功德值得称道？"大臣们以太子仁孝、并无过错为由而一致反对，王敦只得作罢。不久王敦"不朝而去"，回镇武昌，遥控朝政。司马睿不堪忍受王敦的专横跋扈，不久就忧愤交加，卧床不起。是年底，47岁的晋元帝去世，因身边再无可信任之人，只得遗命王导辅政。

司马绍继位，庾文君顺理成章地成为皇后，庾文君所生长子司马衍后来被立为皇太子。晋明帝册封皇后的诏书对庾文君大加褒扬，说庾文君先前奉承圣命，在东宫作嫔妃，恭行妇道，恩爱有礼，行事忠信，心思顺从，以此成就和谐之道；协助端正后宫秩序，有着和协道德的美名。

接着册封诏书说明了庾文君被立为后的理由：我过去经历了不幸，孤单得像是在害病。众公卿考查了以往朝代，都以推崇嫡亲、辨明正统为重，并记载在典籍中，故应该建皇后宫，以此来供奉宗庙。我追述先帝的愿望，不废弃旧有的命令，因此派使者持节赠皇后玺绶。

最后还对庾文君寄予期望：女性之德崇尚阴柔，妇道要奉承婆母，崇敬祭祀礼节，看重多子多孙的道义。因此永远保持贞节，就能光大皇家基业，做天下母亲的典范，推行后宫教化。借鉴六传，稽考典籍，祸福不定，盛衰在人，虽被赞美而不自恃。最后还勉励庾文君："要恭敬啊，怎么能不慎重！"

## 四让临朝

晋明帝即位后，王敦谋求篡位，于是移镇距离建康很近的姑孰（今安徽马鞍山市当涂县姑孰镇）。太宁元年（323年）六月，王敦病危，于是以其兄王含为元帅，领兵进击建康，企图在临死前过一回皇帝瘾。晋明帝早就部署了军队防备，结果王含军队被击败，王敦亦惊惧而死，历时一年半的王敦之乱终被平定。晋明帝继续重用王导，停止追究王敦党羽，维持了与江东士族的和谐关系，东晋局势开始稳定，这也体现了晋明帝的过人之处。

在重用王导的同时，庾文君之兄庾亮被任命为中书监，相当于宰相。王导因为他的从兄王敦叛乱，一直心里不安。庾亮被重用后，王导主动处处谦让退避，让庾亮掌握实权。这时"王与马，共天下"的局面虽然还在江左维持，但庾氏家族的兴起，已对这种体制形成了冲击。

晋明帝年轻有为，可惜天不假年。太宁三年（325年）闰八月，晋明帝英年早逝，年仅27岁。皇太子司马衍嗣位，是为晋成帝，庾文君被尊为皇太后。司马衍出生于大兴四年（321年）年底，即位时年仅五岁，不能听政。于是群臣集体上奏道，"天子幼冲，宜依汉和熹皇后故事"，让庾文君临朝称制。但是庾文君对政治不感兴趣，反复推辞，最后"辞让数四，不得已而临朝摄万机"，于是庾文君成为晋朝建国60年来第一位临朝称制的皇太后。此前西晋惠帝皇后贾南风虽然以一代悍后控制朝政，但她专权是利用皇帝丈夫的痴呆懦弱，并不具有临朝的名分。

晋明帝临终前安排了七位大臣接受遗诏辅政，其中核心人物是司徒王导和中书令庾亮。王导由于王敦的缘故，遇事一概退让。庾文君也很倚重亲兄庾亮，因此内外大权统统掌于庾亮一人之手，庾太后并不做主，只是在后宫中平静度日。有些大臣提出应该追封庾太后父母，也被庾文君坚决推辞。如同临朝称制"辞让数四"一样，这些奏本也是几番上呈，几番被拒，庾文君就是不肯批准。

庾亮当政后，一方面排斥王导；另一方面对盘踞长江上游握有重兵的荆州刺史陶侃及历阳（今安徽和县）镇将苏峻产生疑虑，最终引发了苏峻

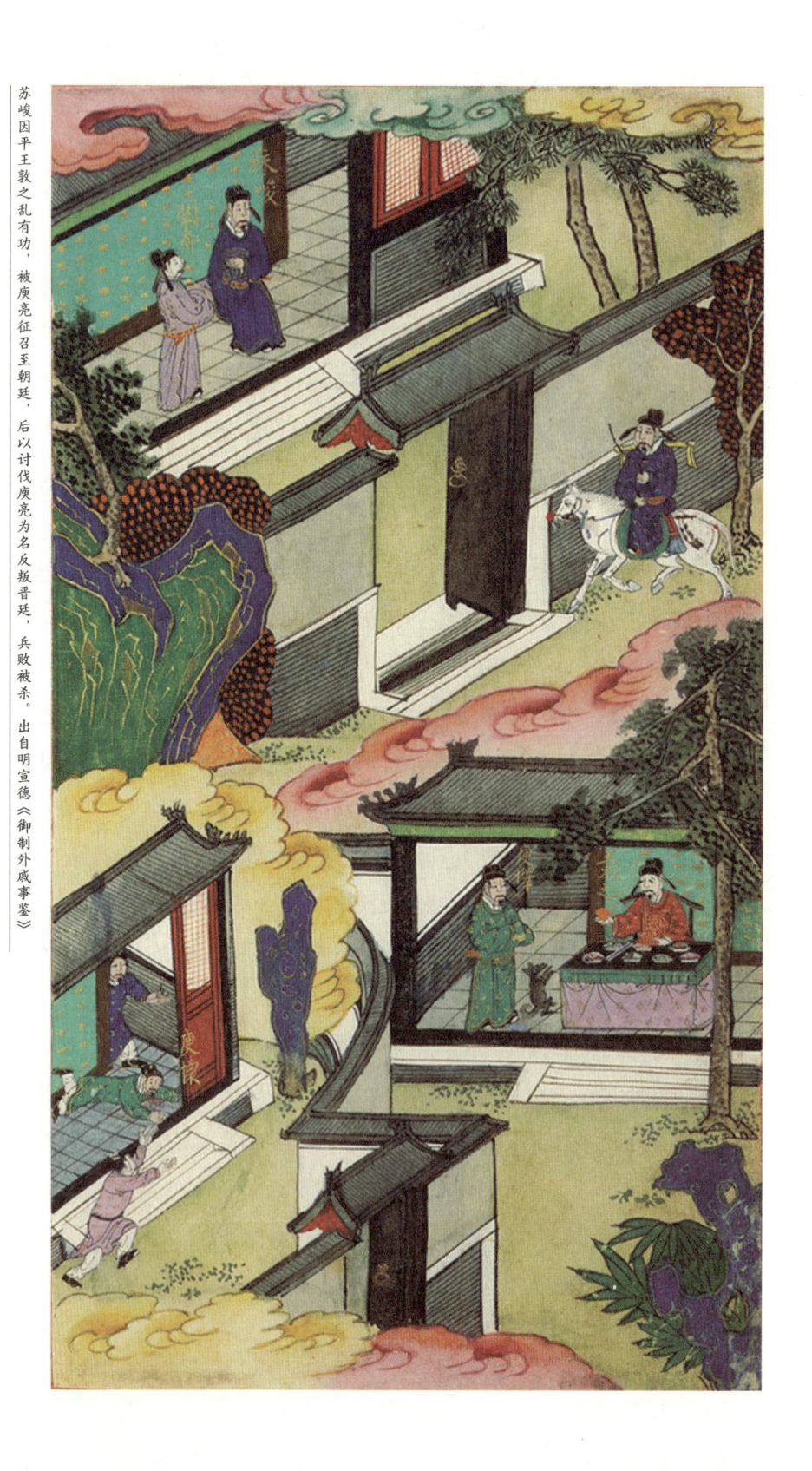

苏峻因平王敦之乱有功，被庾亮征召至朝廷，后以讨伐庾亮为名反叛晋廷，兵败被杀。出自明宣德《御制外戚事鉴》

太后临朝：通往巅峰之路（第1册）

之乱。在平定王敦之乱时，苏峻曾立有战功，因此被升任历阳内史，手下有精兵万人，并不听命于庾亮。

咸和二年（327年）十月，庾亮为解决隐忧，下定决心征召苏峻入朝以削夺其兵权。此举遭到举朝反对，但庾亮固执己见，认为即使真的将苏峻逼反，也是小祸。如果等到数年后造反，那将难以抑制。苏峻听闻庾亮的打算后，派人向庾亮明确表示，不愿入朝，但被庾亮拒绝，庾亮还安排历阳周围的将领对苏峻进行监视。庾亮的行为终于逼反了苏峻。这年年底，苏峻率军攻占姑孰，尽取朝廷在这里囤积的盐、米，京师被迫戒严。

次年二月，苏峻攻破建康，一举占领宫城，纵兵抢掠官库，乱兵甚至"麾戈接于帝座，突入太后后宫"。庾文君不堪忍受苏峻乱兵侵逼，"遂以忧崩"，年仅32岁，谥号为"明穆皇后"。为此，民国史学家、小说家蔡东藩在其《两晋演义》中写诗叹息，并归责于其兄庾亮："汹汹乱党入宫城，母后遭凶饱受惊。三十二年悲短命，九原应自怨亲兄。"

苏峻自称骠骑将军，录尚书事，迁晋成帝于石头城，朝廷政事皆由苏峻自己掌控。国难当头之际，庾文君虽不过问宫外政事，但是屡屡被作为"偶像"抬将出来。庾亮从建康逃亡至寻阳（今江西九江市）后，便宣太后诏，组织抵抗。不久王导亦下密令，以"太后诏谕三吴吏士，使起义兵救天子"。直到次年二月，苏峻之乱才被完全平定。事后庾亮引咎自愿出镇芜湖，其实他仍在遥控朝政，而王导则留在朝中辅政。

庾文君与晋明帝有两子一女，长子是晋成帝司马衍，幼子是晋康帝司马岳，女儿是南康公主司马兴男。咸康八年（342年），晋成帝病危，其子司马丕和司马奕年幼，尚在襁褓之中，庾文君之弟庾冰担心，皇帝换代会使自己与皇帝之间的亲属关系疏远，劝说晋成帝册立长君，以司马岳为皇位继承人，得到晋成帝的同意。

晋康帝司马岳即位后，庾冰作为国舅继续辅政，控制东晋政权。直到晋穆帝永和元年（345年），庾文君幼弟庾翼去世，庾氏家族后继乏人，才终被桓氏取代。庾文君的女儿南康公主司马兴男嫁给桓温，生子桓玄，桓玄一度篡晋称帝，建立"桓楚"。司马兴男去世后被桓玄追封为"宣皇后"。

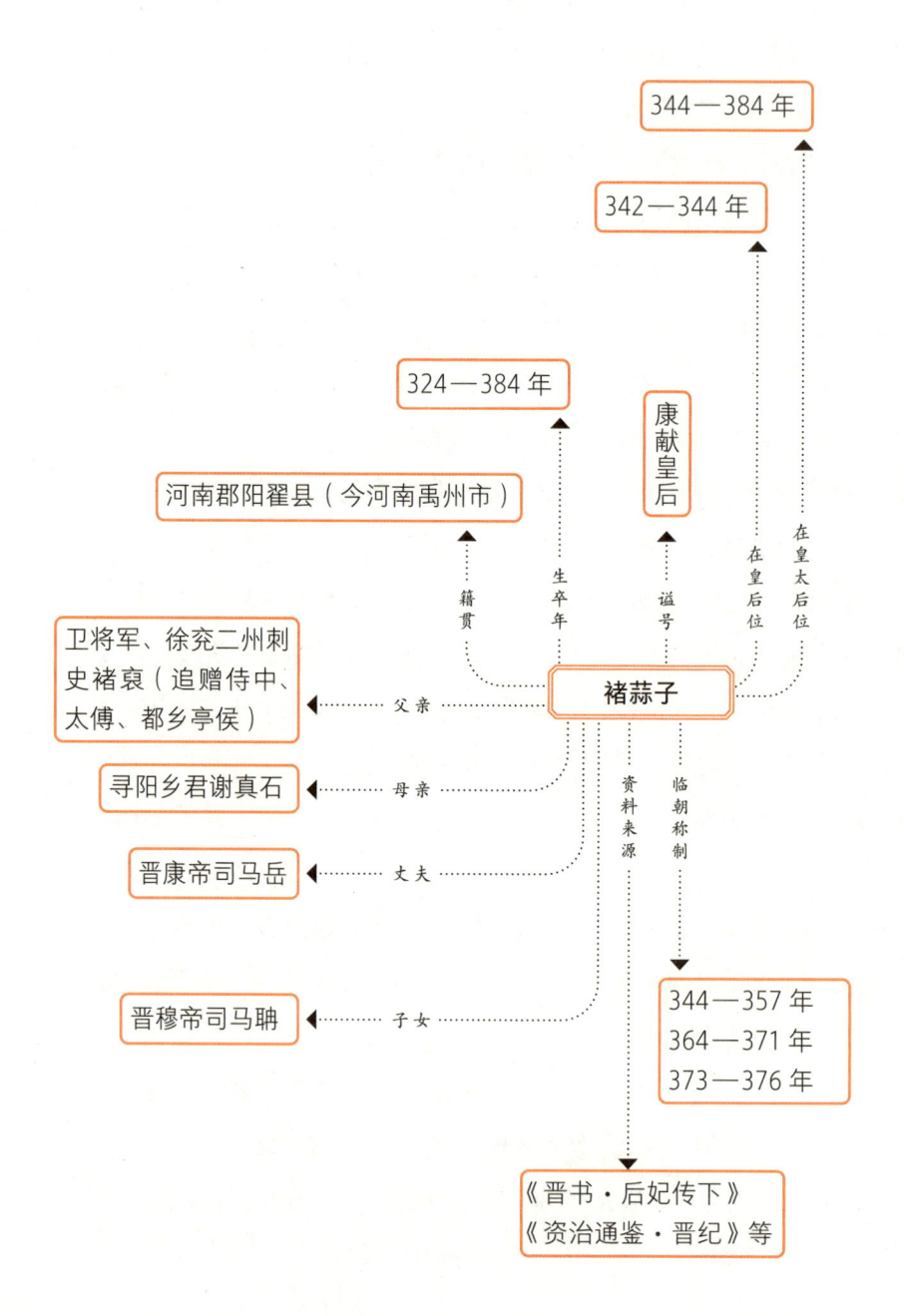

```
                                                        344—384 年
                                                            ↑
                                                            ┊
                                                        342—344 年
                                                            ↑
                                                            ┊
                            324—384 年                      ┊
                                ↑         康                 ┊
                                ┊         献                 ┊
                                ┊         皇                 ┊
    河南郡阳翟县（今河南禹州市）   ┊         后                 ┊
                      ↑         ┊          ↑     在          在
                      ┊         ┊          ┊     皇          皇
                      ┊         ┊          ┊     后          太
                      ┊         生         谥    位          后
                      籍        卒         号                 位
                      贯        年
卫将军、徐兖二州刺
史褚裒（追赠侍中、  ◄┈┈┈ 父亲 ┈┈┈  ┌─────────┐
太傅、都乡亭侯）                   │  褚蒜子  │
                                   └─────────┘
    寻阳乡君谢真石   ◄┈┈┈ 母亲 ┈┈┈┘   ┊    ┊
                                         ┊    ┊
                                         ┊    临
     晋康帝司马岳    ◄┈┈┈ 丈夫 ┈┈┈       资   朝
                                         料   称
                                         来   制
                                         源    ↓
                                              344—357 年
     晋穆帝司马聃    ◄┈┈┈ 子女 ┈┈┈       ┊   364—371 年
                                         ┊   373—376 年
                                         ↓
                                     《晋书·后妃传下》
                                     《资治通鉴·晋纪》等
```

# 不距群情，固为国计
## ——晋康帝皇后褚蒜子

东晋时期的皇后（皇太后）大都无声无息，唯有晋康帝皇后褚蒜子由于"不距群情，固为国计"，三次临朝，经历六帝，在中国皇太后临朝的历史上破了一个纪录。其中有一次还是以嫂子皇太后的身份临朝，这在中国历史上也极为少见。临朝期间，她驾驶着东晋这艘"破船"，摇摇晃晃地一次次闯过危机，驶向彼岸。如果对女子执政不抱任何偏见的话，褚蒜子可以算作中国历史上一位杰出的女性政治家。

## 王妃立后

褚蒜子成为皇后亦是偶然，之前她的身份是琅琊王王妃。她的丈夫晋康帝司马岳即位前的身份是琅琊王。晋明帝两个儿子晋成帝司马衍和晋康帝司马岳都是皇后庾文君所生，司马衍比司马岳只年长两岁。太宁三年（325年）三月，4岁的司马衍被立为皇太子。同年闰八月，晋成帝司马衍继位。次年十月，3岁的司马岳被晋成帝封为吴王。又次年，晋成帝将叔父司马昱由琅琊王改封为会稽王，将弟弟司马岳由吴王改封为琅琊王。

吴王、琅琊王、会稽王，这几位王爵对司马皇室意味着什么呢？答案是几乎与皇位只有一步之遥。

先说吴王。两晋历史上只有两位吴王，即西晋吴王司马晏和东晋吴王司马岳。司马晏是晋武帝之子，晋惠帝和晋怀帝的异母兄弟，晋愍帝的父亲。司马岳是晋明帝之子，晋成帝之弟。

再说琅琊王。西晋时琅琊王只是再普通不过的王爵，但自司马睿以琅琊王身份成为东晋开国皇帝之后，琅琊王的身份被无限拔高，贵不可言。司马睿首先封儿子司马裒为琅琊王。在司马睿的心目中，司马裒的地位高于晋明帝司马绍。在立储问题上，司马睿最早属意于司马裒。

他和王导交流立储问题时，曾说过"立子以德不以年"，即册立太子应该根据德行，而不能根据年龄。但王导并不赞同司马睿的观点，他说司马绍和司马裒"俱有朗隽之目，固当以年"。于是司马绍被立为太子，司马裒降求其次，被封为琅琊王。

司马裒死后，其子司马安国嗣位。然而，司马安国早夭。接着司马睿陆续封自己的儿子司马焕、司马昱为琅琊王。司马昱后来也成为东晋皇帝，即晋简文帝。

司马岳由吴王改封琅琊王时，他已经是东晋第五位琅琊王了。后来晋哀帝司马丕、晋废帝司马奕、晋恭帝司马德文即位之前都有琅琊王封爵的履历。

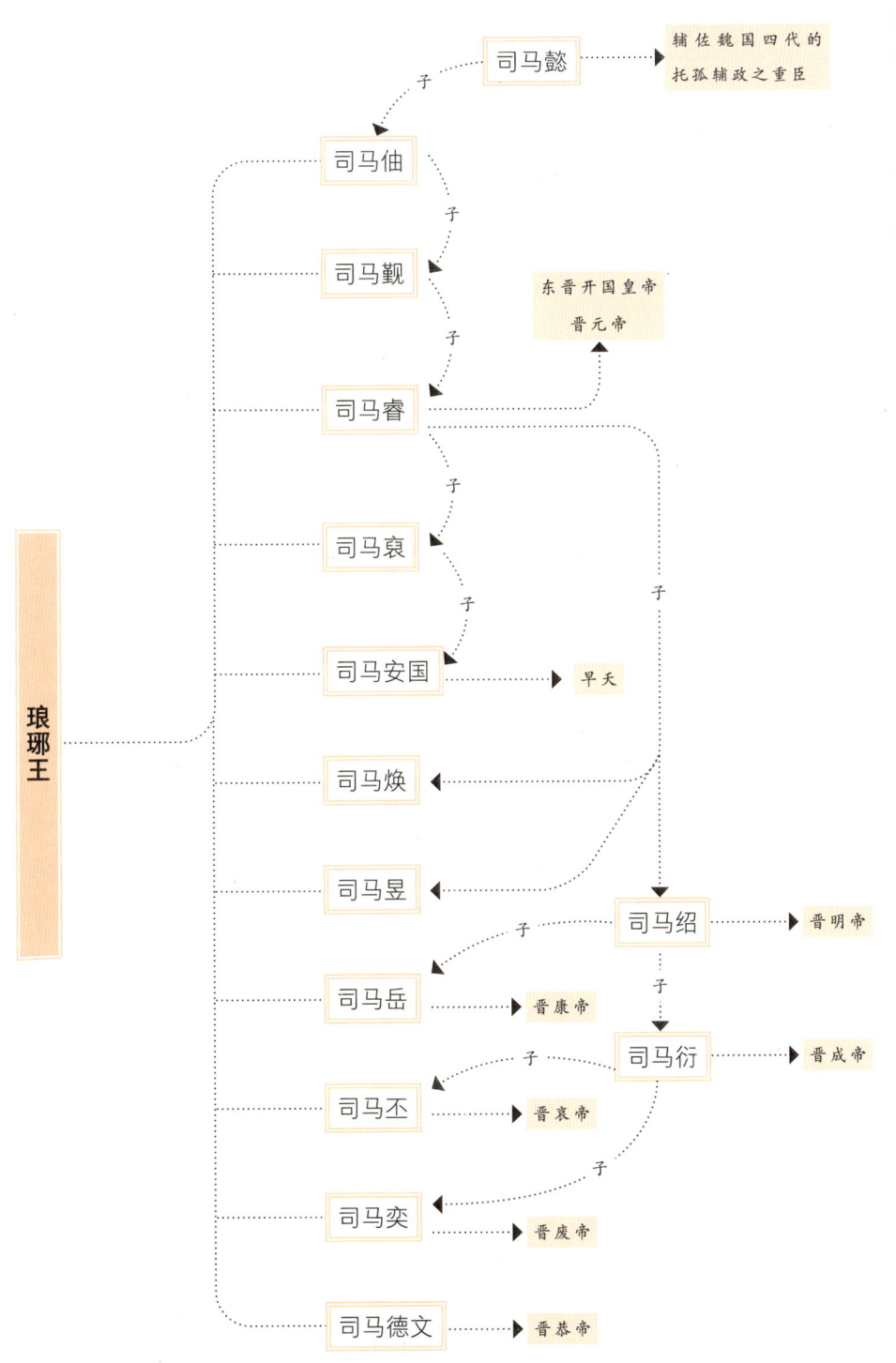

不徇群情，固为国计——晋康帝皇后褚蒜子

司马懿 → 辅佐魏国四代的托孤辅政之重臣

琅琊王
├─子→ 司马伷
│      └─子→ 司马觐
│             └─子→ 司马睿 → 东晋开国皇帝 晋元帝
│                    └─子→ 司马裒
│                           └─子→ 司马安国 → 早夭
├─ 司马焕
├─ 司马昱
│      └─子→ 司马绍 → 晋明帝
│             └─子→ 司马衍 → 晋成帝
├─ 司马岳 → 晋康帝
├─ 司马丕 → 晋哀帝
├─ 司马奕 → 晋废帝
└─ 司马德文 → 晋恭帝

205

会稽王是为改封司马昱而新设的王爵，王国国都山阴县，即今浙江绍兴市。后来司马昱就以会稽王的身份被桓温推举为皇帝。司马昱改封琅琊王后，其子司马曜继承会稽王爵位，后来也成为皇帝，是为东晋孝武帝。

据史书记载，褚蒜子"聪明有器识，少以名家入为琅琊王妃"。褚蒜子的儿子晋穆帝司马聃出生于建元元年（343年），这一年褚蒜子19岁，司马岳20岁，估计褚蒜子立为王妃时的年龄在15～18岁。

褚蒜子出身于官宦世家，祖籍河南郡阳翟县（今河南禹州市）。祖父褚洽，官至武昌太守。父亲褚裒，官至卫将军、徐兖二州刺史。褚裒少年时代即有"简贵之风"，在东晋初建年代影响很大，声名冠于江南。为官以后一直比较低调，"皮里春秋"的典故即源出褚裒，为当时的人夸赞褚裒之语，意思是褚裒虽然口头上从不议论人之好坏，心里却是非分明，很有主见。也是因为褚裒具有一定的名望，按照司马岳"妙选素望"的纳妃标准，"诏娉裒女（褚蒜子）为妃"，褚裒也因此出任豫章太守。

咸康八年（342年）六月，年仅22岁的晋成帝司马衍去世，其子司马丕刚满周岁，司马奕刚刚出世，他们的母亲是位姓周的妃子。当时执掌朝政的中书监庾冰认为，拥立年长的国君有利于社稷，劝说病危中的晋成帝以同胞弟弟司马岳继承皇位。晋成帝同意，于是下诏说："司徒、琅琊王司马岳，按亲疏关系则是朕的同母之弟，他仁德长厚，有人君之风，盛享当时的声望。你们各位王公卿士，要辅佐他！以供奉祖宗明祀，协和朝廷内外，言行符合中正之道。"这样，琅琊王司马岳成为皇帝，琅琊王王妃褚蒜子也于这一年年底成为皇后。晋成帝的两个儿子，司马丕接替司马岳被封为琅琊王，司马奕则被封为东海王。

庾冰原本是晋成帝的母舅，同时也是晋康帝的母舅。庾冰力主拥立晋康帝的私心，是担心一旦晋成帝幼子即位，他将从国舅变身为舅公，与皇帝的关系也就远了一层。如果朝廷继续由外戚国舅来辅政，那么辅政大臣就应该由庾氏转变为周氏。晋康帝即位，庾冰的期望成为现实。庾冰继续以国舅的身份辅政，而且还增加了车骑将军的新头衔。

不距群情，固为国计——晋康帝皇后褚蒜子

褚裒系晋康帝皇后褚蒜子之父，为避嫌，多次拒绝入朝，是东晋名士。出自明宣德《御制外戚事鉴》

## 初次临朝

晋康帝既继承了其兄晋成帝的皇位，同时也"继承"了晋成帝的寿限。建元二年（344年）九月，才当两年多皇帝的晋康帝因病去世，年仅22岁，与其兄晋成帝去世时的年龄一样。这时褚蒜子与晋康帝生的儿子司马聃刚满周岁。在讨论继任皇帝人选时，身为国舅的庾冰继续主张拥立年长的国君，他提出的人选是会稽王司马昱。司马昱是晋元帝司马睿的幼子，当时是24岁，正当青壮有为之年。如果司马昱继位，虽然庾冰的身份不再是皇家国舅，但由于拥立之功，庾家的权势和地位仍会继续得以保持。

庾冰的提议遭到何充的强烈反对。何充与庾冰当初都受到晋成帝的信任，晋成帝去世前，庾冰力主拥立晋康帝，何充坚决反对。他说，"帝位由父传子，这是前代传下来的旧例，如果随便更改，恐怕不是长久之计。"何充又以周武王不传位于周公、汉景帝不传位于梁王为例，劝晋成帝收回成命。晋康帝即位，何充虽然是失败者，并被庾冰排挤出朝，但这并未影响晋康帝对他的信任，后来何充又被晋康帝召回朝中辅政。

这一回面对同样的问题，何充成为胜利者。晋康帝在临终前将司马聃立为皇太子。晋康帝去世后，何充按照晋康帝的遗旨，拥立皇太子为新皇帝，是为晋穆帝。由此庾冰及庾氏族人对何充"甚恨之"。晋穆帝即位后，褚蒜子被尊为皇太后。三天后，"皇太后临朝摄政"。次年，东晋改元永和。褚太后不计前嫌，虽然庾冰反对拥立自己的丈夫晋康帝，但仍然请庾冰入朝辅政。庾冰因病辞让，不久病逝。

褚蒜子临朝摄政是由何充与司徒蔡谟出面请求的，他俩在奏章中先将褚蒜子称为坤道（妇道）的典范，然后说："如今国家危急，百姓命运未卜，我们为此惶惶不安。"希望褚蒜子能参照汉代和熹皇后邓绥和顺烈皇后梁妠、本朝明穆皇后庾文君的先例，"对上顺祖宗心意，对下顾念大臣官吏，出以公心弘扬道义，以符合天意人愿"，临朝执政，如此则"天下庆贺，百姓再生"。

褚蒜子阅罢奏章，也下了一道诏书，诏书写得非常感人。诏书说："皇帝年幼，应当依靠公卿大臣同心辅政……今天既然大家都恳切上辞，我应该不辞众请，只是心头难免又悲又怕，自当勉力从事。"这样的批答，恰到好处，表现了褚蒜子的政治手腕。

褚蒜子第一次临朝时仅有22岁。何充辅政，又上表推荐褚蒜子父亲褚裒入朝总揽朝政。褚蒜子被册立为皇后时，朝廷就打算将褚裒任用入朝，但被褚裒苦苦推辞。褚蒜子临朝执政，褚裒认为自己身为外戚，应该避嫌，再次坚决拒绝入朝，仍然领兵驻镇京口（今江苏镇江市）。既然驻外，朝廷允许他开府（指高级官员可成立府署，选置僚属），也被他坚决辞让。由于褚裒坚决拒绝入朝辅政，会稽王司马昱填补了这个空缺，担任抚军大将军、录尚书事，辅佐朝政。

褚裒虽然不愿入朝，但经常给女儿去信，出些主意，帮助褚蒜子应对错综复杂的局势。褚裒身为地方长官，但居官时清廉俭约，甚至经常带着自家僮仆一块出郊打柴。褚裒为朝臣所敬重，有人奏议说："褚裒与太后相见，在朝廷时褚裒执臣子礼节，私下见面时太后尊礼父亲。"本来褚太后认为这样做，将"情所不能安"，禁不住大臣们坚持，这个建议最终得到太后同意。六年后，褚裒去世，被追赠侍中、太傅，赐爵都乡亭侯。

## 桓温灭蜀

桓温是褚蒜子临朝不久起用的大臣，也是两个执政大臣何充与庾冰争斗的结果。

桓氏与褚氏在东晋建立之初都不算显贵。桓温的父亲桓彝与褚蒜子的外祖父谢鲲是好友，他俩和当时名士毕卓、王尼、阮放、羊曼、阮孚、胡毋辅之等人常在一起，淡看功名，凡事模棱两可，以避灾祸。他们轮流坐庄，饮酒放诞，大呼小叫，高谈阔论，个性张扬，时人称为"江左八达"。

桓彝南渡后，"志在立功"，协助晋明帝密谋平定王敦之乱，使得桓氏家族地位有所上升。桓温还娶南康公主为妻，成为晋成帝和晋康帝的姐夫。

桓温像

晋康帝在位时，桓温任徐州刺史，都督青、徐、兖三州诸军事。对于褚蒜子来说，她应该称呼桓温为姐夫。

荆州位于东晋都城建康上游，一直是庾氏的势力范围。庾冰去世不久，其弟庾翼亦于永和元年（345年）七月病逝，庾翼临终前请求让儿子庾爰之接掌荆州，何充却以推荐桓温接掌荆州来削弱庾氏。也有大臣提出异议，认为桓温虽然确有奇才，但亦有野心，不能让他掌握荆州形胜之地，建议由参与执政的会稽王司马昱自领荆州。大臣建议均未被采纳，最终桓温得以升任安西将军、荆州刺史，持节都督荆、司、雍、益、梁、宁六州诸军事，并领护南蛮校尉，长江上游的兵权被桓温完全控制。

褚蒜子第一次临朝时，东晋虽然偏安江南，但中国北方及西南地区政权林立，长期处于战乱之中。东北辽河地区是鲜卑族慕容氏建立的前燕，中原和关中地区是羯族石氏建立的后赵，陇西和河西走廊等地区是汉族张氏建立的前凉，川蜀地区是氐族李氏建立的成汉。

北方百姓饱受战乱之苦，翘首盼望东晋朝廷能够北伐，重新实现国家统一。虽然东晋皇族与世家大族鼠目寸光，只想偏安江南，但还有不少仁人志士、爱国将领每每以北伐中原、恢复失地为己任，此前祖逖、庾亮都做过这方面的努力，但是由于种种因素掣肘，都未能取得成功。

永和二年（346年）十月，成汉内乱，太保李弈出兵包围成都，欲夺取李势帝位，结果被李势平定。桓温与众人分析形势，认为后赵实力强劲，前燕与前凉距离遥远，且又为后赵所隔，只有攻伐成汉有机可乘。正巧成汉内乱，于是桓温根据众人"宜先攻弱"的建议，上书朝廷，请求伐蜀。未等朝廷回复，他便亲自率领1万名轻军西进伐蜀。褚蒜子知悉后，忧虑不已，她认为桓温兵力过少，又深入险要，担心胜算不多。

桓温率领伐蜀大军浩浩荡荡沿着长江逆流而上，很快就进入成汉境内，大军弃船登陆，一路上畅通无阻，居然没有遇到有效抵抗，就挺进到了巴蜀腹地，而这时成汉还没有形成一致的防御意见。晋军到达彭模（今四川眉山市彭山区东北），北去成都只有上百里，桓温只留少数人马驻守彭模，主力部队携带三天的干粮直扑成都。沿途蜀军全无斗志，晋军士气高昂，三战三胜。

蜀军兵力虽然远多于晋军，但因指挥瘫痪，士气低迷，很快就全线溃败。但晋军在成都东南笮桥决战时，遭遇顽强抵抗，晋军人心动摇，桓温几乎绝望，下令鸣金收兵。结果传令官在极度恐惧之余，却误传为击鼓进军，以致战场上双方兵士都认为成汉溃败，晋军获胜。于是晋军士气大振，疯狂反攻，蜀军军心涣散，四散奔逃，战局迅速逆转，成汉全线溃败。成汉皇帝李势狼狈投降，川蜀地区重新并入晋朝版图。

后来，桓温以平蜀之功升任征西大将军、开府仪同三司，封临贺郡公。世人都知道桓温灭蜀之功，但很少想到东晋历史上的这件大事发生在褚蒜子临朝执政期间，这样的政绩同样应该属于褚蒜子。

永和五年（349年）五月，统治中国北方的后赵太祖武帝石虎驾崩，10岁的太子石世继位，由其母亲刘太后临朝。由此形成中国南北对峙的两个政权都由太后临朝的罕见局面。两位皇太后对决的结果也很鲜明：刘太后临朝，后赵迅速分崩离析；褚太后临朝，东晋国力稳步上升。永和十二年（356年）八月，桓温北伐夺回西晋故都洛阳，东晋版图也扩大了不少，这时距离洛阳落入北方少数民族政权之手已经45年。

褚蒜子并不恋栈。升平元年（357年）正月，晋穆帝已经14岁，还属于总角之年。皇太后褚蒜子主动退政，下诏说："过去遇上不幸，皇帝年幼，皇家事业不振，就像冠冕上悬垂的玉珠。诸侯卿士都遵循前朝旧例，劝说我暂时摄政。因国家重要，先代有范例，我努力顺从，无暇固守妇道……现在，仰仗七庙的神灵，凭借大家的力量，皇帝行了冠礼，礼节完成，德行具备，应当亲理政务，统治万国。现在我归还政事，全依旧有典章。"于是褚太后"居崇德宫",晋穆帝则"加元服(男子成人仪式),告天太庙,始亲万机"。

晋穆帝亲政后,褚蒜子还手书诏旨,诚挚感谢群臣对自己临朝的支持,且从国家利益出发,希望诸君子从长远考虑,同心协力,辅佐保护年幼的皇帝,匡正不周到的地方。她自称"未亡人",表示自己将"永归别宫,以终余齿"。这就是褚蒜子的告别诏书,其疼爱亲子、心忧社稷的拳拳之心令人动容,满朝大臣听了无不感动泪下。

## 再次临朝

可惜东晋的皇帝都很短命。361年,晋穆帝亲政5年后去世,年仅19岁,未及留下子嗣。已经告别政治的皇太后褚蒜子突遇丧子之痛,同时又不得不面临皇位继承的难题。

辅政大臣会稽王司马昱请立晋成帝长子琅琊王司马丕为新皇帝,征询褚太后的意见。在别无人选的情况下,褚太后表示同意,下"令"说:"皇帝突然患病不能治,继承人还没有确立。琅琊王司马丕是中兴王室的正统、德行完美的宗亲。从前在咸康时应当立为太子,因为年岁幼小,不足以承担国难,所以显宗成帝让位给康帝。现在亲情名望地位,没有能比得上他的,让琅琊王继承皇统。"于是21岁的司马丕即位,是为晋哀帝。按褚蒜子令书的说法,晋哀帝原本就是储君,现在即位为君就是回归正统。这一年褚蒜子38岁,作为晋哀帝的婶子,其皇太后的身份不变。

晋哀帝正当青年,本应该励精图治,振兴社稷,但他的心思并未放在这上面。桓温自收复洛阳之后,就数次向朝廷提出迁都洛阳、修缮先帝陵寝的建议,但朝廷上下都认为他只不过说说而已,没人将它当回事。隆和元年(362年)三月,前燕基本统一河北后,开始染指中原,出兵洛阳。桓温派兵援救,前燕撤兵。同年五月,桓温再次向朝廷建议迁都洛阳。他在《请还都洛阳疏》中说:"巴蜀地区

# 东晋十六国时期

## 图例
- ◎ 都城
- ⦿ 州级驻所
- ○ 其他居民点
- ▬▬ 东晋十六国时期中国各族活动范围
- ─── 政权部族界
- **后秦** 十六国时期先后存在的其他政权名
- ─── 今国界
- 南京 今地名
- ● 不同时期都城（陪都）

## 地名

**北方民族/区域：** 契骨、匈奴、高车、柔然、鲜卑、契丹、北海、夫余、挹娄、高句丽

**西域：** 孙兹、鄯善

**政权：**
- 前秦（长安）
- 西凉（高昌郡、敦煌郡）
- 北凉（酒泉郡、张掖郡、姑臧、武威）
- 前凉、后凉
- 南凉（西平郡、乐都郡）
- 西秦（苑川）
- 夏（统万城）
- 后赵（左国城、蒲子、襄国郡）
- 前燕、后燕（中山郡、邺、平阳郡）
- 北燕（平州、龙城）
- 南燕（广固）
- 前赵（赤壁、洛阳）
- 后秦（长安、西安西北）
- 成（汉）（益州、成都）
- 吐谷浑
- 东晋（建康、南京、江陵郡、荆州、寿阳、广州）
- 夷洲
- 朱崖洲

**海域：** 黄海、东海、南海（涨海）、渤海

213

的成汉已经平定，中原地区的后赵已经消灭，时机已经到来，安宁迹象明显……永嘉丧乱已经五十余载，当时故老都已去世，后来的童幼不再提起旧事，时间长了，已经对本邦失去希望。想起这些就令人叹息。"

永嘉南渡是东晋永远的痛，光复洛阳是东晋心中的梦。桓温在疏中建议，在迁都的同时，把所有早先南渡的人一律迁回北方老家，在北方发展生产，巩固河洛一带。因为迁都事关重大，桓温给晋哀帝戴顶高帽子，说"此事既就，此功既成，则陛下盛勋比隆前代，周宣之咏复兴当年"。

当时东晋偏安江左已近半个世纪，君臣早就对恢复失地丧失了信心。这次桓温提出迁都建议，条件是否成熟是另外一回事，但朝廷官员都过惯了偏安生活，竟然集体抵制，理由主要有以下几条。第一，江东政权为什么能持续至今，主要原因就是划江而治。第二，江东流民后代虽然偶尔会思念北方故乡，但和眼前的父辈感情更深。如果让他们"舍安乐之国，适

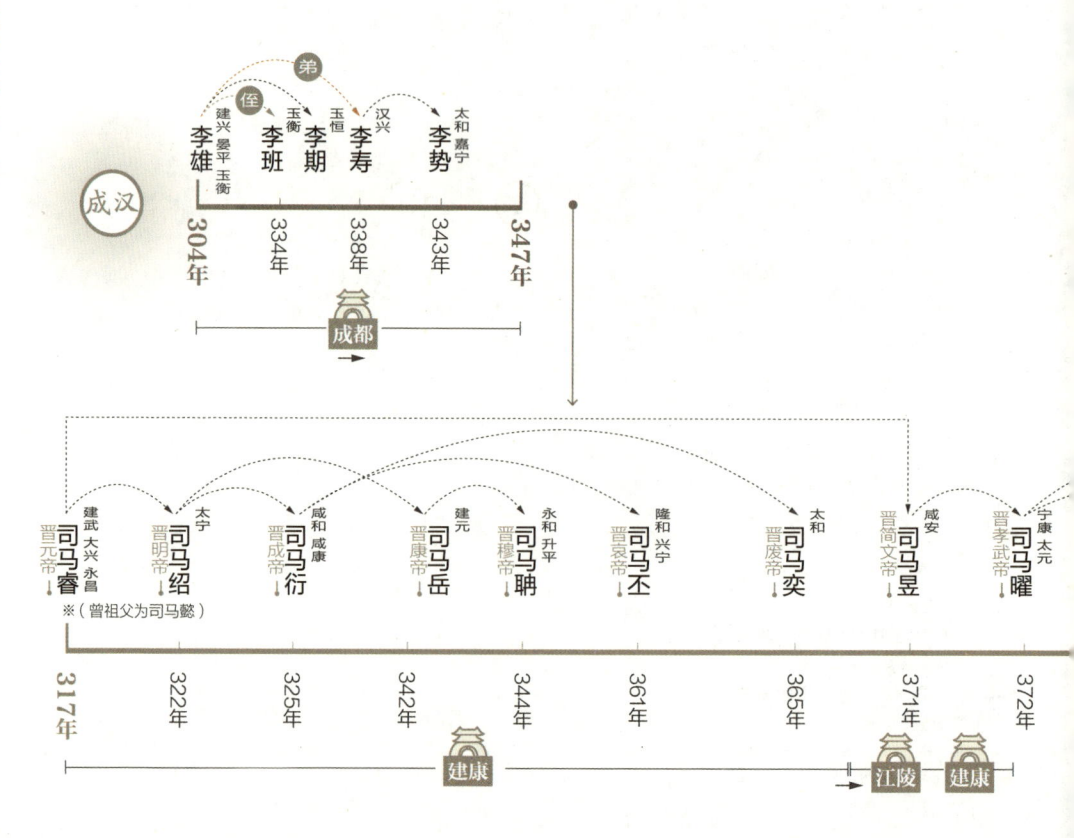

成汉

李雄（304年，建兴·晏平·玉衡）— 侄 李班（334年，玉衡）— 李期（338年，玉恒·汉兴）— 弟 李寿（343年，汉兴）— 李势（347年，太和·嘉宁）

成都

晋元帝 司马睿（317年，建武·大兴·永昌）※（曾祖父为司马懿）— 晋明帝 司马绍（322年，太宁）— 晋成帝 司马衍（325年，咸和·咸康）— 晋康帝 司马岳（342年，建元）— 晋穆帝 司马聃（344年，永和·升平）— 晋哀帝 司马丕（361年，隆和·兴宁）— 晋废帝 司马奕（365年，太和）— 晋简文帝 司马昱（371年，咸安）— 晋孝武帝 司马曜（372年，宁康·太元）

建康 → 江陵 → 建康

习乱之乡；出必安之地，就累卵之危"，不是仁爱之举，还可能引起社会动荡。第三，如果迁都，晋元帝以来的皇帝陵墓都将被抛在江南。

丝毫没有进取之心的晋哀帝当然也不会支持桓温的迁都动议，于是向桓温下诏说："得知你想亲率三军，扫荡敌寇，收回中原，光复旧京，假若不是舍身忘我报国，谁能这样做呢？各方面的智慧谋划，都一并托付给你了。只是北方一荒芜破败之地，处处都得辛苦经营，尤其在开始时，更是举步维艰，这都是值得考虑的。"晋哀帝将皮球踢了回去，迁都之事也就不了了之了。

晋哀帝对政事根本就不感兴趣，他热衷的是迷信方士，成天吃金石丹药，以求长生，慢慢毒性侵蚀肌体，得了痼疾，病倒在床。兴宁二年（364年）三月，晋哀帝的病情已经拖了一年，仍然不见好转，大臣们异常焦急，只得再次请"褚太后复临朝摄政"。这时距离褚蒜子上次退位归政已经过去七年。

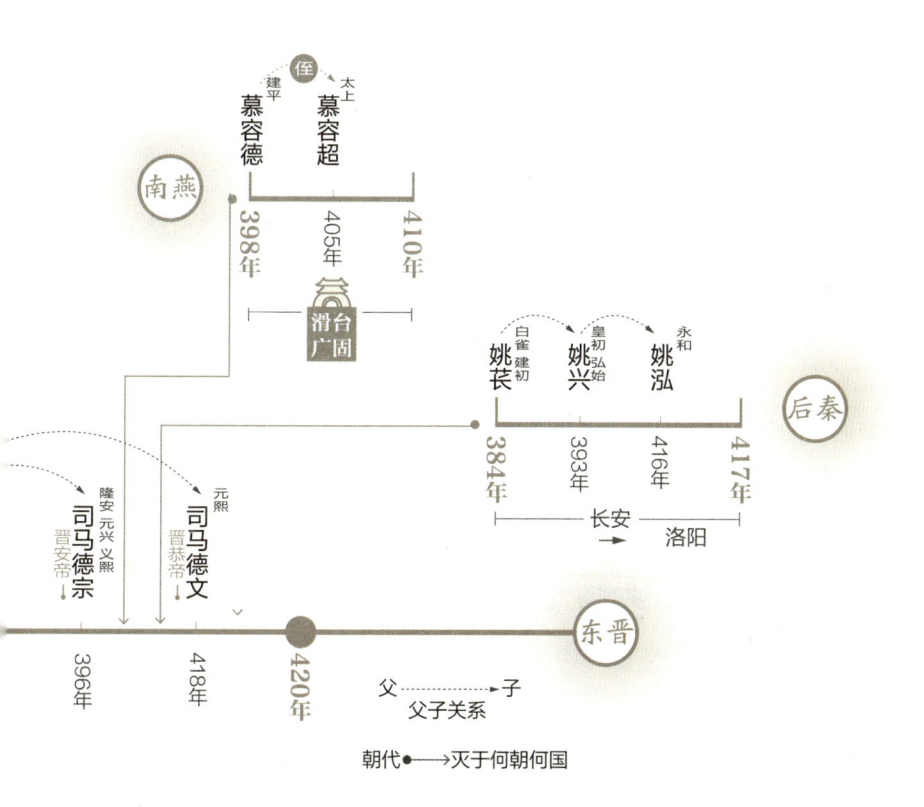

次年二月，过度服用金石丹药的晋哀帝一命呜呼，比他爹晋成帝多活了三年，唯一的儿子已在其死前夭殇，于是晋哀帝的弟弟琅琊王司马奕得以继位。这时褚蒜子正在临朝，于是用皇太后的名义下诏。是年司马奕虚岁24岁，褚蒜子虚岁42岁。因为司马奕后来被桓温废黜，先降封为东海王，后又贬号为海西县公，所以史家多以"晋废帝"或"海西公"的名号来称呼司马奕。

褚蒜子又一次临朝称制。晋废帝即位以后，褚蒜子与皇帝的婶侄关系不变，其皇太后的身份不变，由皇太后临朝称制的政治体制也不变。

## 诏废皇帝

晋废帝即位后，仿佛是对新皇帝的考验，先是洛阳失陷于前燕，接着司马勋反于汉中，前几任皇帝在位期间相对稳定的朝野局面不再出现。朝廷由琅琊王司马昱辅政，外镇由桓温控制军权，褚蒜子虽然在名义上临朝，但实际上对朝廷政治既不干预也不过问，只是凭着自己的影响在起作用。

灭亡成汉以后，桓温又陆续组织过三次北伐，但战绩都不很理想。晋穆帝时北伐前秦，东晋大军进入关中，后来因前秦采取坚壁清野战术，晋军粮草短缺，被迫退兵。接着又北伐姚襄，收复洛阳，桓温亲自去拜谒了衰微残破的西晋皇帝陵墓，然后设置陵使修复陵墓，还数次上书请求迁都。

通过这些军事行动，桓温已经声威远震。虽然迁都未成，但朝廷为褒奖桓温的"忠心"，陆续将他加为侍中、大司马、都督中外诸军事和假黄钺。桓温集军政大权于一身，位极人臣，权力也达到顶峰。桓温权势无节制地扩大，其政治野心也无限制地膨胀。有一次，桓温躺在床上对亲信说："如果一直这么默默无闻，将来死后定会被文景所笑话。"桓温所说的"文景"，即实际控制曹魏政权后来被追尊为皇帝的晋景帝司马师和晋文帝司马昭。说到这里，桓温还霍然坐起，发出"既不能流芳后世，不足复遗臭万载邪"的"豪言"。

太和四年（369年），桓温又组织北伐前燕，结果连遭败绩，晋军死伤数万人，桓温声望因此大损。于是桓温突发奇想，希望通过废立皇帝来重新树立威望。

太和六年（371年）十一月，桓温派人四处造谣。虽然司马奕本身并无过失，但桓温手下散布流言说，皇帝司马奕患有性病，不能生育，其男宠相龙、计好、朱灵宝等在宫廷参侍，后宫田美人、孟美人与这几位嬖童通奸，生了三个儿子，将要在这三人中选择一个册立为太子，司马氏晋朝将被偷偷移为别姓。

一时间，京城内外谣言蜂起。桓温甚至亲自从驻地广陵（今江苏扬州市）赶往建康，上书褚太后，请求废掉司马奕，改立会稽王司马昱为皇帝。桓温还等在宫门之外，逼着褚太后回话。

褚太后倚窗展读，读至一半，怅然叹道："我早就料到会有此种事情发生。"她所料到的不是指皇帝的过失，而是指桓温废帝。在桓温逼迫下，褚太后只得下诏，先指责司马奕的"过失"："王室艰难，穆帝、哀帝福运短暂，没来得及养育后代，无法立太子。琅琊王司马奕按亲属来说是皇帝的同母弟弟，所以让他入继皇位。没有想到他不建立德行，竟然到了这种地步，昏昧悖乱，违反礼法。生了三个孽障，不知道是谁的儿子。人伦之道丧失，丑恶名声远扬。司马奕既不能谨守社稷，敬承祖宗，又极为昏乱悖孽，却想立太子封藩王，欺骗祖宗，动摇皇室基业，是可忍，孰不可忍！"然后宣布："现在废黜司马奕为东海王，以东海王的身份返回宅第，供奉守卫的标准，都和汉朝昌邑王一样。"最后感慨地说："这是我的不幸，遭逢了这么多的忧患，想起生者和死者，心如刀割。社稷大计，大义没有得以伸张。对着纸张悲伤欲绝，怎么还能说话。"一纸诏书，道出褚蒜子的诸多无奈。司马奕无辜，不应被废黜，她内心虽不同意桓温的做法，但面对桓温的权势与野心，褚蒜子以一己之力是无法抗衡的。

桓温等在宫外，还在担心遭到皇太后的拒绝，心中忐忑。见到褚蒜子的诏书后，桓温大喜，立即派人入宫收缴国玺，逼司马奕离宫。司马奕只得与群臣泣别，大臣们都愤愤不平，唏嘘落泪。但慑于桓温威势，大臣们只能眼睁睁地看着司马奕身穿白色单衣，步出西堂，乘坐牛车出神兽门，凄然出宫，被桓温部下押送回原来的东海王府。

次年正月，司马奕又由东海王被黜降为海西县公，迁至吴县（今江苏苏州市）监管居住。不少同情他的人想假借他的名义聚众起事，司马奕知道后，更是深居简出，闭门谢客，谨慎度日，力避嫌疑。

这年十一月，彭城（彭城郡治今江苏徐州市；东晋侨置南彭城郡，郡治今江苏镇江市）人卢悚自称"大道祭酒"，事之者800余家。卢悚派弟子许龙秘密来找司马奕，自称奉褚太后密诏来迎司马奕，被司马奕拒绝。卢悚只好诈称海西公还都，率众攻打宫城广莫门，甚至由云龙门突入殿廷，夺取武库甲杖，最终卢悚与其部众数百人皆败死。司马奕因拒绝参与卢悚之乱而躲过一劫。

太元十一年（386年）十月，司马奕病死于吴县，享年45岁。不当皇帝的人反而享受了相对高寿，算是善终。

## 三度临朝

按照桓温的本意，是在废黜司马奕之后，自己能取代司马氏的江山，可能他又觉得时机还不是很成熟，于是将琅琊王司马昱推上了皇位。当日，桓温率领百官到会稽王府奉迎司马昱，司马昱在朝堂更换服装，戴平顶头巾，穿单衣，面朝东方流涕，叩拜接受皇帝印玺绶带，改元咸安，是为东晋简文帝。

简文帝是晋元帝幼子，按辈分简文帝是褚太后的叔叔，即位时年已51岁，是东晋皇帝中即位时年龄最长者，比褚蒜子还要大。这样褚蒜子就不需要继续临朝，简文帝请褚蒜子移居崇德宫，尊后为"崇德太后"，褚蒜子再次告别政治。

桓温之所以拥立简文帝，是因为司马昱不仅年龄偏大，而且能力平平，方便自己日后篡位。司马昱虽是皇帝，但受桓温牵制，只能"拱默守道而已"。他深知自己的处境，终日提心吊胆，始终生活在忧惧之中，还向臣下咨询，桓温是否会再行废立之事。桓温也曾打算向司马昱陈述自己废立皇

不矩群情，固为国计——晋康帝皇后褚蒜子

**褚太后先后经历的六位帝王**

- 司马岳 — 晋康帝，东晋第四位皇帝；褚蒜子的丈夫；英年早逝
  - 子 → 司马聃 — 晋穆帝，东晋第五位皇帝；年仅两岁便即位；因其年幼，褚太后临朝摄政；晋穆帝十四岁时褚太后还政穆帝；晋穆帝十九岁去世，无子嗣

- 司马衍 — 晋成帝，东晋第三位皇帝
  - 子 → 司马丕 — 晋哀帝，东晋第六位皇帝；长期服用金石丹药以求长生，导致身体中毒，病倒在床，无法理政，请求褚太后临朝摄政；中毒而亡，时年二十五岁，无子嗣
  - 弟／子 → 司马奕 — 晋废帝，东晋第七位皇帝；桓温掌握朝政，逼崇德太后褚蒜子下诏废黜司马奕为东海王

- 司马睿 — 晋元帝，东晋开国皇帝
  - 子 → 司马昱 — 晋简文帝，东晋第八位皇帝；在位仅八个月后，便因忧愤而崩，终年五十二岁
    - 子 → 司马曜 — 晋孝武帝，东晋第九位皇帝；十一岁即位，初由大司马桓温辅政，桓温去世，又由崇德太后褚蒜子临朝听政

219

帝的本意，希望司马昱主动禅位。但司马昱见到桓温就不停流泪，桓温竟然战战兢兢，一句话都说不出来。咸安二年（372年）七月，在皇位上度日如年的司马昱仅仅当了8个月的皇帝之后便死去了，这也使他最终得到了解脱。

简文帝临终前曾连发四诏，催促驻镇姑孰的桓温入朝辅政，桓温故意推辞。五天后，简文帝病情加剧，遂册封会稽王司马曜为皇太子，并遗诏"大司马温依周公居摄故事"，又说"少子可辅者辅之，如不可，君自取之"。因为一些大臣的强烈反对，简文帝被迫将遗诏改为"家国事一禀大司马（即桓温），如诸葛武侯（诸葛亮）、王丞相（王导）故事"。

简文帝驾崩，群臣有人慑于桓温淫威，提议"当须大司马处分"。王彪之据理抗争说："国君驾崩，太子应当即位为君，大司马怎能有资格提出异议？如果事先在大司马的面前询问，那么一定会被（大司马）责备的。"于是司马曜得立，是为晋孝武帝，孝武帝与褚蒜子是小叔子与堂嫂的关系。

孝武帝即位时只有11岁，首先要处理的就是简文帝的丧事。褚蒜子可能意识到局势又将需要她出面临朝，为了避免这种情况出现，她主动下令，以皇帝年幼，又在为老皇帝服丧，再次命桓温行周公居摄故事。令书已经拟就，又是王彪之出面反对说："这些不同寻常的违背天命的事，大司马一定会再三辞让，这样就会导致政务停滞，耽误先帝陵墓的修筑。我不敢遵奉命令，谨将诏书密封归还。"于是请桓温居摄的事情不了了之。

孝武帝即位后，桓温已经病重，他逼迫朝廷给自己加九锡之礼，并多次派人催促。加"九锡"是皇帝赐给有功或有权势的大臣的九种物品，以表示特殊的荣宠。权臣篡位之前，一般都先强迫皇帝赐给自己九锡之礼，王莽、曹操等都曾被赐九锡。

对桓温的非分要求，以吏部尚书谢安（褚蒜子母亲谢氏家族成员）为首的执政大臣都不敢明确拒绝，但他们知道桓温的病势日益严重，来日无多，于是故意拖延时间，不给答复。宁康元年（373年）七月，桓温病死于姑孰，他虽然没有迈出篡位称帝的最后一步，却为桓氏家族奠定了不可动摇的地位。

桓温死前，遗嘱让其弟桓冲统率其部众，孝武帝不敢违背，于是任命桓冲为中军将军，都督扬、雍、江三州军事，兼领豫、扬二州刺史，仍然驻镇姑孰。谢安担心桓冲兵权在手，重演桓温故事，于是想请褚太后再度临朝，以便用太后的声望来压制桓冲。有大臣反对说，从前太后临朝，是因为皇帝年幼，母子一体。而今皇帝将及弱冠之年，反令堂嫂训政，古来无有此礼。谢安置之不理，仍率文武百官上表请求太后临朝。

褚蒜子很有政治头脑，为了平衡朝中的政治势力，欣然下诏同意临朝。诏书说："王室不幸，艰难不断。看了奏章，更增悲叹。内外大臣，都认为皇上年幼，再加上哀思之情，不能亲理政务，号令应该有出处。如果能安定国家，有利天下，还有什么可坚持的呢？就恭敬地依从大臣的奏章。但是如有昏昧缺漏，望大臣们尽力辅助指出。"于是褚蒜子第三次临朝摄政。后来，桓冲让桓温7岁的幼子桓玄继承爵位，桓氏篡位的威胁才得到暂时缓解。至晋安帝时代，桓玄篡位建立桓楚，兵败身亡，桓氏覆灭，那都是以后的事了。

太元元年（376年）正月，孝武帝加元服，办婚礼，册皇后，褚蒜子亲自操办，在妥善办完这些大事之后，下诏宣布"今归政事，率由旧典"，于是"皇太后归政"，仍居崇德宫。褚蒜子一生经历六位皇帝，三次临朝。在大臣们的支持下，数次使偏安江南的东晋小朝廷危而复安，可算是中国历史上为数不多的杰出女政治家之一。

太元八年（383年），东

谢安像

不畏群情，固为国计——晋康帝皇后褚蒜子

淝水之战示意图

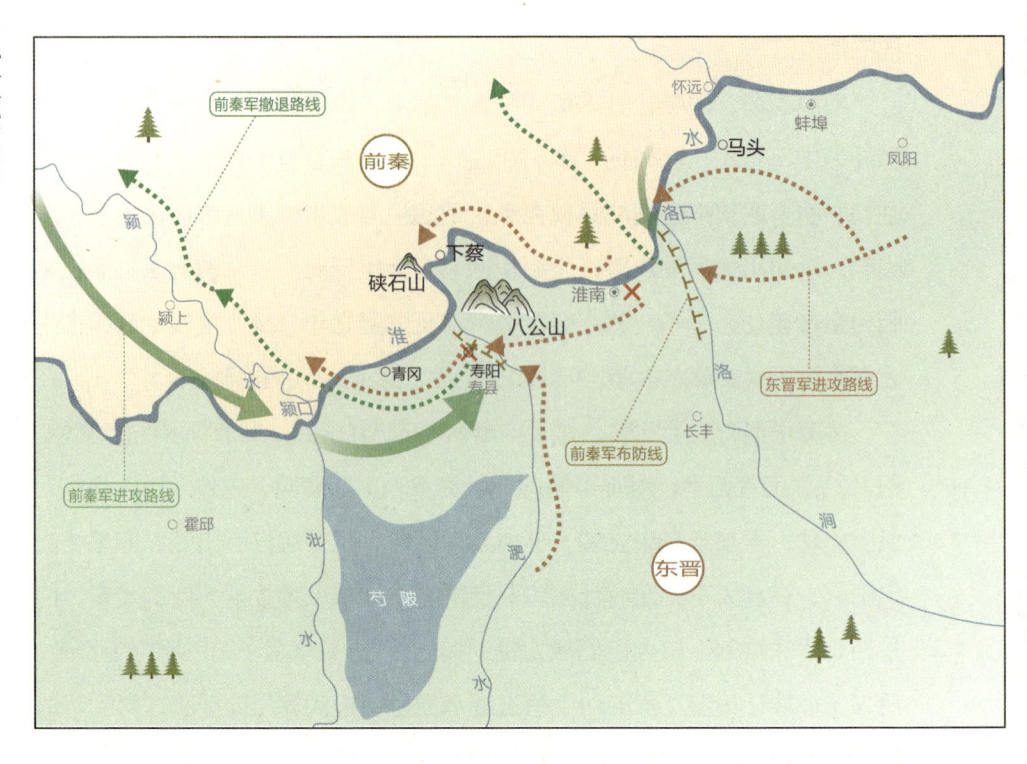

晋、前秦淝水之战爆发，谢安以8万之众击败号称百万大军的前秦，创造了历史上以少胜多的著名战例，东晋王朝再次躲过一劫。褚蒜子笑着看到了这场胜利。次年六月，褚蒜子逝世，享年61岁，这在当时算是高寿，东西两晋15位皇帝没有一个活过她的岁数。又过了36年，东晋被南朝宋取代。

## 临朝瞬间　　匈奴族皇太后也临朝

后赵是十六国时期羯族石氏建立的政权，先后建都襄国（今河北邢台襄都区）、邺城（今河北临漳县西南）等，在灭亡前赵后，除了东北三省、河西走廊和西域外，整个中国北方地区都已被后赵占有。后赵武帝石虎在位时，石邃和石宣连续两任太子都因弑父被杀。两任太子在储位时，石邃的母亲郑樱桃和石宣的母亲杜珠都是皇后，太子被杀，作为生母的皇后也相继被废黜。

后赵建武十五年（349年），石虎召集大臣再议立储，他发狠说："吾欲以纯灰三斛洗吾腹，腹秽恶，故生凶子，儿年二十余便欲杀公。"古人将草木灰作为肥皂使用，这也是成语"饮灰洗胃"的由来之一。大臣张豺建议说："今宜择母贵子孝者立之。"于是年仅10岁的幼子石世继立为太子。石虎给出的理由是："今世方十岁，比其二十，吾已老矣。"意思是等不到他来杀我，我就先死了。

那么石世的母亲刘氏"贵"在何处呢？原来刘氏是匈奴族政权前赵皇帝刘曜的女儿定安公主。按理说，皇帝的女儿是没有机会当皇后的，但因为刘曜是亡国之君，前赵亡国后，12岁的刘氏被后赵将领张豺掳获送给石虎，后来生了石世。石世被立为太子后，刘氏随之进为皇后。张豺如此建议，是希望石世以后即位，皇太后能够临朝，自己作为刘氏的恩人，也有机会成为辅政大臣。

同年五月，石虎病逝，局势完全按照张豺预想的方向发展：石世即位，"尊刘氏为皇太后，临朝"，于是刘太后成为中国历史上第一位临朝称制的少数民族政权皇

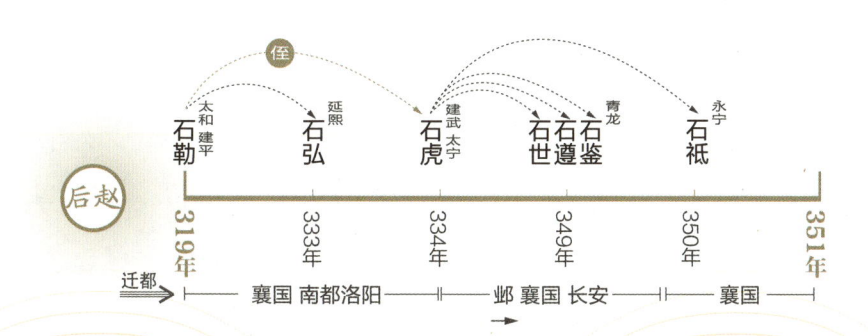

出土的后赵时期铜镀金坐佛像（338年），高40厘米、宽24.1厘米、厚13.3厘米。现藏于美国明尼阿波利斯艺术博物馆

太后。这时南方东晋正由晋穆帝母亲皇太后褚蒜子临朝。虽然刘氏比褚蒜子年长，政治经验却要远远逊色于后者。

刘太后以张豺为丞相，张豺却辞让不肯接受，请求任命石虎另外两个儿子彭城王石遵和义阳王石鉴分别担任左、右丞相，对他们实行安抚，"刘氏从之"。张豺要诛杀大将李农，李农逃脱，刘太后派将领"统宿卫精卒围之"，造成"邺中群盗大起，迭相劫掠"，后赵大乱。

彭城王石遵乘机起兵，进攻邺城。刘氏恐惧，张豺无策，结果石遵兵入邺城，将张豺夷灭三族。石遵借刘氏之令说："嗣子幼冲，先帝私恩所授，皇业至重，非所克堪。其以遵嗣位。"于是石遵成为后赵新皇帝，刘太后被废为太妃，不久刘氏与石世这对母子被杀。是年年底，石遵又被义阳王石鉴取代。次年二月，后赵亡国。

## 临朝瞬间　　唯氏临朝使代国成为"女国"

拓跋氏鲜卑原居我国东北地区额尔古纳河和大兴安岭北段。魏甘露三年（258年）四月，拓跋力微从河套北部迁都于定襄之盛乐（今内蒙古和林格尔县土城子）。西晋永嘉四年（310年），拓跋猗卢以勤王之功，被晋怀帝册封为大单于、代公，拓跋氏政权建立。建兴三年（315年），晋愍帝晋封猗卢为代王。其弟拓跋猗㐌去世较早，弟媳唯氏（一作祁氏）养育三子，即"景皇帝"拓跋普根、"惠皇帝"拓跋贺傉和"炀皇帝"拓跋纥那。

建兴四年（316年），拓跋猗卢因废长立幼，在内乱中被杀。"景皇帝"拓跋普根及时出兵，力战而死，但叛乱也被平定。另一房堂兄"平文帝"拓跋郁律坐享其成，成为新的代王。拓跋郁律即位时，历史已进入东晋十六国时代。郁律"姿质雄壮，甚有威略""西兼乌孙故地，东吞勿吉以西，控弦上马将有百万"，在郁律的统治下，代国逐渐成为占地广阔、实力强大的北部边疆政权，还随时准备南下与后赵争夺中原。

唯氏对拓跋郁律凭空取得政权很不服气。东晋太兴四年（321年），唯氏认为帝得众心，恐不利于己子，于是发动政变，将拓跋郁律杀害，朝臣死者数十人。随后，唯氏立次子拓跋贺傉为代王。由于贺傉生性懦弱，太后不放心，便亲自临朝处理国事。直到太宁二年（324年），贺傉始临朝。在唯氏摄理国事的三年中，因其性猛忌，与代国有往来的各国都称代国为"女国"，唯氏派出去的使节都被称为"女国使"。

拓跋贺傉虽然亲政，但代国也从此陷入无休止的动乱之中。直至东晋咸康四年（338年），拓跋郁律之子拓跋什翼犍即位。什翼犍曾作为人质在后赵都城襄国（今河北邢台市）生活多年，受汉文化影响较深，他仿效中原王朝开始设置年号，改元"建国"，始置百官，分掌众职，使代国从部落联盟最终转变为国家形式。

代国建国三十九年（376年），前秦发大军30万，分两路北上伐代。国难当头，代国王室再度内讧，什翼犍被杀，代国也被前秦乘机灭亡。代国存续将近70年，一度很强大，且是北魏前身。北魏建国后，拓跋猗㐌被追尊为"桓皇帝"，唯氏也相应成为"桓帝皇后"。

**太后临朝：通往巅峰之路（第1册、第2册、第3册）**
作者　周强
ISBN 978-7-5204-4845-1
定价：42.00元

作者　周强
ISBN 978-7-5204-4846-8
定价：42.00元

作者　周强
ISBN 978-7-5204-4847-5
定价：42.00元

**中华舆图志（修订版）**
作者　本书项目组
ISBN 978-7-5204-4838-3
定价：880.00元

**读图知史·中国篇**
作者　中国地图出版社
ISBN 978-7-5204-3912-1
定价：68.00元

**读图知史·世界篇**
作者　中国地图出版社
ISBN 978-7-5204-3911-4
定价：68.00元

**地图上的中华史**
作者　周强
ISBN 978-7-5204-4081-3
定价：298.00元

**中国历史年表（桌垫）**
作者　中国地图出版社
ISBN 978-7-5031-4082-0
定价：88.00元

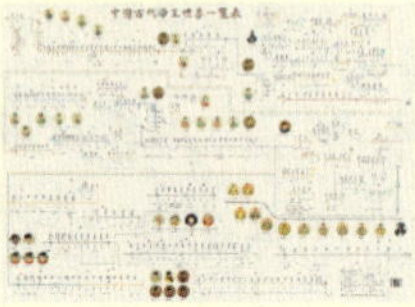

**中国古代制度一览表（经折装、挂图装）**
作者　中国地图出版社
ISBN 978-7-5204-4088-2
定价：88.00元

作者　中国地图出版社
ISBN 978-7-5031-4084-4
定价：68.00元

**中国古代帝王世系一览表（经折装、挂图装）**
作者　中国地图出版社
ISBN 978-7-5204-4089-9
定价：88.00元

作者　中国地图出版社
ISBN 978-7-5031-4083-7
定价：68.00元

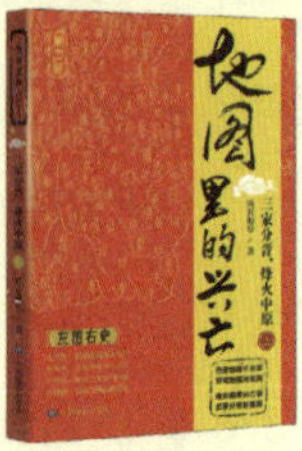

**地图里的兴亡：秦，从部落到帝国（上、下）**
作者　风长眼量
ISBN 978-7-5031-8658-5
定价：39.00元

作者　风长眼量
ISBN 978-7-5031-8659-2
定价：39.00元

**地图里的兴亡2：三家分晋，烽火中原（上、下）**
作者　风长眼量
ISBN 978-7-5031-8842-8
定价：39.00元

作者　风长眼量
ISBN 978-7-5031-8843-5
定价：39.00元